rororo

HARRY KEMELMAN wurde 1908 in Boston geboren und studierte an der Boston University und in Harvard. Er arbeitete als Verkäufer und Lehrer, ehe er eine Professur am State College in Boston annahm. 1964 erschien der erste Fall für Rabbi David Small, «Am Freitag schlief der Rabbi lang», der mit dem Edgar Allan Poe Award ausgezeichnet wurde. Seitdem veröffentlichte Kemelman noch zehn erfolgreiche Fälle für den Schriftgelehrten und scharfsinnigen Hobbydetektiv, bevor er 88-jährig in Boston starb.

«Ein gescheiter und geschmackvoller und obendrein lehrreicher Unterhaltungsroman über einen jungen Rabbiner und seine Gemeinde, über jüdisches Leben und jüdisch-christliches Zusammenleben in einer amerikanischen Kleinstadt.» *(Der Spiegel)*

HARRY KEMELMAN

Am Samstag aß der Rabbi nichts

KRIMINALROMAN

Deutsch von
Eva Rottenberg

Rowohlt Taschenbuch Verlag

Neuausgabe Dezember 2001
Veröffentlicht im Rowohlt Taschenbuch Verlag GmbH,
Reinbek bei Hamburg, September 1967

Die Originalausgabe erschien bei Crown Publishers, Inc., New York,
unter dem Titel «Saturday the Rabbi Went Hungry»

Umschlagentwurf any.way, Barbara Hanke/Cordula Schmidt
(Foto: Mauritius-nonstock)
Satz Minion PageMaker
Pinkuin Satz und Datentechnik, Berlin
Druck und Bindung Clausen & Bosse, Leck
Printed in Germany
ISBN 3 499 23128 X

Die Schreibweise entspricht den Regeln
der neuen Rechtschreibung.

Für Anne

1

… Am zehnten Tag des siebenten Monats ist der Versöhnungstag – heilige Berufung sei er euch, und ihr sollt fasten … und keinerlei Arbeit sollt ihr verrichten an diesem Tag: eine ewige Satzung für eure Geschlechter in allen euren Wohnsitzen. Eine Sabbatfeier sei er euch, und ihr sollt fasten. Am neunten Tag des Monats sollt ihr beginnen und von Abend bis Abend eure Feier begehen.

Dieses Jahr fiel *Jom Kippur*, der Versöhnungstag, auf einen Sabbat, da der neunte Tag des hebräischen Kalendermonats ein Freitag und der zehnte ein Samstag war. Das machte den Tag zwar nicht heiliger – das war gar nicht möglich –, aber die Juden brauchten ihre normale Arbeitswoche nicht zu unterbrechen. Am Freitagnachmittag bereitete sich die jüdische Gemeinde von Barnard's Crossing auf diesen heiligsten Tag im Jahr wie die Juden auf der ganzen Welt vor. Die Frauen richteten das Abendessen, das der Tradition gemäß besonders reichlich war, um die nötige Kraft für den anschließenden vierundzwanzigstündigen Fasttag zu spenden. Die Männer waren früh von der Arbeit nach Hause gekommen, damit sie noch in Muße baden, die Feiertagskleider anziehen, Abendbrot essen und vor Sonnenuntergang zur Synagoge gehen konnten, wenn der *Kol Nidre*-Gesang den hohen Tag einleitete.

David Small, der junge Rabbi der Gemeinde, stand fertig angezogen vor seiner Frau Miriam. Sie musterte ihn mit kritischem Blick. Er war mittelgroß und trotz seiner guten Gesundheit blass und mager; dunkle, tief liegende Augen blickten nachdenklich hinter den Brillengläsern. Er hielt den Kopf leicht vorgeneigt und ließ die Schultern hängen wie ein Mann, der ständig über Büchern sitzt.

Seine Frau war zierlich und lebhaft und trug einen üppigen blonden Haarschopf, der sie zu erdrücken schien. Sie hatte große blaue Augen und ein offenes Gesicht, das ohne das entschlossene kleine Kinn naiv gewirkt hätte. Sie hatte etwas Kindliches trotz des vorstehenden Bauches, der den letzten Monat ihrer Schwangerschaft verriet.

«Dein Anzug, David … die Jacke sitzt schief. Steh grad und zieh die Schultern hoch!»

Er riss sich zusammen.

«Der oberste Knopf stimmt nicht. Falsch angenäht. Er verzieht die Jacke.»

«Er war abgerissen, da hab ich ihn wieder angenäht … Du warst gerade aus.»

«Komm, ich näh ihn dir richtig an.» Sie untersuchte den Knopf. «Warum hast du für einen grauen Anzug blauen Faden genommen?»

«Er ist eigentlich gar nicht blau, sondern weiß. Ich hab ihn mit dem Füller gefärbt. Und überhaupt, beim Gottesdienst trage ich ja den Talar drüber.»

«Und auf dem Weg zum Tempel? Und nachher, wenn du mit den Leuten sprichst? Deine Schuhe sind auch ganz schmutzig.»

Er begann den Schuh am Hosenbein abzureiben.

«David!»

«Sie werden ja doch wieder staubig, wenn wir zur Synagoge gehen», rechtfertigte er sich.

«Nimm wenigstens die Schuhbürste.»

Aufseufzend ging er hinaus. Sie hörte, wie er mit der Bürste energisch über die Schuhe fuhr. Als er wieder hereinkam, half sie ihm in die Jacke, rückte sie zurecht wie ein Schneider und machte die Knöpfe zu. Dann strich sie über den Kragen und erklärte: «So, jetzt sieht's besser aus.»

«In Ordnung? Kleiderappell beendet?»

«Du siehst gut aus, David.»

«Also weiter im Text.» Er entnahm seiner Brieftasche zwei Dollarnoten, gab ihr eine und behielt die andere für sich. Mechanisch wollte er die Brieftasche wieder einstecken, überlegte einen Moment und legte sie in die Schreibtischschublade. Am Sabbat trug er kein Geld bei sich.

Mit einem Gebetbuch in der Hand kam er zurück, blätterte und gab ihr das offene Buch: «Da ist das Gebet.»

Sie las den hebräischen Abschnitt, der erläuterte, dass dieses Geld für wohltätige Zwecke bestimmt sei – eine Art Buße für begangene Sünden. Dann faltete sie den Geldschein und steckte ihn in den Schlitz der blauen Sparbüchse auf dem Küchenschrank, deren Inhalt von Zeit zu Zeit wohltätigen Zwecken zugeführt wurde.

«Ist ein Dollar genug, David?»

«Es ist nur symbolisch.» Auch er stopfte seine Dollarnote hinein. «Mein Großvater schenkte immer einen lebendigen Hahn – der Mann opferte einen Hahn und die Frau ein Huhn. In deinem Zustand müßtest du ein Huhn und ein Ei nehmen.»

«Du machst Witze!»

«Nein, ganz im Ernst.»

«Und was tut man nachher mit dem Ei?»

«Wahrscheinlich isst man's.»

«Klingt irgendwie kannibalisch.»

Sie setzten sich zu Tisch, und er sprach den Segen. Da klingelte das Telefon.

Der Rabbi nahm den Hörer ab. «Ja?»

«Ist dort Rabbi Small?» Die Stimme war sehr laut. «Hier spricht Stanley. Stanley Doble vom Tempel.»

Stanley war der Hausmeister in der Synagoge, und obwohl er den Rabbi fast täglich sah, identifizierte er sich am Telefon jedes Mal feierlich als ‹Stanley Doble vom Tempel›, als sei das eine Art von Adelstitel. Er konnte sonst mit allem, was mit Elektrizität und Mechanik zu tun hatte, sehr geschickt umgehen, betrachtete aber offenbar das Telefon als Verbindungsrohr, durch das man möglichst laut schreien muss, um gehört zu werden.

«Entschuldigen Sie die Störung, Rabbi, aber der Lautsprecher ist kaputt.»

«Was ist los damit?»

«Na, die Anlage ist kaputt. Funktioniert nicht richtig. Sie heult.»

«Vielleicht geht's bis heute Abend wieder», meinte der Rabbi, für den alle technischen Einrichtungen etwas Geheimnisvolles hatten – aus irgendeiner Laune heraus versagten sie plötzlich, um dann aus ebenso unerklärlichen Gründen auf einmal wieder zu funktionieren. «Vielleicht ist's nur eine kleine Reparatur?», fragte er hoffnungsvoll.

«Ich hab die Kabel kontrolliert und nichts gefunden … muss wohl am Mikrofon liegen. Wahrscheinlich futsch.»

«Kann man nicht jemand holen? Vielleicht die Firma, die damals die Anlage installiert hat?»

«Die ist in Boston.»

Der Rabbi warf einen Blick auf die Uhr. «Das hat jetzt keinen Sinn mehr … Gibt's niemand in Lynn oder Salem?»

«Die Geschäfte sind schon zu, Rabbi.»

«Dann werde ich eben lauter sprechen müssen. Rufen Sie den Kantor an und sagen Sie ihm Bescheid.»

«Okay, Rabbi. Tut mir Leid, dass ich gestört hab, aber ich dachte, 's ist besser, Sie wissen's vorher.»

Der Rabbi begann die Suppe zu löffeln, da klingelte es wieder. Mrs. Robinson, die Präsidentin des Frauenvereins, war am Apparat.

«Hallo, Rabbi? Hier spricht Sue Robinson …» Sie war ganz außer Atem. «Verzeihen Sie, wenn ich Sie noch so kurz vor Festbeginn beim Meditieren störe, aber es ist entsetzlich wichtig … Sie werden doch ganz bestimmt die Blumendekorationen erwähnen? Kann ich mich drauf verlassen?» Es klang wie ein Vorwurf.

«Selbstverständlich. Einen Moment, bitte.» Er schlug das Gebetbuch auf, in dem ein Zettel steckte: «Da hab ich's schon. Die Blumenarrangements wurden vom Frauenverein gestiftet.»

«Da muss was geändert werden … Haben Sie Papier und Bleistift? Ich warte.»

«Ich bin bereit.»

«Rose Bloom … Nein, schreiben Sie lieber: Gestiftet von Mr. und Mrs. Ira Bloom zum Andenken an ihren Vater David Isaac Levin … Haben Sie's? Ich hätte schon früher angerufen, aber Mrs. Bloom hat es mir erst vor einer halben Stunde gesagt.»

«Ich will dran denken.» Er las ihr noch einmal vor, was er sich notiert hatte.

«Großartig, Rabbi. Und vielen Dank.»

«Bitte schön.»

Er setzte sich wieder an den Tisch, aß ein paar Löffel Suppe und schüttelte den Kopf. «Ich glaube, ich bin satt», entschuldigte er sich.

«Sie ist sicher kalt geworden.» Sie nahm den Teller. «Warte, ich wärm sie dir rasch, damit …»

Das Telefon. Mrs. Rosoff.

«Sagen Sie, Rabbi», schnaufte sie aufgeregt, «wie viel wiegt die Thora? Die Rolle, wissen Sie.»

«Die Tho… Also das weiß ich wirklich nicht, Mrs. Rosoff. Die Rollen sind nicht alle gleich groß und daher verschieden schwer … Ist es so wichtig? Ich würde sagen, im Schnitt so bei fünfundzwanzig, dreißig Pfund.»

«Und ob das wichtig ist! Mein Mann hat letzte Woche eine Mitteilung bekommen, dass er an *Jom Kippur* zu einem Ehrendienst aufgerufen werden soll – als *Hagboh.* Ich hab erst jetzt erfahren, was das bedeutet: Er muss die Thorarolle an den beiden Griffen hochhalten. Hoch überm Kopf … Ich bitte Sie, Rabbi – ehrt man so einen Mann, der vor drei Jahren einen Herzinfarkt gehabt hat? Sind das die Ehren, die man austeilt, Rabbi? Wollen Sie, dass er vor dem Thoraschrank zusammenbricht?»

Der Rabbi versuchte ihr zu erklären, dass dafür die Ritualkommission zuständig sei und dass man dort über Mr. Rosoffs Gesundheitszustand sicherlich nicht Bescheid gewusst habe.

«Es ist nicht weiter schlimm, Mrs. Rosoff, weil *Hagboh* der eine von einem Paar ist. Die beiden heißen *Hagboh* und *Glilloh. Hagboh* hebt die Thorarolle hoch, und *Glilloh* rollt sie auf und bindet sie zu … Ihr Mann braucht nur zu sagen, dass er lieber die Thora aufrollen möchte, dann wird sie der andere hochheben.»

«Rabbi, Sie kennen meinen Mann nicht. Glauben Sie, dass er auf die Ehre verzichtet, wenn er schon dazu aufgefordert wird? Lieber riskiert er einen Herzanfall.»

Der Rabbi versprach, sich selbst um die Sache zu kümmern. Er wollte sich nicht auf sein Gedächtnis verlassen und rief gleich Mortimer Schwarz an, den Gemeindepräsidenten, der die Ehrenämter von der Kanzel zu verkünden hatte.

«Gut, dass Sie anrufen, Rabbi», sagte Schwarz, nachdem er die Nachricht gehört hatte. «Ich wollte Sie schon anrufen, aber es war schon spät, und ich wollte Sie nicht mehr stören ... Haben Sie von der Lautsprecheranlage gehört?»

«Ja, Stanley hat's mir gemeldet.»

«Ist sicher nur halb so schlimm. Es summt ein wenig, wenn man direkt ins Mikrofon spricht, aber man muss einfach die Lautstärke leiser stellen. Denken Sie bitte daran.»

«Ich glaube, ich brauche das Mikrofon gar nicht.»

«Heute vielleicht nicht, aber morgen wird es schön anstrengend werden. Das ist kein Kinderspiel, ein ganztägiger Gottesdienst auf leerem Magen.»

«Wir werden's schon schaffen. Der Raum hat eine gute Akustik.»

«Vielleicht find ich noch einen Mechaniker, der heute Abend nach dem Gottesdienst ...»

«Kommt nicht infrage!», warf der Rabbi rasch ein.

«Na schön, Sie haben Recht. Es würde uns mehr schaden als nützen, wenn die Leute merken, dass ausgerechnet heute in der Synagoge gearbeitet wird ... Macht's Ihnen wirklich nichts aus?» Rabbi Small versicherte, es mache ihm wirklich nichts aus, und setzte sich wieder an den Tisch. «Mortimer Schwarz wird rücksichtsvoll», bemerkte er. «Das macht zweifellos die *Jom Kippur*-Stimmung.»

Er hatte die Hälfte seines Brathähnchens gegessen, als das Telefon erneut klingelte. Miriam wollte abnehmen, aber er winkte ab und nahm den Hörer. «Rabbi Small ...»

«Oh, Rabbi – gut, dass ich Sie erwische ... Hier spricht Mrs. Drury Linscott. Ich gehöre nicht Ihrem Glauben an, aber mein Mann und ich haben eine hohe Meinung von Ihren Leuten; der engste Mitarbeiter meines Mannes ist auch Jude ...»

Sie hielt inne und erwartete offenbar eine Dankesbezeugung seinerseits.

«Tatsächlich?», murmelte der Rabbi.

«Ja. Und jetzt kommt mein Mann und sagt, dass Morton … Das ist er, wissen Sie. Der Mitarbeiter. Morton Zoll heißt er … Kennen Sie ihn?»

«Ich … Nein, ich glaube nicht.»

«Ein feiner Mensch. Und so zuverlässig … Also, mein Mann behauptet, Morton hätte gesagt, dass er von heute Abend bis morgen Abend nichts essen und trinken darf, nicht einmal einen Schluck Wasser … Ich kann das einfach nicht glauben. Da hat mein Mann doch sicher was falsch verstanden?»

«Nein, nein. Es ist schon so, Mrs. Linscott. Wir fasten von Sonnenuntergang bis Sonnenuntergang.»

«Wirklich? Und während der Zeit darf er nicht arbeiten?»

«Nein.»

«Oh …»

Der Rabbi wartete.

«Na ja, dann …» Sie hängte ein.

Der Rabbi starrte verdutzt auf den Hörer. Dann legte er ihn langsam auf die Gabel.

«Was war denn diesmal?», fragte Miriam.

Er berichtete.

«Von jetzt an werde ich antworten», entschied sie. Im selben Moment schrillte der Apparat wieder.

Sie nahm den Hörer. «Mrs. Small … Ach so, Sie sind's.» Sie deckte die Muschel mit der Hand zu: «Kantor Zimbler», flüsterte sie.

«Lass mich ran.»

Der Kantor schien außer sich. «Rabbi, haben Sie das gehört wegen der Lautsprecheranlage? Stanley rief mich an, und ich bin gleich zur Synagoge gelaufen. Ich ruf von hier an. Es ist fürchterlich. Ich hab mal probiert – es klingt wie ein dreißig Jahre altes Grammophon mit einer stumpfen Nadel. Sobald man den Kopf bewegt, heult es wie die Feuerwehrsirene … Was sollen wir tun, Rabbi?»

Der Rabbi musste lächeln; er fragte sich, ob Zimbler für die Probe wohl das Kantorengewand angezogen und das weiße Käppchen aufgesetzt hatte. Das dicke Männchen mit dem kurzen schwarzen Spitzbart sah aus wie der Koch auf einer Spaghettireklame. Sie teilten miteinander das Umkleidezimmer, und der Kantor hatte darauf bestanden, dass neben der Tür ein hoher Spiegel angebracht wurde. Bis vor zwei Jahren hatte er in einer orthodoxen Gemeinde gesungen; seinem Bewerbungsschreiben um die neue Stelle hatte er ein Konzertplakat beigelegt, auf dem er sich *Jossele Zimbler* nannte. Neuerdings trat er nur noch als *Reverend Joseph Zimbler* auf. Die Umwelt formt den Menschen.

«Mit Ihrer Stimme brauchen Sie doch keinen Lautsprecher», sagte Rabbi Small.

«Meinen Sie wirklich?»

«Bestimmt nicht. Außerdem – Sie sind doch orthodox, oder nicht?»

«Na und?»

«Da werden Sie doch sicherlich auf die ganze Lautsprecheranlage verzichten wollen … Wenn ich mich nicht täusche, ist es ein elektrisches System, bei dem der Stromkreis durch die Schwingungen der Stimme ständig geschlossen und wieder unterbrochen wird.»

«Na und?»

«Das ist doch dasselbe, als ob Sie das Licht anknipsen.»

«So?» Der Kantor schien nicht ganz überzeugt.

«Aus diesem Grund benutzen viele orthodoxe Gemeinden keinen Lautsprecher für den Sabbatgottesdienst, geschweige denn am *Jom Kippur,* dem höchsten aller Feiertage.»

«Ja, dann …» Der Kantor gab sich geschlagen.

Rabbi Small kehrte lachend zum Tisch zurück. «Diese Kantoren sind wie kleine Kinder. Vielleicht brauchen sie deshalb ihren Namen immer in der Verkleinerungsform – Jossele, Mottele, Itzikel.»

«Wenn ich dich jetzt Davidel rufe, bleibst du dann endlich beim Tisch sitzen, bis du fertig gegessen hast?»

Das Telefon läutete nicht mehr, und er konnte den Kaffee in Ruhe trinken. Miriam räumte ab, spülte das Geschirr und zog sich an.

«Macht es dir wirklich nichts aus, zu Fuß zur Synagoge zu gehen?», fragte er besorgt.

«Aber nein. Der Arzt sagt doch, ich soll mir möglichst viel Bewegung machen … Komm, gehen wir, sonst geht das blödsinnige Geklingel wieder los.»

Es war noch eine Stunde bis zum Sonnenuntergang, aber der Gottesdienst sollte fünfzehn Minuten früher beginnen. Und wenn man auch bis zur Synagoge nur zwanzig Minuten brauchte, so war es an diesem Abend doch ratsam, zeitig dort zu sein. Als sie zur Tür gingen, schrillte nochmals das Telefon.

«Lass läuten, David.»

«Damit ich mir den ganzen Abend den Kopf zerbreche, wer es wohl war? Ich mach's kurz.»

«Rabbi?» Die heisere Stimme klang aufgeregt. «Hier spricht Ben Goralsky. Ich hab eine große Bitte an Sie: Könnten Sie auf dem Weg zur Synagoge rasch hier vorbeikommen? Es ist furchtbar wichtig. Mein Vater … Er ist sehr krank.»

«Wir waren schon am Gehen, und … Es ist schon spät, und Ihr Haus liegt nicht auf dem Weg.»

«Sie müssen kommen, Rabbi! Es geht um ein Leben. Ich schick Ihnen einen Wagen, und nachher fahr ich Sie selber zur Synagoge … Sie werden bestimmt zur Zeit dort sein.»

«Also …»

«Der Wagen ist schon unterwegs. In ein paar Minuten ist er bei Ihnen.»

2

Hugh Lanigan, der Polizeichef von Barnard's Crossing, war ein untersetzter Mann mit einem freundlichen irischen Gesicht und schneeweißem Haar. Er ließ sich in seinen Drehstuhl sinken und schwang sich herum, um seinen Besucher zu mustern: «Was kann ich für Sie tun, Herr Pfarrer?», fragte er zuvorkommend.

Der Mann auf dem Stuhl gegenüber war jung – höchstens fünfunddreißig. Er war groß und breitschultrig. Auf dem kräftigen Nacken saß ein schöner, markanter Kopf. Das blonde Kraushaar begann seitlich am Stirnansatz schütter zu werden. Trotz des klerikalen Stehkragens sah er eher wie ein Footballspieler als wie ein anglikanischer Geistlicher aus. Peter Dodge hatte tatsächlich mehrere Jahre lang als Profi gespielt, ehe er sich dann für die geistliche Laufbahn entschloss.

«Peter Dodge, Assistent von Dr. Sturgis an der Pfarrei von St. Anselm's», stellte er sich mit tiefer Baritonstimme vor.

Lanigan nickte.

«Ich möchte mich über zwei von Ihren Leuten beschweren.»

«Oh? Über wen denn?»

«Ich weiß nicht, wie sie heißen.»

«Kennen Sie die Nummern ihrer Dienstmarken?»

«Nein. Aber es waren die beiden Beamten, die am Mittwochabend den Streifenwagen fuhren.»

Lanigan warf einen Blick auf den Plan, der an der Wand hing.

«Loomis und Derry … Beides gute Leute. Was haben sie angestellt?»

«Ach, es gab da irgendwelchen Ärger in *Bill's Café* – es liegt an der Straße nach Salem …»

«Ich weiß, wo es liegt.»

«Jedenfalls, Bill … eh, der Wirt, forderte die Radaubrüder auf, das Lokal zu verlassen. Sie gehorchten ohne Widerrede, aber dann lungerten sie draußen herum und fingen die Gäste ab, die ins Lokal wollten … Schön, sie haben sich schlecht benommen; aber es war nicht ernsthaft gemeint.»

«Obwohl sie die Gäste nicht hereinließen?»

«Ich habe mit dem Wirt gesprochen; er sagte, die Sache sei gar nicht so schlimm gewesen …»

«Ach, Sie waren nicht dort, als es passierte?»

«Nein. Ich kam erst später hinzu.»

«Auf Ihrem täglichen Abendspaziergang?»

Der junge Pfarrer war erstaunt. «Woher wissen Sie, dass ich jeden Abend einen Spaziergang mache? Stehe ich etwa unter Polizeiaufsicht?»

Lanigan lächelte. «Unsere Stadt ist klein, Herr Pfarrer, aber wir müssen ein großes Gebiet überwachen. Dafür haben wir nicht genügend Leute; wir müssen versuchen, möglichst Bescheid zu wissen, ehe was passiert. Die Betonung liegt auf ‹Bescheid wissen› … Sie sind neu hier, nicht wahr?»

«Ja, ich bin erst seit ein paar Monaten …»

«Und Sie kommen wohl aus einer Großstadt?»

Dodge nickte. «South Bend.»

«Aus dem Mittelwesten, aha. Ich dachte es mir. Man hört's an der Aussprache … Sehen Sie, Stadtleute merken meistens erst, dass es eine Polizei gibt, wenn sie sie brauchen. Die Polizei ist etwas, das einfach immer zu funktionieren hat – wie das Wasserwerk oder die Stromversorgung. Aber an kleinen Orten wie hier sind Polizisten noch Nachbarn und Freunde; man kommt mit ihnen zusammen wie mit anderen Bekannten. Unsere Aufgabe ist es, alles zu wissen. Wenn nachts ein

Fremder durch die Straßen geht, wird ihn der Streifenpolizist vermutlich ansprechen …» Er schaute den jungen Pfarrer belustigt an: «Hat Sie noch nie ein Polizist angesprochen?»

«Doch – kurz nachdem ich hergezogen bin. Aber er fragte nur, ob er mir behilflich sein könne. Wahrscheinlich dachte er, ich suche eine Straße.»

«Worauf Sie ihm erklärten, dass Sie immer nach dem Abendessen einen Spaziergang machten?»

«Oh …»

«Sehen Sie, so einfach ist das. Sie marschieren jeden Abend von Mrs. Oliphant, bei der Sie logieren, durch die Oak Street bis hinter Colonial Village, biegen dann in die Main Street in Richtung Salem ein und gehen dann am Wasser entlang nach Hause.»

«So macht ihr das also?»

«Ja, so machen wir das.»

«Und wenn ich statt dieser Kleider einen … gewöhnlichen Anzug anhätte?»

«Dann wäre der Beamte genauso höflich gewesen, nur hätte er ihnen mehr Fragen gestellt. Und wenn Sie ihm gesagt hätten, dass Sie zur Bushaltestelle wollen, hätte er Ihnen wahrscheinlich angeboten, auf den Streifenwagen zu warten, damit er Sie dort absetzt.»

«Ach so.»

«Ja, also … Ich nehme an, dass Sie so gegen halb neun bei Bill vorbeikamen. Die Jungen standen rum und schimpften. Sie fragten …»

«Einer von ihnen ist in unserer Kirche. Er sagte – und die anderen bestätigten es –, dass sie von den beiden Beamten angebrüllt und unnötig grob behandelt worden seien. Zwei Negerjungen waren auch dabei; auf sie hatten es Ihre Leute besonders abgesehen.»

«Sie beschweren sich also darüber, dass meine Leute ungebührlich grob waren. Haben sie zugeschlagen? Haben sie ihre Knüppel benutzt?»

«Ich möchte vorerst klarstellen, dass man die Polizei gar nicht gerufen hat. Der Streifenwagen fuhr rein zufällig vorüber.»

«Wir schauen jeden Abend ein paarmal bei Bill herein.»

«Also es war auch Ihrer Ansicht nach an jenem Abend dort nichts Besonderes los?»

«Ganz recht.»

«Ich finde es höchst bedenklich, dass die Negerjungen schlecht behandelt wurden. Wir sind doch nicht in Alabama.»

«Ach so … Sie gehören wohl der Bürgerrechtsbewegung an?»

«Jawohl.»

«Na gut. Und was ist diesen farbigen Jungen passiert, dass Sie sich so empören?»

«Einmal protestiere ich dagegen, dass sie strenger angefasst wurden als die anderen, Und dann, sie wurden herumgestoßen; einer von ihnen fiel sogar hin … ihre Leute sind zu weit gegangen. Ich glaube nicht, dass sie als Hüter der öffentlichen Ordnung …»

«Das ist es ja gerade, Herr Pfarrer. Ich meine, dass sie Hüter der öffentlichen Ordnung sind. Aber sie betrachten sich vor allem als die Hüter der Ordnung in Barnard's Crossing, und die beiden Burschen sind nicht aus unserer Stadt.»

«Woher wissen Sie das?»

«Weil wir in Barnard's Crossing keine farbigen Familien haben … Und bevor Sie irgendwelche voreiligen Schlüsse ziehen: Es liegt nicht daran, dass wir sie nicht wollen oder gar stillschweigend boykottieren. Es liegt an den Bodenpreisen. Sie sind hier sehr hoch, und die meisten Neger können sich's einfach nicht leisten ...»

Er fragte sich, ob es überhaupt Sinn habe, diesem ‹Ausländer› auseinander zu setzen, wie es in Barnard's Crossing zuging.

«... Sie müssen die Situation hier verstehen, Herr Pfarrer. Ed Loomis – ich vermute, er war es – und ich, wir haben keinerlei Vorurteile gegen Schwarze. Oder gegen sonst jemand. So sind wir nicht hier in Barnard's Crossing; wenn Sie erst eine Zeit lang hier gewohnt haben, werden Sie's selbst merken ... Die meisten Familien stammen ursprünglich aus Salem; sie sind von dort weggezogen, weil sie die Theokratie satt hatten. Sie wollten sich nicht mehr vorschreiben lassen, was sie tun und was sie nicht tun durften. Während einer langen Zeit gab es hier weder Kirche noch Pfarrer. Es war ein derber Menschenschlag, aber die Leute waren tolerant, und ich habe das Gefühl, dass diese beiden Eigenschaften bis heute erhalten geblieben sind ... Meine Leute waren alle irische Katholiken, und sie leben hier seit der Kolonialzeit, ohne dass jemand was dagegen gehabt hätte. Wir sind tolerant, aber wir haben aus jener Zeit noch ein einziges Vorurteil – es richtet sich gegen Fremde. Fremde sind Leute, die nicht aus Barnard's Crossing stammen. Und die beiden Jungen waren aus Salem ... Ich bin ganz sicher, dass Ed Loomis nichts gegen die Jungen hatte. Nichts Persönliches. Wohlgemerkt, ich heiße es nicht gut, dass un sere Polizei mit fremden Jungen härter umspringt als mit den einheimischen, aber ich kann es verstehen, weil ich die Hintergründe kenne.»

«Sie entschuldigen also diese Haltung?»

«Ich entschuldige sie nicht, aber ich verstehe sie.»

«Ich denke, damit ist die Sache noch nicht abgetan. Mr. Braddock, der Vorsitzende des Stadtparlaments, gehört zu unserer Kirche. Ich habe die Absicht, ihn von dem Vorfall zu unterrichten.»

Lanigan spitzte die Lippen, sagte aber nichts. Dann blickte er auf die Wanduhr und lehnte sich in seinem Drehstuhl zurück, bis er über den anschließenden Korridor den Schreibtisch des Dienst tuenden Sergeant sehen konnte. «Sag mal dem Streifenwagen Bescheid, Joe», rief er ihm zu. «Sie sollen zur Synagoge fahren und den Verkehr regeln. Ich hab mit dem Rabbi gesprochen; er sagt, die Ersten kommen so gegen halb sieben, aber zwischen Viertel vor und Viertel nach wird's Gedränge geben … Nachher sollen sie die Streife wieder aufnehmen.»

Dann wandte er sich mit einem Lächeln wieder an seinen Besucher: «Gehen Sie ruhig zu Alf Braddock und beschweren Sie sich bei ihm über Ed Loomis – er kennt ihn recht gut. Die beiden sind im gleichen Ruderclub.»

3

Colonial Village war die erste Stadtrandsiedlung von Barnard's Crossing. Die üblichen Witze, die man über Wohnkolonien zu machen pflegt, trafen auf Colonial Village nicht zu; es bestand hier nicht die Gefahr, dass der Ehemann am Abend ins falsche Haus trat. Die Häuser hatten zwar alle denselben Grundriss, doch gab es drei unterschiedliche Fassadentypen, und keine zwei benachbarten Häuser waren gleich. Die Parzellen waren nicht allzu groß, aber sie gestatteten doch ein Privatleben, ohne enge nachbarliche Beziehungen zu erschweren.

Die älteren Bewohner der Stadt betrachteten Colonial Village etwas von oben herab. Sie selbst wohnten in hässlichen, aber soliden und geräumigen viktorianischen Häusern und bezeichneten die Siedlung als ‹Keksdosenkolonie›; sie spöttelten auch gern über die ‹Schwimmbecken mit Dach› – eine boshafte Anspielung auf die Tatsache, dass es anfangs nach Regenfällen gelegentlich überschwemmte Keller gegeben hatte. Außerdem hielt sich hartnäckig die Vorstellung, dass hier überwiegend Juden lebten.

Tatsächlich wohnten fast ebenso viele Nichtjuden im Village, am oberen Teil der Bradford Lane zum Beispiel, wo Isaac und Patricia Hirsh wohnten, gab es zwar sehr viele jüdische Familien, aber am anderen Ende lebten die Venutis, die O'Hearnes und der Pole Stan Padefsky.

Immerhin herrschte am Vorabend des Versöhnungstages in vielen Häusern von Colonial Village geschäftiges Treiben; überall machte man sich für den Tempel bereit. Nur bei den Hirshs ging es verhältnismäßig ruhig zu. Patricia Hirsh, eine große aparte Frau in den Dreißigern mit rotem Haar und hellen blauen Augen im sommersprossigen Gesicht, hatte bereits gegessen und das Geschirr abgeräumt. Sie aß oft allein, weil sie nie wusste, wann ihr Mann aus dem Labor nach Hause kam. Sonst machte es ihr nichts aus, aber heute hatte sie Liz Marcus von gegenüber versprochen, die Kinder zu hüten, damit sie zum *Kol Nidre*-Gottesdienst gehen konnte. Pat ärgerte sich über die Verspätung ihres Mannes. Sie hatte ihn ausdrücklich gebeten, früh nach Hause zu kommen. Sie hatte für ihn in der kleinen Essnische, die durch eine Bücherwand vom Wohnzimmer getrennt war, den Tisch gedeckt. Sie sah gerade auf die Uhr und überlegte, ob sie im Labor anrufen sollte, als sie ihn die Tür aufschließen hörte.

Im Gegensatz zu seiner attraktiven jungen Frau war Isaac Hirsh klein und dick. Ein Kranz stahlgrauer Haare umrahmte die Glatze des Fünfzigjährigen. Unter der rot geäderten Knollennase saß ein borstiger Schnurrbart.

Sie gab ihm einen flüchtigen Kuss. «Ich hab dir doch gesagt, dass ich Liz Marcus versprochen habe, auf die Kinder aufzupassen. Und dass ich zeitig drüben sein will.»

«Es reicht noch längst, Baby. Der Gottesdienst beginnt frühestens um sieben, kurz vor Sonnenuntergang.»

«Woher weißt du das?», fragte sie. «Du gehst doch seit Jahren nicht mehr in die Synagoge.»

«So was vergisst man nicht, Baby.»

«Wenn du's nicht vergessen kannst, warum gehst du dann nicht hin?»

Er zuckte die Achseln und setzte sich zu Tisch.

«Es ist sicher wie bei uns mit Weihnachten», meinte sie nachdenklich. «Ich geh nie in die Kirche, zu Hause haben wir uns nicht viel draus gemacht – aber Weihnachten, das ist was anderes ... Als Ma und Pa noch lebten, bin ich zu Weihnachten immer heim nach South Bend gefahren.» Sie brachte ihm das Essen.

«Ist doch bei allen dasselbe, oder nicht?»

Er überlegte. «Jaaa ... ja, wahrscheinlich ist es aber für die meisten Leute im Grunde doch nur eine Art Aberglaube. Und ich bin nun mal nicht abergläubisch.»

Sie setzte sich ihm gegenüber und sah ihm beim Essen zu.

«Manche Juden sind fürchterlich stolz darauf, Juden zu sein», fuhr er fort, «obwohl sie ja schließlich nichts dafür können. Und andere wieder sind unglücklich, dass sie als Juden geboren wurden. Im Grunde ist es dasselbe mit umgekehrten Vorzeichen.» Er fuchtelte beim Sprechen mit dem Löffel herum. «Sie setzen alles daran, um davon loszukommen ... Arme Teufel.»

Sie nahm ihm den Teller weg und brachte einen neuen.

«Wenn sie aus ihrer Geburtsstadt fortziehen, ändern sie den Namen», sagte er. «Wenn sie bleiben, ist es nicht ganz so einfach, aber auch dann versuchen sie es zu vertuschen. Ich bin Jude, aber ich bin weder stolz darauf, noch schäme ich mich deswegen; ich verheimliche es nicht, aber ich trompete es auch nicht in die Welt hinaus. Ich bin, was ich bin, weil ich so geboren wurde. Es ist lediglich eine Kategorie; und man kann nach allen möglichen Kriterien Kategorien einteilen.»

«Das verstehe ich nicht.»

«Schau, du kommst aus South Bend. Bist du stolz darauf? Schämst du dich darüber? Du bist eine Frau …»

«Das allerdings hab ich schon oft bedauert!»

Er nickte. «Gut; vielleicht habe ich auch schon mal bedauert, dass ich Jude bin. Es ist nur menschlich …» Er wurde nachdenklich. «Ich glaube sogar, dass ich Glück hatte. Als Wissenschaftler kommt es nicht so darauf an. In manchen Berufen schlagen viele Türen zu, wenn man Jude ist; vielleicht hätte ich es dann verheimlicht, oder ich wäre übergetreten … Aber für einen Mathematiker ist es kein sonderlicher Nachteil – im Gegenteil, manche Leute reden sich sogar ein, dass wir eine besondere Begabung dafür haben. Wenn man sich irgendwo bewirbt, hat man den Vorteil eines Italieners, der ein Engagement bei einem Opernensemble sucht.»

«Mein Gott, bist du heute aber philosophisch!»

«Möglich. Ich bin völlig erschossen. Davon kann einer schon philosophisch werden.»

«Hat dir Sykes wieder einmal zugesetzt?», fragte sie mitfühlend. «Ach, übrigens, er hat vorhin angerufen.»

«Sykes? Wann denn?»

«Vor einer Viertelstunde ungefähr … Du sollst ihn zurückrufen.»

«Schön.»

«Rufst du ihn nicht an?»

«Nein. Ich geh später nochmals ins Labor zurück. Deswegen hat er wahrscheinlich angerufen.»

«Aber du bist doch müde!», protestierte sie. «Und außerdem ist es doch ein Feiertag für dich …»

«Ach was! Sykes weiß, dass ich nicht in die Synagoge gehe. Der Alte hat ihn abgekanzelt, und natürlich muss ich das wieder mal ausfressen.»

«Etwas nicht in Ordnung, Ike?», fragte sie besorgt.

Er zuckte die Achseln. «Das Übliche. Man wälzt eine Idee im Kopf und meint, sie taugt was; man arbeitet Tage und Wochen daran, und dann stellt sich raus, dass alles für die Katz war.»

«Aber das kommt doch immer wieder vor, nicht? Das ist doch normal, dass …»

«Klar. Und es ist auch weiter nicht tragisch, wenn man Grundlagenforschung an einer Universität betreibt. Wenn man aber für die Industrie arbeitet wie wir und dem Auftraggeber hinterher eine Rechnung schicken muss, ist es schon peinlicher … Dieses Projekt war ein Auftrag von Goraltronics – entsetzlich schwierige Leute. Aus irgendeinem Grund sind sie jetzt noch ungeduldiger als sonst, und alles leidet darunter … Na, sollen sich die großen Herren die Köpfe einrennen; ich bin ja bloß ein Kuli. Ich mach meine Arbeit und steck den Lohn ein.»

«Dann wirst du also wieder bis in die Nacht hinein arbeiten?»

«Zwei Stunden vielleicht. Warum?»

«Peter Dodge rief an. Er kommt vielleicht auf einen Sprung vorbei.»

«Zu mir oder zu dir?»

Sie wurde rot. «Ich bitte dich, Ike …»

Er lachte über ihre Verlegenheit. «Ich mach ja nur Spaß, Baby … Komm mal her!»

Sie trat zu ihm, und er legte den Arm um sie und streichelte ihre Hüfte.

«Er ist ein alter Freund», verteidigte sie sich, «das ist alles … Wir stammen aus derselben Stadt, und …»

Das Telefon läutete. Sie machte sich von ihm frei, und während sie zum Apparat ging, meinte sie: «Sicher Sykes, der sich wundert, warum du ihn nicht angerufen ... Ja, bitte?», meldete sie sich.

«Hallo, Pat ...» Es war Liz Marcus, und sie klang ungeduldig. «Ich dachte, du wolltest früh kommen?»

Sie versprach, gleich aufzubrechen, und wandte sich zu ihrem Mann: «Ich muss gehen, Liebling. Bleib nicht zu lange.»

«Schon gut, Baby.»

Unter der Tür spitzte sie die Lippen und warf ihm einen Kuss zu.

4

Für die Alteingesessenen von Barnard's Crossing war der ausgedehnte Besitz der Goralskys immer noch die Northcliffe-Villa. Vor drei Jahren war das Anliegen in die Hände der Goralskys übergegangen, und Myron Landis, der Makler, der das Geschäft zustande gebracht hatte, wurde nie müde, davon zu berichten:

«Also, auf die Annonce melden sich zwei Männer, ja – ein Greis mit einem Bart und sein Sohn, auch schon so um die fünfzig. Der Alte sagt: ‹Sind Sie der Agent für Northcliffe?› Und das mit einem Akzent, dass man ihn kaum versteht.

‹Ja, Sir›, sag ich.

Da fragt er: ‹Wie viel kostet das Grundstück?›

‹Hundertundzwanzigtausend›, sag ich.

Er nickt seinem Sohn zu, und die beiden verziehen sich in eine Ecke und diskutieren hin und her. Ich hab kein Wort verstanden – sie sprachen nicht auf Englisch. Dann stellt der Junge einen Scheck aus und gibt ihn dem Alten zur Unterschrift. Der Alte nimmt die Brille ab, setzt eine andere auf und liest den Scheck durch; dabei wackelt er immer so mit dem Kopf. Dann holt er einen altmodischen Füller raus, so einen, wo die Feder noch rausgeschraubt wird, ja, und malt sorgfältig seinen Namen hin. Schließlich gibt er mir den Scheck hin, und ich lese schwarz auf weiß: Einhunderttausend Dollar, unterzeichnet von einem gewissen Moses Goralsky.

Sag ich: ‹Das sind aber nur hunderttausend. Der Preis ist hundertzwanzigtausend.› Natürlich ist es hirnverbrannt, so was zu sagen – kein Mensch kauft auf diese Weise, ohne das Grundstück überhaupt gesehen zu haben und ohne nach der Finanzierung zu fragen, nach Hypotheken und so … Ich hab so was noch nie erlebt. Na ja, und am Ende hat er's gekriegt – für die hunderttausend.»

Das große graue Herrschaftshaus war durch eine breite Rasenfläche von der Straße getrennt. Ein hohes Eisengitter umgab den Besitz. Die hintere Front des Hauses blickte aufs Meer, und als Rabbi Small und Miriam durch das Hauptportal fuhren, hörten sie die Brandung gegen den Damm schlagen und spürten die kühle Brise.

Der Wagen hielt vor dem Haustor. Der Fahrer sprang heraus und öffnete den Schlag. Im gleichen Moment trat Ben Goralsky zu ihnen, ein hoch gewachsener, stämmiger Mann mit roten Wangen und dichten schwarzen Augenbrauen.

Er schüttelte dem Rabbi die Hand. «Danke, dass Sie gekommen sind. Ich hätte Sie selbst abgeholt, aber ich wollte Vater nicht allein lassen …»

Er wandte sich an den Fahrer: «Sie können gehen, aber lassen Sie den Wagen hier. Ich fahre meine Gäste selbst zurück!» Dann wieder zu dem Rabbi: «Wissen Sie, wir haben dem ganzen Personal bis auf die Haushälterin heute Abend und morgen freigegeben. Vater will es so. Er meint, sie dürfen nicht arbeiten, weil sie zu unserem Haushalt gehören …

Ich werde Sie aber selbst zur Synagoge fahren, keine Sorge – Sie werden rechtzeitig dort sein.»

«Wie geht's ihm?», erkundigte sich der Rabbi.

«Nicht gut. Der Arzt war vor einer halben Stunde da – ein Professor aus Harvard. Soll eine Kapazität auf seinem Gebiet sein.»

«Ist Ihr Vater bei Bewusstsein?»

«Ja. Manchmal döst er ein wenig, aber sonst ist er immer bei vollem Bewusstsein›

«Kam es ganz plötzlich? Ich habe ihn doch vor kurzem noch in der Synagoge gesehen.»

«Stimmt – am Dienstagmorgen ging er noch zum *Minijan.* Am Mittwoch fühlte er sich nicht so gut, und am Donnerstag bekam er Fieber und hustete. Als es heute nicht besser wurde, holte ich den Arzt. Er sagt, es ist eine Infektion. Und Sie wissen ja, in dem Alter kann aus der kleinsten Erkältung etwas Ernstes werden ...»

Er blieb in der pompös ausgestatteten Halle stehen. «Macht es Ihnen was aus, hier unten zu warten, Mrs. Small?»

«Aber nein, Mr. Goralsky. Ganz und gar nicht.»

«Hier hinauf, bitte.» Er führte den Rabbi über die breite Marmortreppe mit dem dicken roten Teppich.

«Wann hat er nach mir verlangt?», wollte der Rabbi wissen.

«Eh ... er hat eigentlich nicht nach Ihnen verlangt. Es war meine Idee», murmelte Goralsky verlegen. «Wissen Sie, es ist, weil ... Er will seine Medizin nicht schlucken.»

Der Rabbi blieb stehen und starrte ihn ungläubig an.

Auch Goralsky war stehen geblieben. «Sie verstehen mich nicht ... Der Arzt hat gesagt, er muss alle vier Stunden seine Medizin einnehmen, auch während der Nacht. Wir sollen ihn sogar aufwecken. Aber er will sie nicht nehmen, die Medizin ...»

«Und jetzt soll ich sie ihm einlöffeln?»

Goralsky bemühte sich, dem Rabbi die Sache klar zu machen. «Nein, das kann ich auch, aber … Er will nicht, weil *Jom Kippur* ist. Er will das Fasten nicht unterbrechen.»

«Weil *Jom* … Aber das ist doch Unsinn! Die Vorschrift gilt nicht für Kranke.»

«Ich weiß. Aber er hat einen harten Kopf. Darum dachte ich, Sie könnten ihn noch am ehesten überzeugen. Wenn Sie mit ihm reden, meine ich, wird er Sie vielleicht ernst nehmen.»

Der Rabbi schüttelte den Kopf; sie gingen weiter. Im ersten Stock stieß Goralsky eine Tür auf.

«Hier, Rabbi …»

Als sie eintraten, erhob sich die Haushälterin, und Goralsky bedeutete ihr, draußen zu warten. Das Zimmer war ganz anders eingerichtet als die Räume, die der Rabbi gesehen hatte. Mitten im Raum stand ein breites, altmodisches Messingbett, in dem der Alte auf hochgetürmten Kissen lag. Ein wuchtiges, zerkratztes Eichenpult, über und über mit Papieren bedeckt, stand an der Wand, davor ein Mahagoni-Drehstuhl mit riesigem Lederpolster. Außerdem gab es noch zwei mit grünem Plüsch bezogene Stühle, von denen der Rabbi vermutete, dass sie einmal zur Esszimmereinrichtung der Goralskys gehört hatten.

«Der Rabbi kommt dich besuchen, Papa», sagte Goralsky.

«Ich danke ihm», antwortete der Greis. Er war klein; das wachsbleiche Gesicht verschwand zur Hälfte unter einem struppigen Bart. Die dunklen, eingesunkenen Augen glänzten fiebrig. Eine knochige Hand zupfte nervös an der Bettdecke.

«Wie geht es Ihnen, Mr. Goralsky?», fragte der Rabbi.

«Dem Nasser sollt's gehn wie mir», gab er zurück. Das Lächeln wirkte gezwungen.

Auch der Rabbi lächelte. «Warum wollen Sie Ihre Medizin nicht einnehmen?»

Der Greis schüttelte langsam den Kopf. «Am *Jom Kippur* faste ich, Rabbi.»

«Aber das Fastgebot gilt nicht für Medikamente. Es ist eine Ausnahme, ein besonderes Gesetz.»

«Ich versteh nichts von Sondergesetzen und Ausnahmen. Was ich weiß, hab ich von meinem Vater selig gelernt. Er war kein Gelehrter, aber in seinem Städtchen drüben in dem alten Land gab es keinen, der so beten konnte wie er. Er glaubte an Gott wie an einen Vater. Er stellte keine Fragen, und er machte keine Ausnahmen. Einmal, ich war dreizehn oder vierzehn Jahre alt, stand er zu Hause in der Stube beim Morgengebet. Da sind besoffene Bauern ins Haus gekommen. Sie wollten Streit. Sie schrien meinen Vater an, er solle ihnen Schnaps geben. Meine Mutter und ich, wir hatten Angst; aber mein Vater schaute sie nicht einmal an und ließ kein einziges Wort von seinem Gebet aus. Einer von den Kerlen wollte auf ihn losgehen, und meine Mutter fing an zu schrein, aber Vater betete unbeirrt weiter, bis es den Strolchen zu dumm wurde. Sie zerrten ihren Kameraden mit und gingen davon.»

Der Sohn hatte die Geschichte offenbar schon oft gehört, denn er schnitt ungeduldige Grimassen, doch der Alte achtete nicht auf ihn und erzählte weiter. «Mein Vater hat sich abgerackert, aber für Essen und Kleider reichte es immer. Und bei mir war's genauso. Er hat mir eine gute Frau gegeben, und sie hat gelebt, bis ihre Jahre voll waren; und gute Söhne hat sie mir gegeben, und im hohen Alter Reichtum obendrein.»

«Halten Sie es für so was wie eine Unfallversicherung, wenn man betet, den Sabbat heiligt und am *Jom Kippur* fastet?», fragte der Rabbi. «Gott hat Ihnen auch einen Verstand gegeben, Mr. Goralsky, und ein Leben, für das Sie ihm verantwortlich sind.»

Der Alte zuckte die Achseln.

«Es steht ausdrücklich geschrieben, dass Kranke nicht fasten dürfen», sagte der Rabbi eindringlich. «Es ist eine Grundregel unserer Religion.»

«Hören Sie, Rabbi: Ich bin ein alter Mann; seit mindestens fünfundsiebzig Jahren faste ich am *Jom Kippur* ... Glauben Sie, dass ich jetzt plötzlich beginnen werde zu essen?»

«Medikamente sind kein Essen», widersprach der Rabbi und fuhr ernst fort: «Sind Sie sich bewusst, Mr. Goralsky, dass es als Selbstmord ausgelegt werden könnte, falls Sie, Gott behüte, sterben sollten, weil Sie Ihre Medizin verweigern?»

Der Alte lachte nur.

David Small fühlte, dass es dem Greis ein boshaftes Vergnügen bereitete, mit einem jungen Rabbi zu argumentieren; er musste lächeln, machte aber doch noch einen letzten Versuch. Er gab sich Mühe, finster und unheilvoll zu klingen: «Bedenken Sie, Mr. Goralsky – ein Selbstmörder erhält kein rituelles Begräbnis. Man würde an Ihrem Grab keine Rede halten und keinen *Kaddisch* sagen. Genau genommen müsste man Sie sogar abseits beerdigen, am Rand des Friedhofs. Sie dürften nicht neben Ihrer Frau liegen, und es wäre eine Schande für Ihre Kinder und Enkel ...»

Der Alte hob eine magere, blau geäderte Hand hoch. «Keine Sorge, Rabbi, ich werd schon nicht ausgerechnet heute Nacht sterben ... Benjamin, ihr müsst jetzt gehen, sonst kommt ihr zu spät zu *Kol Nidre.*» Er schloss die Augen zum Zeichen, dass er in Ruhe gelassen werden wollte.

«Es tut mir Leid», sagte der Rabbi, während sie die Treppe hinunterstiegen, «ich konnte nicht sehr viel ausrichten. Aber ich hätte geglaubt, dass er auf Sie hört.»

«Seit wann hören Eltern auf ihre Kinder, Rabbi?», fragte Goralsky verbittert. «Für ihn bin ich immer noch ein kleiner Junge. Er ist stolz, wenn man mich lobt. Letztes Jahr erschien im *Time Magazine* ein Artikel über mich. Er hat die Seite ausgeschnitten und trägt sie in der Brieftasche herum und zeigt sie allen Leuten ... Im Geschäft hört er zum Glück noch auf mich, aber wenn es um seine Gesundheit geht, da redet man wie gegen eine Wand.»

«War er sonst immer gesund?»

«Er war noch nie im Leben krank. Er verachtet die Ärzte. Das Unglück ist, dass er sich für unverwüstlich hält; und wenn dann so was passiert, tut er nichts dagegen.»

«Er muss schon recht alt sein.»

«Vierundachtzig», sagte Goralsky stolz.

«Dann hat er vielleicht Recht», meinte der Rabbi. «Wenn er in dem Alter gesund ist und nie zum Arzt geht, weiß er wahrscheinlich instinktiv, was gut für ihn ist.»

«Kann sein. Jedenfalls danke ich Ihnen für Ihre Mühe, Rabbi. Ich werde Sie jetzt mit Ihrer Frau zum Tempel fahren.»

«Kommen Sie nicht zum Gottesdienst?»

«Nein. Ich glaube, es ist vernünftiger, wenn ich zu Hause bleibe.»

5

Ein kleiner Lieferwagen mit der Aufschrift JACKSON'S SPIRITUOSEN hielt vor dem Haus der Levensons, die gegenüber den Hirshs wohnten. Der Fahrer stieg mit einem Paket unter dem Arm aus, klingelte an der Haustür und wartete. Als niemand öffnete, läutete er nochmals, während er nervös auf den Aluminiumdeckel seines Quittungsblocks trommelte. Da bemerkte er Isaac Hirsh, der aus dem Haus trat und auf seinen Wagen zuschritt.

Eilig ging er zu ihm hinüber. «Wohnen Sie in diesem Haus, Mister?»

«Ja.»

«Kennen Sie zufällig …» Er las den Namen auf dem Paket: «einen Charles Levenson?»

«Ja. Er wohnt da drüben.»

Dem Fahrer riss die Geduld. «Das weiß ich auch, Mister … Schauen Sie, das ist meine letzte Lieferung heute Abend, und es ist schon spät. Morgen habe ich nur Lieferungen am anderen Ende der Stadt. Es ist niemand zu Hause, und ich will das Paket nicht draußen lassen, wo jeder ran kann – Sie wissen schon, was ich meine … Können Sie's nicht Mr. Levenson geben, wenn Sie ihn morgen sehen?»

«Doch, natürlich.»

«Vielen Dank … Unterschreiben Sie hier, bitte.»

Hirsh zog an dem Maskottchen, das am Rückspiegel baumelte, sodass es an der Gummischnur auf und nieder hüpfte. «Hat's da drin nicht geschwappt, Herr Einstein?» Die Puppe mit dem struppigen Haarschopf schien zu nicken. «Das müssen wir mal näher untersuchen», murmelte er und ließ den Worten die Tat folgen. Vorsichtig öffnete er das Paket und zog eine Flasche hervor. «Echter Wodka!» Er stieß einen leisen Pfiff aus. «Und die beste Marke …» Er las das beigeheftete Kärtchen im Schein der Armaturenbeleuchtung: *Für Charlie Levenson mit herzlichen Geburtstagswünschen* … «Ist das nicht rührend, Einstein? Ich habe große Lust, auf das Wohl unseres Freundes und Nachbarn Charlie Levenson zu trinken … Aber erst mal scharf nachdenken: Seit sechs Monaten haben wir keinen Tropfen mehr … Was sagst du – seit acht Monaten? Na ja, auch möglich. Jedenfalls ist's lange her … Einerseits 'ne Schande, rückfällig zu werden; aber … Es wäre doch andererseits auch höchst rüpelhaft, nicht auf die Gesundheit unseres braven Charlie zu trinken … Was sagst du? Ich kann nicht mehr aufhören, wenn ich einmal angefangen hab? Möglich, aber wie weiß man das, alter Junge, wenn man nicht von Zeit zu Zeit die Probe aufs Exempel macht? Und schließlich ist es ja auch nicht unsere Schuld – wir wollten brav ins Labor gehen, und da fliegt uns das Ding aus heiterem Himmel in den Schoß … Ich bitte dich, das ist doch ein Wink des Schicksals. Besonders heute Abend. Und morgen ist Samstag, da können wir ausschlafen … Was meinst du? Levenson wird seine Flasche vermissen? Das ist ja gerade der Witz an der Sache, Junge! Charlie kommt erst spät von der Synagoge nach Hause. Und am Versöhnungstag trinkt er nichts. Morgen kaufen wir ihm eine neue Flasche, und er wird nie etwas erfahren …»

Er schraubte den Deckel ab und nippte versuchsweise. «Ich hab dir's ja gleich gesagt, Einstein: Die beste Sorte.» Er nahm einen zweiten Schluck und setzte den Deckel wieder auf. «Das fegt einem die Spinnweben aus dem Hirn. Und heute brauchen wir einen besonders klaren Kopf.» Er legte die Flasche ins Handschuhfach und fuhr an.

Unterwegs hielt er mehrmals an, um auf Charlies Wohl zu trinken. Einmal hupte jemand laut hinter ihm; er erschrak und schlug so scharf rechts ein, dass das Rad den Bordstein streifte und der Wagen nach links schleuderte. Erneutes Hupen; dann überholte der andere. Man konnte ihn fluchen hören.

«Muss das Fenster offen haben», folgerte Hirsh scharfsinnig. «Weißt du, Einstein, der Verkehr auf Fernstraße 128 ist nichts für uns … Der Kopf ist zwar klar, aber die Reflexe … Wie wär's, wenn wir mal anhalten würden? Ein paar hundert Meter vor dem Labor ist ein Rastplatz. Dort können wir verschnaufen.»

Er hielt den Wagen an. Ungelenk fingerte er an der Verpackung herum, riss schließlich ungeduldig das Papier von der Flasche und warf es samt der Schachtel im Schwung aus dem Fenster. «Man muss seine Grenzen kennen – das ist die ganze Kunst.» Er stellte den Motor ab und löschte die Scheinwerfer. «In 'ner halben Stunde sind wir wieder fit. Erst ein kleines Nickerchen, und dann auf ins Labor … Merk dir, Einstein, alter Knabe, ich weiß es aus Erfahrung – mein Hirn funktioniert wie ein Computer, sobald ich wieder wach bin.»

6

Die Smalls kamen gerade noch rechtzeitig im Tempel an. Miriam trat mit ein paar Nachzüglern durch das Hauptportal ein. Der Rabbi eilte durch eine Seitentür, die über eine enge Treppe zum Ankleidezimmer neben dem Synagogenraum führte. Das Zimmer diente gleichzeitig zum Aufbewahren von alten Gebetbüchern, leeren Blumenkörben, Notenstapeln mit lithurgischer Musik und zwei Drahtrollen, die der Elektriker liegen gelassen hatte, als der Bau vor drei Jahren fertig gestellt wurde. Der Rabbi legte Mantel und Hut ab, setzte sein Käppchen auf und zog den weißen Talar an. Da es keinen Stuhl gab, lehnte er sich an den Schrank und tauschte die Straßenschuhe gegen weiße Turnschuhe aus – die moderne Kompromisslösung für das alte Gesetz, das das Tragen von Lederschuhen am Versöhnungstag verbietet. Schließlich legte er den seidenen Gebetsmantel um die Schultern, warf einen raschen Blick in den Spiegel und öffnete die Tür zum Podium vorn im Synagogenraum.

Links und rechts der Bundeslade standen je zwei rote Samtstühle mit hoher Lehne. Auf der einen Seite saßen der

Vizepräsident und der Kantor; die beiden Plätze neben dem Ankleideraum waren für den Rabbi und den Gemeindevorsteher, Mortimer Schwarz, bestimmt.

«Das war aber höchste Eisenbahn, Rabbi», sagte Schwarz. «Ein Wunder, dass Sie noch einen Parkplatz gefunden haben.» Er war ein großer, jugendlicher Fünfziger mit dünnem grauschwarzem Haar, das er nach hinten gekämmt trug, um die hohe Stirn noch mehr zu betonen. Er hatte ein langes, schmales Gesicht und eine fein geschwungene Nase. Der kleine Mund mit den vollen Lippen schien wie zum Kuss zugespitzt. Er war Architekt, und die Art, wie er sich kleidete, deutete auf einen Hang zum Künstlerischen hin. Er sah sehr gut aus, und nach seiner Haltung und seinen Bewegungen zu schließen, wusste er das auch. Zwischen ihm und dem Rabbi herrschte ein Waffenstillstand, der sich in scherzhaften, aber oft recht scharfen Sticheleien äußerte.

«Miriam und ich gehen zu Fuß nach Hause. Ich bin eben etwas altmodisch ...»

«Sind Sie zu Fuß gekommen? Warum haben Sie mir nichts gesagt? Ich hätte dafür gesorgt, dass man Sie abholt.»

«Wir sind im Wagen gekommen. Sogar sehr vornehm ... in einem Lincoln Continental. Ich war schon am Gehen, als mich Ben Goralsky anrief. Er bat mich, zu seinem Vater zu kommen – es gehe um Leben und Tod ... Da konnte ich nicht anders. Nachher hat er uns hergefahren.»

Schwarz schien plötzlich sehr besorgt. «Ist dem Alten was passiert?»

Der Rabbi lachte. «Er wollte seine Medizin nicht einnehmen.»

Schwarz runzelte die Stirn über diese leichtfertige Bemerkung. In seiner Beziehung zum Rabbi war Humor sonst nur sein Privileg. «Das klingt aber ernst ... Steht es schlimm?»

«Es ist immer ernst, wenn jemand in dem Alter krank

wird. Aber ich glaube, dass er sich wieder hochrappeln wird ...» Und er erzählte kurz von seinem Besuch.

Die finstere Miene des Präsidenten hellte sich nicht auf – im Gegenteil: «Was? Sie haben dem alten Mann mit einem Selbstmördergrab gedroht? Das muss ihn schwer gekränkt haben.»

«Ich glaube nicht. Wahrscheinlich hat es ihm sogar Spaß gemacht, mit mir zu diskutieren. Er wusste, wie es gemeint war.»

«Hoffentlich.»

«Warum interessieren Sie sich so sehr für Mr. Goralsky? Er ist erst seit kurzem Mitglied unserer Gemeinde und außerdem ein ewiger Nörgler.»

«Ja, die Goralskys sind neu. Ich glaube, sie sind ungefähr vor einem Jahr der Gemeinde beigetreten, als die alte Dame starb und sie das große Grab in der Mitte des Friedhofs kauften ... Leute mit so einem Vermögen sind für uns wichtig, Rabbi. Sie wissen selbst, dass eine Organisation wie die unsere viel Geld verschlingt. Und wenn man keins hat – welche Synagoge hat schon Geld? –, sucht man sich reiche Mitglieder.»

«Ja, anscheinend sind sie sehr vermögend. Aber das Geld gehört doch sicher dem Sohn.»

Schwarz lächelte. «Es sieht so aus, nicht wahr? Aber in Wirklichkeit ist der Vater der Kopf und der Sohn nur ein Laufbursche – jedenfalls solange der Alte lebt.»

«Mit anderen Worten: der Vater ist bereit, Geld zu geben, und der Sohn nicht?»

«Nein, nein – beide sind bereit zu spenden. Bei diesem Vermögen kann man sich's leisten, und außerdem wird's von einem erwartet ... Der Alte war sein Leben lang ein frommer Jude; wenn so einer Geld spendet, dann sicher nur für die Synagoge.

Aber der junge Ben ist durch und durch Geschäftsmann. Und wenn ein Geschäftsmann beschließt, eine Schenkung zu machen, betrachtet er es vom geschäftlichen Standpunkt aus. Angenommen, er lässt eine Synagoge zum Andenken an die Familie Goralsky bauen: Wer wird das merken außer den Einwohnern von Barnard's Crossing? Aber», fuhr er leiser fort, «wenn er einer Universität ein Labor stiftet? Das ‹Goralsky-Forschungslaboratorium für Chemie› zum Beispiel? Klingt doch besser, nicht wahr? Davon würden Wissenschaftler und Gelehrte in der ganzen Welt hören.»

Die Leute hatten ihre Plätze eingenommen, und es wurde still. Alle blickten erwartungsvoll nach vorn. Der Rabbi sah auf die Uhr und sagte, man könne beginnen.

Die beiden Männer erhoben sich und nickten dem Kantor und dem Vizepräsidenten zu. Der Kantor zog den weißen Samtvorhang vor der heiligen Lade auf. Als er die beiden Holztüren des Thoraschrankes zurückschob und die kostbaren Thorarollen sichtbar wurden, erhob sich die Gemeinde. Nun stimmte der Kantor den wehmütigen und zugleich erhebenden *Kol Nidre*-Gesang an. Dreimal sang er das Gebet, und dann war die Sonne untergegangen. Der Versöhnungstag war angebrochen.

«Wie ging es mit dem Lautsprecher?», fragte Miriam auf dem Heimweg. «Musstest du dich sehr anstrengen?»

«Überhaupt nicht. Ich hab nur etwas langsamer gesprochen.» Er schmunzelte. «Aber unser guter Präsident war sehr verärgert. Man konnte ihn kaum verstehen, als er bekannt gab, wer zur Thora aufgerufen werden sollte. Wer hinten saß, kriegte es nicht mit, und Schwarz musste die Ersatzleute aufrufen – du weißt ja, wer voraussichtlich drankommen wird, der wird vorher verständigt, damit er auch da ist. Goldman hörte nicht, als Schwarz ihn aufrief; Marvin

Brown, der Ersatzmann, meldete sich aber auch nicht, obgleich ihn Schwarz drei- oder viermal rief – es gab ein ziemliches Durcheinander, und Schwarz schimpfte den ganzen Abend über die schlechte Akustik ... Erst dachte ich, er sei neidisch, weil der Kantor und ich es schafften, aber dann hatte ich das Gefühl, dass er irgendeinen Hintergedanken hatte. Besonders, als er uns beide für morgen nach dem Fasten einlud ... Hat dich Mrs. Schwarz angerufen?»

«Ja, heute früh. Ethel hat uns zum Kaffee eingeladen ... Ist das nicht überall so Sitte? Nach dem *Jom Kippur*-Ausgang sind wir doch immer beim Gemeindevorsteher zum Kaffee eingeladen.»

«Ja, schon. Aber zu Wassermans und selbst zu Beckers Zeiten habe ich es nie als ‹Sitte› empfunden. Ich hatte immer den Eindruck, dass sie uns einluden, weil sie uns mochten; bei Mortimer Schwarz ist es irgendwie anders ... Weißt du, bei deinem Zustand können wir uns leicht drücken.»

«Es werden sicher viele Leute dort sein, David. Wir müssen ja nicht lange bleiben. Ethel schien auf unsere Anwesenheit großen Wert zu legen. Sie geben sich solche Mühe, nett zu sein. Sicher wollen sie einen Strich unter alles Vergangene ziehen.»

Der Rabbi schien davon nicht restlos überzeugt zu sein.

«Ihr habt euch jedenfalls recht angeregt unterhalten», meinte Miriam. «Wir können doch nicht da oben sitzen und einander anglotzen. Nach außen hin ist alles in bester Ordnung. Wir frotzeln sogar miteinander – bei ihm klingt's zwar immer ein bisschen gönnerhaft, aber ... Wahrscheinlich macht er mit seinen Angestellten dieselben Witze. Wenn ich aber im selben Ton antworte, findet er es unverschämt, obwohl er natürlich kein Wort sagt.»

Sie war besorgt. «Vielleicht bildest du dir das alles bloß ein, weil er damals gegen die Verlängerung deines Vertrages gestimmt hat.»

«Ich glaube nicht. Es gab noch andere, die gegen mich waren, aber als mein Fünfjahresvertrag angenommen wurde, kamen sie zu mir und beglückwünschten mich. Kann sein, dass sie wieder gegen mich stimmen werden, wenn dic fünf Jahre um sind; aber in der Zwischenzeit verhalten sie sich korrekt und arbeiten mit mir zusammen. Nur bei Schwarz hab ich das Gefühl, dass er mich am liebsten schon morgen rauswerfen würde, wenn er könnte.»

«Das ist es ja, David: Er kann nicht. Du hast einen Fünfjahresvertrag, der erst in vier Jahren abläuft. Und seine Amtszeit dauert nur ein Jahr. Du überlebst ihn auf alle Fälle.»

«Der Vertrag taugt nicht sehr viel, weißt du», sagte er.

«Wieso?»

«Es steht praktisch nur darin, dass sie mich nicht entlassen können, solange ich mich anständig benehme. Was aber ‹anständiges Benehmen› ist, das entscheiden sie allein. Und wie sie sich benehmen müssen, darüber steht gar nichts drin … Sie können alles Mögliche tun, ohne dass ich mich dagegen wehren kann. Nehmen wir an, sie wollen irgendeine Änderung in der Gottesdienstordnung einführen und ich bin damit nicht einverstanden – was dann? Dann kann ich höchstens zurücktreten.»

«Und du glaubst, dass Schwarz so etwas …?»

«Nur um mich loszuwerden? Nein. Aber er könnte jede Meinungsverschiedenheit zwischen uns als Vorwand benutzen … Ich will ihn nicht schlecht machen: Er wäre davon überzeugt, dass es zum Wohl der Gemeinde ist.»

7

Kurz vor Mitternacht klingelte das Telefon.

«Barnard's Crossing Police Department, Sergeant Jeffers …», meldete sich der Dienst tuende Beamte. «Ja. Ich verstehe … Ja. Wie war der Name? Bitte buchstabieren … H-I-R-S-H … Ja, ohne C, Mrs. Isaac Hirsh», wiederholte er, während er schrieb. «Bradford Lane … In Colonial Village, nicht wahr? Wann hat er das Haus verlassen? So, ja … Und wann haben Sie im Labor angerufen … Aha. Ja, ich verstehe … Können Sie mir den Wagen beschreiben? Wie ist das Kennzeichen? Irgendwelche besonderen Merkmale am Wagen? Gut, Mrs. Hirsh. Ich werde alle Dienststellen in der Umgebung benachrichtigen. Und ich schicke gleich einen Wagen bei Ihnen vorbei … Ja, in ein paar Minuten. Würden Sie bitte das Licht vor dem Haus anknipsen … Ja, natürlich. Wir tun unser Möglichstes.»

Der Streifenwagen antwortete sofort auf das Funksignal.

«Notier mal, Joe: Viertürige Chevrolet-Limousine, hellblau, am hinteren linken Kotflügel Lackschaden, Kennzeichennummer 438972 – ich wiederhole: 438972. Eigentümer ist Isaac Hirsh, Bradford Lane 4 … Es ist gleich an der Ecke; das Licht brennt vor dem Haus. Seine Frau hat eben angerufen. Er arbeitet im Goddard-Laboratorium an der Fernstraße 128 … Sie hat bei Nachbarn auf die Kinder aufgepasst. Als sie zurückkam, war er noch nicht da. Nichts Außergewöhnliches, er geht oft abends ins Labor. Aber als sie im Labor anrief, hieß es, er war gar nicht dort … Schau bei ihr rein und sprich mit ihr. Lass dir ein Foto geben, damit wir ein Funkbild durchgeben können.»

«Okay, Jeffers. Wir fahren sofort … Ach, du – Moment mal: der, den wir vor ein paar Monaten nach ’ner Sauftour schließlich in irgendeiner miesen Absteige in Boston gefunden haben?»

«Jaaa … Ja, das kann stimmen! Ich kam nicht gleich drauf. Ich geb’s mal nach Boston durch. Die sollen die Augen offen halten. Wahrscheinlich hatte er wieder mal Durst gekriegt … Frag seine Frau, ob sie was vermisst – den Alkohol zum Einreiben oder so. Sone saufen alles, wenn es über sie kommt.»

«Okay. Ende.»

«Was ist los?», fragte der zweite Beamte im Wagen. «Ein Säufer, der vermisst wird? Schaun wir uns mal in ein paar Kneipen um in der Stadt unten. Vielleicht ist er dort.»

«Nee, nicht von der Sorte. Was Besseres. Ein Wissenschaftler. Trinkt nur von Zeit zu Zeit, aber dann gleich gründlich. Manchmal dauert's tagelang. Das letzte Mal war er drei Tage spurlos verschwunden. Das muss jetzt – wart mal … Na, so acht Monate muss es jetzt her sein. Schließlich fanden ihn die Bostoner Kollegen in einem miesen, kleinen Hotel im South End … Das ist das Haus.»

Patricia Hirsh öffnete die Tür, ehe er läuten konnte. «Danke, dass Sie so schnell gekommen sind.» Sie war sehr aufgeregt, aber ihre Stimme war beherrscht.

«So schnell wir konnten, Ma'am.» Er zog Notizblock und Bleistift aus der Hüfttasche seiner Uniform. «Können Sie mir sagen, was Ihr Mann anhatte?»

Sie ging zum Schrank in der Diele. «Einen leichten Überzieher, dunkelgrau, Fischgrätmuster. Und … Nein, der Hut ist hier. Darunter einen gewöhnlichen dunkelbraunen Anzug.»

«Können Sie Ihren Mann beschreiben? Größe, Gewicht und so.»

«Er ist ziemlich dick, ungefähr achtzig Kilo, und einsfünfundsechzig groß …» Sie spürte seinen unwillkürlichen Blick und fuhr fort: «Ja, er ist kleiner als ich … und auch viel älter. Er ist einundfünfzig, und eine Glatze hat er auch. Und einen Schnurrbart.»

«Haben Sie ein Bild von ihm?»

«Ja. Im Schlafzimmer oben … Soll ich's holen?»

«Ja, bitte.» Und während sie schon zur Treppe ging, rief er

hinter ihr her: «Ich geh nur eben zum Wagen raus und gebe die Personalbeschreibung durch.»

«Was über Funk gekommen?», fragte er seinen Kollegen im Wagen.

Der schüttelte den Kopf: «Nee … Hör mal, vielleicht solltest du das Haus unter die Lupe nehmen, Joe. Das Garagentor ist zu. Als wir um acht die erste Runde machten, standen fast alle Garagen offen, wahrscheinlich weil die meisten Leute in der Synagoge waren.»

«Gut, ich schau zur Sicherheit rein. Gib unterdessen die Beschreibung durch.» Er wiederholte die Beschreibung, die ihm Mrs. Hirsh gegeben hatte, und ging wieder ins Haus zurück. Sie erwartete ihn bereits mit dem Bild. Er betrachtete es kurz und erkundigte sich dann vorsichtig: «Ist Ihnen aufgefallen, ob … eh, ob irgendwas fehlt?»

«Ob etwas … Nein. Wieso? Was zum Beispiel?»

«Zum Beispiel Whisky …»

«Haben wir nie im Haus.»

«Kochwein?»

«Ich verwende keinen.»

«Vielleicht Franzbranntwein oder Alkohol zum Einreiben?»

«Nein, nichts Derartiges.»

«Schön. Dann machen wir uns gleich auf die Suche … Legen Sie sich doch hin, Mrs. Hirsh. Sie sind sicher müde … Ich geh durch die Hintertür hinaus.»

«Die führt nur zur Garage.»

«Macht nichts. Ich finde schon raus.»

Sie zuckte die Achseln. «Sie werden mich doch sofort verständigen, nicht wahr? Auch wenn es mitten in der Nacht ist?»

«Selbstverständlich.» Er ging durch die Küche, öffnete die Garagentür und zog sie rasch hinter sich zu. Der Wagen stand in der Garage. Auf dem rechten Vordersitz hockte Isaac Hirsh.

Obwohl Joe schlank war, konnte er sich nur mühsam zwischen der Garagenwand und dem Wagen durchdrücken. Er öffnete die Vordertür und beugte sich über den Fahrersitz, um den Mann zu berühren. Im Lichtschein seiner Taschenlampe prüfte er die Stellung des Zündschlüssels. Sein Blick fiel auf die halb leere Wodkaflasche. Dann schloss er die Wagentür. Er zwängte sich bis zum vorderen Garagentor durch, schob es hoch, bis er unten durchschlüpfen konnte, und zog es wieder hinunter.

Er kletterte in den Streifenwagen. Sein Kollege wollte schon anfahren, aber er zog ihm die Hand vom Schalthebel weg.

«Nein, Tommy, wir bleiben hier … Ich hab ihn gefunden. In der Garage.»

«Besoffen wie das letzte Mal?»

«Besoffen, aber zum letzten Mal.»

8

Der *Jom Kippur*-Gottesdienst, der den ganzen Tag dauert, begann um neun Uhr mit dem Morgengebet. Es waren erst wenige Leute da, meist ältere Männer, und auf der erhöhten Plattform vorn saß nur der Rabbi. Selbst der Kantor fehlte. Es war Sitte, dass ihn beim Morgengebet jemand ablöste, um ihm eine Atempause zu gönnen. Gewöhnlich wurde Jacob Wasserman mit diesem Ehrenamt betraut. Er war der erste Präsident der jungen Gemeinde gewesen und hatte sich stets sehr aktiv für sie eingesetzt.

Dauernd strömten Leute herein. Als nach zehn Uhr die Thora ausgehoben wurde, war die Synagoge voll. Manche Andächtige schalteten zu dieser Zeit eine Pause ein und gingen ein wenig Luft schöpfen. Beim *Jiskor*, der Seelenfeier, waren wieder alle vollzählig versammelt. Viele kamen nur zu diesem Teil des Gottesdienstes, um ihrer verstorbenen Angehörigen zu gedenken. Andere – jüngere Leute vor allem – gingen hinaus, denn es gilt nach der Tradition als schlechtes Omen, wenn jemand, dessen Eltern noch leben, am *Jiskor* teilnimmt. Rabbi David Small hielt dies zwar für reinen Aberglauben, aber er wusste, dass draußen festtäglich gekleidete Jungen und Mädchen lachend und schäkernd beisammenstanden, und dass kleinere Kinder auf dem Synagogengelände spielten, war nicht zu überhören. Ihr Kreischen störte bisweilen die Andacht, sodass von Zeit zu Zeit jemand herauskam und sie zur Ruhe mahnte.

Gegen vier Uhr war der Gottesdienst schon so weit fortgeschritten, dass nicht abzusehen war, wie er bis zum Sonnenuntergang ausgedehnt werden konnte. Der Rabbi hatte seine Predigt schon aus dem Stegreif erweitert und sehr langsam gesprochen; jetzt trat er an das Vorlesepult und sagte zu dem Kantor: «Wir haben zu viel Vorsprung, Zimbler. Können Sie etwas langsamer vorbeten?»

Der Kantor zuckte die Achseln. «Was soll ich tun, Rabbi? Die Noten dehnen?»

Der Rabbi lächelte. «Dann legen wir eben eine Pause ein …» Er wandte sich an die Gemeinde und verkündete: «Wir haben so eifrig gebetet, dass wir der Sonne vorauseilen. Wir machen eine halbe Stunde Pause.»

Man vernahm ein anerkennendes Schmunzeln aus den Reihen. Die Leute waren froh über die Unterbrechung und unterhielten sich mit ihren Nachbarn. Nach einer Weile erst begann man mit den Schlussgebeten.

Der Präsident reckte sich auf seinem Stuhl. «Wissen Sie, Rabbi, es ist seit langer Zeit wieder das erste Mal, dass ich am

Jom Kippur faste, und ich fühle mich ausgezeichnet … Ich meine, ich habe mich sonst auch nicht gerade satt gegessen – höchstens am Mittag ein Sandwich und eine Tasse Kaffee, aber … Also ich finde, als Präsident ist es meine Pflicht zu fasten. Ich bin zwar ein bisschen schwach auf den Beinen, aber sonst geht's mir wirklich blendend.»

«Mr. Goralsky hat mir gestern erzählt, dass er seit fünfundsiebzig Jahren fastet, und es scheint ihm nicht geschadet zu haben.»

«Da fällt mir ein – haben Sie was gehört, wie es ihm geht? Ich hab den Jungen den ganzen Tag nicht gesehen. Das will mir gar nicht gefallen, Rabbi. Sein Vater ist sicher schlecht dran, sonst wäre Ben gekommen.»

Der Rabbi musterte ihn neugierig. «Sind Sie so sicher, dass eine große Spende herausschauen wird?»

«Ich habe mit dem Alten gesprochen … natürlich ganz unverbindlich», bemerkte Schwarz. «Fest versprochen hat er nichts, aber er ist jedenfalls nicht abgeneigt.»

«Und was will er spenden?»

Schwarz blickte den Rabbi verwundert an. «Ich hab's doch gestern Abend schon gesagt, Rabbi – eine kleine Synagoge.»

«Ach so … Ich dachte, Sie hätten das nur so als Beispiel erwähnt. Meinen Sie, dass er tatsächlich dazu bereit ist? Wie hoch wäre die Spende?»

«Na – so hunderttausend, hundertfünfzigtausend.»

Der Rabbi spitzte die Lippen zu einem tonlosen Pfiff. «Die Goralskys sind in der Elektronikbranche, nicht wahr?»

«Ja. Elektronische Geräte und Transistoren. Sie haben eine große, neue Fabrik an der Fernstraße 128 … Sie stinken vor Geld; es heißt, dass sie mit einer großen Gesellschaft im Westen fusionieren wollen. Ihre Aktien sind in den letzten Wochen enorm gestiegen, fast aufs Doppelte … Und wissen

Sie, womit sie angefangen haben, die Goralskys? Mit einer Geflügelhandlung.»

«Einer Geflügelhandlung?»

«So wahr ich da steh. Meine Großmutter kaufte noch bei ihnen im Laden frisch geschlachtete Hühner. Der alte Goralsky hat sie selber bedient, mit dem Strohhut auf dem Kopf, die blutverschmierte Schürze umgebunden … Sie haben sich ganz allmählich hochgearbeitet, hier ein bisschen investiert und dort ein bisschen. So kamen sie zu Geld. Eines Tages hörten sie, dass eine Transistorenfirma einen Partner suchte, und steckten ihr ganzes Geld hinein. Mit der Zeit kauften sie ihren Partner aus, und dann wurden sie richtig groß … Haben Sie den Artikel über Ben Goralsky im *Time Magazine* gelesen?»

Der Rabbi schüttelte den Kopf.

«Anderthalb Spalten, mit Foto … Ich wollte ihn in den Vorstand setzen, aber er sagt, er hat keine Zeit.» Es klang verdrießlich.

«Glauben Sie, wenn er im Vorstand ist, stiftet er eher eine Synagoge als ein Chemielabor?»

«Wenigstens müsste er sich dann für unsere Organisation und ihre Probleme interessieren.»

«Wozu brauchen wir eigentlich eine zweite Synagoge? Wir haben hier reichlich Platz …»

Schwarz sah ihn an. «Rabbi, eine Gemeinde, die im Wachsen ist, hat nie genug Platz. Wenn es auch für heute noch reicht, wird es schon morgen nicht mehr reichen. Außerdem …» Schwarz lächelte herablassend: «Vergessen Sie nicht, dass ich Architekt bin … Kommen Sie doch nachher mit Miriam zu uns rüber! Ethel erwartet Sie beide.»

«Gern, wenn Miriam nicht zu abgekämpft ist.»

«Gut. Dann will ich Ihnen mal was zeigen … Die Augen werden Ihnen übergehen.»

Von ihrem Platz aus bedeutete Miriam ihrem Mann, dass sie ihm etwas sagen wollte. Er stieg zu ihr hinunter, während sie bereits auf den Ausgang zusteuerte.

«Ist dir nicht gut, Liebste?»

«Ich bin ein bisschen angeschlagen. Wahrscheinlich fehlt mir mein Nachmittagsschlaf. Alice Fine fährt nach Hause und nimmt mich mit.»

«Mach dir zu Hause eine Tasse Tee. Oder noch besser ein Glas warme Milch. Und iss was … Fehlt dir wirklich nichts?»

«Bestimmt nicht, David. Es ist alles in Ordnung.»

«Ist ihr nicht gut?», fragte Schwarz, als der Rabbi zurückkam.

David sagte, Miriam sei ein wenig müde.

«Kein Wunder», versetzte Schwarz. «Hoffentlich fastet sie nicht.»

«Doch. Aber sie hat mir jetzt versprochen, eine Kleinigkeit zu essen.»

Die Sonne war am Untergehen, als Kantor und Gemeinde den Wechselgesang des *Owinu Malkenu* anstimmten: «Unser Vater, unser König …» Dann sprachen sie voller Inbrunst das *Sch'ma Jisrael:* «Höre, Israel, der Ewige, unser Gott, ist ein einziger Gott.» Zuletzt riefen Kantor und Gemeinde siebenmal hintereinander aus: «Der Herr ist unser Gott.» Sie riefen es mit jedem Mal lauter und leidenschaftlicher, bis der lange, fremdartige und frohlockende Ton des *Schofars,* des Widderhorns, das Ende des Versöhnungstages ankündigte.

Dann wurde noch der *Kaddisch* für die Hinterbliebenen gebetet, und der Rabbi sprach den Segen, während die Männer bereits ihre Gebetsmäntel zusammenfalteten, den Nachbarn die Hände schüttelten und einander ein glückliches neues Jahr wünschten.

Der Rabbi gab Mortimer Schwarz, dem Kantor und dem Vizepräsidenten die Hand.

«Bis heute Abend, nicht wahr?», fragte Schwarz.

«Ja … Wenn sich Miriam wohl fühlt.»

9

Widerwillig schlurfte Jordan Marcus zum Telefon. Während er nach dem Hörer langte, machte er einen letzten Versuch: «Weißt du, Liz, wir sollten uns da nicht einmischen. Erstens sind wir noch nicht lange in der Gemeinde …»

«Na und?», gab seine Frau zurück. «Du hast deinen Beitrag bezahlt, oder nicht?»

«Du weißt verdammt gut, dass ich geblecht hab! Hundert Dollar sind doch kein Pappenstiel, plus fünfzig für die beiden Platzkarten …»

«Was hätten wir sonst tun sollen an den Feiertagen? Ins Kino gehen?»

«Kein Schwanz hat nach den Karten gefragt. Wir hätten einfach reingehen können …»

«Und die Levensons und die Baylisses und alle anderen? Glaubst du, die hätten dich nicht gesehen und gewusst, dass du kein Mitglied bist?»

«Wir hätten zu meinen Verwandten nach Chelsea fahren können. Dort kostet der Platz zehn Dollar. Ich hätte mir hundertdreißig Dollar sparen können.»

«Und nächstes Jahr, wenn Monti in die Religionsschule muss? Hättest du ihn auch dreimal in der Woche nach Chelsea gebracht?»

«Dann wären wir eben nächstes Jahr beigetreten. Und überhaupt, es ist eine Gemeinheit, nur Kinder von Mitgliedern in die Religionsschule aufzunehmen.»

«Das ist überall so. Wahrscheinlich kommen sie nicht

drum herum. Und was ist schon der Unterschied, ob dieses Jahr oder nächstes?»

«Hundertdreißig Dollar, das ist der Unterschied.»

«Sollen vielleicht alle merken, dass du in der letzten Minute beigetreten bist, weil's nicht mehr anders ging? Willst du, dass man uns für geizig hält?»

«Mir ist es allmählich piepegal, wofür man mich hält. Ich hab für tausend Dollar Spannteppiche verlegen lassen, damit mich die Leute nicht für geizig halten. Ich hab den Chevrolet gegen einen Pontiac vertauscht, damit sie mich nicht für geizig halten ...»

«Na und? Wir leben jetzt in Barnard's Crossing. Du kannst nicht aus der Reihe tanzen. Wir haben eine Verantwortung den Kindern gegenüber, und darum bist du in die Gemeinde eingetreten. Jetzt hast du genauso viel zu sagen wie alle andern. Mach kein Theater und ruf schon den Rabbi an.»

«Er ist sicher erst von der Synagoge zurückgekommen und isst gerade Abendbrot ... Außerdem ist es viel komplizierter, als du meinst. Nur Mitglieder können im Friedhof begraben werden. Und ich soll vom Rabbi verlangen, dass er eine Ausnahme macht fur jemand, der nicht mal eine jüdische Frau hatte? Wenn's wenigstens ein Verwandter wäre, aber ... Ich hab diesen Hirsh schließlich kaum gekannt! Nein, nein, nein. Ich sag dir, Liz, wir sollten die Finger davon lassen.»

«Wir haben sie uns ja schon verbrannt. Patricia Hirsh saß in unserer Wohnung und hütete deine Kinder, während ihr Mann keine hundert Meter von hier in der Garage gestorben ist. Und außerdem haben wir ihr zugeredet, sie soll ihn jüdisch begraben lassen.»

«Wir? Wir ist gut. Du hast ihr zugeredet – ich nicht. Und überhaupt, sie wollte es ohnehin. Und da hast du gesagt, das ist eine prima Idee, und wir könnten mit dem Rabbi reden … Dann sagte sie, dass sich dieser Dr. Sykes, der Chef ihres Mannes, um alles kümmerte und selbst mit dem Rabbi sprechen wollte. Wenn er's tut, was sollen wir uns auch noch einmischen?»

«Du vergisst, dass ich hier praktisch ihre einzige Freundin bin und dass sie auf unsere Kinder aufgepasst hat. Es war das Mindeste, dass wir rübergingen, als wir davon hörten.»

Er war nur sehr widerwillig gegangen; es graute ihm vor dem Weinen und Lamentieren. Aber es war dann nicht so schlimm, wie er sich vorgestellt hatte …

Außer den Levensons von gegenüber waren alle anderen Besucher Christen. Dr. Sykes, der Vorgesetzte von Hirsh, hatte offensichtlich die Zügel in die Hand genommen. Er öffnete die Tür und machte die Gäste miteinander bekannt. Es war auch ein Geistlicher da, ein Reverend Peter Dodge, der die Familie zu kennen schien, weil er mit Hirsh in der Bürgerrechtsbewegung zusammengearbeitet hatte. Als die Marcus ankamen, verabschiedeten sich gerade die MacCarthys vom unteren Ende der Straße. Liz umarmte Mrs. Hirsh, und beide weinten ein bisschen, aber dann riss sich Mrs. Hirsh zusammen. Als die Frage der jüdischen Beerdigung erörtert wurde, musste sie sogar über eine Bemerkung Dodges lächeln.

«Ich kenne Rabbi Small recht gut», sagte er, «aber ich glaube nicht, dass es angebracht ist, wenn ich ihn bitte, die Beerdigung vorzunehmen, Pat. Schließlich sind wir Konkurrenten.»

Worauf Sykes erklärte, dass er alles arrangieren würde.

Als sie wieder draußen waren, sagte Jordan zu seiner Frau: «Das hast du prima gemacht. Ich hatte schon Angst, wir müssten den ganzen Vormittag dort sitzen.»

«Als ich sah, was los war, hatte ich keine Lust zu bleiben», antwortete sie trocken. «Pat kennt diesen Dodge noch von South Bend – sie stammen beide von dort. Hast du gesehen, wie er sie angeschaut hat? Und duzen tun sie sich auch.»

«Wie hat er sie denn angeschaut?»

«Na, so ... so hungrig, ja?»

«Du lieber Gott! Ihr Weiber habt doch nichts anderes im Kopf. Der arme Kerl ist noch nicht einmal begraben, und du verkuppelst sie schon mit einem anderen ...»

Jordan Marcus seufzte, ging aber gehorsam ans Telefon und wählte; in Gedanken memorierte er, was er sagen wollte.

«Rabbi Small? Oh, Mrs. Small ... Stör ich gerade beim Essen?»

«Ist das die Frau?» Liz riss ihm den Hörer aus der Hand. «Mrs. Small, hier spricht Liz Marcus – erinnern Sie sich? Ich saß am Filmabend des Frauenvereins hinter Ihnen; Sie fragten mich, ob mich Ihr Hut stört ... Was ich sagen wollte, eine gute Freundin von uns ... Na ja, sie ist keine Jüdin, nein, aber sie hat ein Herz aus Gold ...»

«Eine Mrs. Marcus», berichtete Miriam, als sie zum Tisch zurückkehrte. «Sie sind neu in der Gemeinde ...»

«Ich weiß schon. Joe ... nein, Jordan Marcus.»

«Ja. Sie rief wegen eines gewissen Isaac Hirsh an – er ist letzte Nacht gestorben. Das ist schon der Zweite; als ich von der Synagoge nach Hause kam, rief ein Dr. Sykes an und wollte auch deswegen mit dir sprechen. Ich hab ihn auf morgen herbestellt. Kanntest du den Mann?»

«Hirsh? Nein. Soviel ich weiß, haben wir keinen Isaac in der Gemeinde.» Er lächelte. «Schade; es ist ein guter, alter Yankee-Name. Heißt nicht der Stadtschreiber Isaac

Broadhurst? Wie wär's mit Isaac für den zukünftigen Small?»

«Wir haben uns doch auf Jonathan geeinigt», sagte sie nachdrücklich. «Isaac kommt ohnehin nicht infrage. Dein Onkel heißt so, und deine Familie würde niemals einen zweiten Isaac dulden, solange er lebt.»

«Da hast du recht. In dieser Hinsicht haben es die Christen viel leichter. Wenn ihnen nichts einfällt, können sie ihr Kind immer nach dem Vater nennen oder nach der Mutter … David Small junior – wie klingt das?»

«Und wenn es ein Mädchen wird?»

Der Rabbi schüttelte den Kopf. «Wohl kaum. Meine Mutter ist eine Frau von Charakter, und sie hat beschlossen, dass unser erstes Kind ein Junge sein wird. Ich glaube nicht, dass sie ihre Meinung so leicht ändert.»

«Ich bin auch charakterfest, aber in letzter Zeit wünsche ich mir eher ein Mädchen. Ein Mädchen würde dir sicher gefallen, David. Mädchen sind lieb und sanft, und …»

«Charakterfest, ich weiß. Übrigens, es passt nicht zu charakterfesten Damen, wenn sie vor lauter Familiendebatten zu spät kommen – wie wär's, wenn wir jetzt gingen und später weiterdiskutierten? Wir hätten nämlich schon vor zehn Minuten bei den Schwarzens sein müssen.»

10

«Und jetzt», verkündete Schwarz, «will ich Ihnen etwas zeigen.» Die anderen Gäste waren nach und nach aufgebrochen, und um Mitternacht waren nur noch der Rabbi und seine Frau da. Ethel Schwarz servierte Tee und Konfekt. Man saß um den Esszimmertisch und hielt Rückschau auf den Versöhnungstag – die Predigt des Rabbi, den Gesang des Kantors, die mangelhafte Lautsprecheranlage. Zu Rabbi

Smalls großer Verwunderung war Schwarz ungewöhnlich zuvorkommend und freundlich. Jetzt würde sich herausstellen, weshalb er sie zurückbehalten hatte, nachdem alle anderen gegangen waren.

«Kommen Sie ...» Schwarz stand auf und führte sie durch die Diele in sein Arbeitszimmer. Hier gab es keine Bücherregale; am Fenster stand ein großes, verstellbares Zeichenpult und an der Wand ein breiter Schrank mit Schubladen für die Zeichnungen. Auf einem Tisch mitten im Zimmer stand ein Modell. Das Modell einer Synagoge, sauber aus Pappe ausgeführt, umgeben von Gras aus grünem Filz und Gebüsch aus winzigen Zweigen. Kleine Gipsfiguren vermittelten einen Eindruck von den Größenverhältnissen.

«Wie hübsch!», rief Miriam aus.

«Siebzig Stunden Arbeit», erklärte Schwarz. «Aber das Beste haben Sie noch gar nicht gesehen.» Er führte die beiden um den Tisch herum. An die rückwärtige Wand der Synagoge war eine zweite, kleinere Synagoge angebaut. Der Bau besaß eine Kuppel, welche die Architektur des Heiligen Landes andeuten sollte. Eine Säulenhalle aus doppelten Zylindern – offensichtlich eine Versinnbildlichung der Thorarollen – bildete den Eingang.

«Was sagen Sie dazu?», fragte Schwarz und fuhr fort, ohne erst eine Antwort abzuwarten: «Es ist gleichzeitig klassisch, einfach und elegant. Wie finden Sie die Idee, Thorarollen als Säulen zu verwenden? Gibt es etwas Naheliegenderes? Die Form des Zylinders verbindet ein Optimum an Tragfähigkeit mit dem geringsten Materialaufwand. Warum sollen wir Anleihen in der griechischen Architektur machen, wenn wir in der Thorarolle den doppelten Zylinder haben – gewissermaßen das höchste Symbol unserer Religion?»

«Gewiss ... ein interessantes Projekt», murmelte der Rabbi. «Aber verändert es nicht ... wie soll ich sagen – die Gesamtwirkung des ursprünglichen Baus?»

«Das will ich hoffen!», rief Schwarz erregt. «Aber es wirkt nicht als Fremdkörper, sondern als harmonische Ergänzung. Das war ja der Haken an der Sache. Wenn ich freie Hand gehabt hätte ... aber ich musste auf den Pseudo-Modernismus von diesem Sorenson Rücksicht nehmen ...» Er brach ab, holte tief Atem und fuhr ruhiger fort: «Wissen Sie, als man die Synagoge plante, wurden verschiedene Kommissionen gebildet. Ich war ziemlich überrascht, dass man mich nicht in die Baukommission wählte – schließlich bin ich der einzige Architekt in der Gemeinde. Ich deutete es sogar einmal Jake Wasserman an ... ganz beiläufig. Er sagte, er habe mich schon vorgeschlagen, aber der Vorstand hätte gefunden, man sollte mich eher auffordern, selber einen Entwurf einzureichen, und da könnte ich schließlich nicht gut in der Kommission sitzen, die über die endgültige Wahl beschließt ... Schön und gut. Und wie's dann so weit war, bin ich eben *nicht* aufgefordert worden. Ich bitte Sie, Rabbi – ich kann doch nicht einfach auf gut Glück etwas einreichen, ohne dass man mich ... Schließlich bin ich ein angesehener Architekt und nicht irgendwer! Ja, ich weiß: Es heißt, ich war nur hinter dem Auftrag her. Hinter dem Geld ... Rabbi, ich schwör's Ihnen: Ich hätte keinen Cent genommen. Bloß meine Spesen ... Na, ich hab mich dann mal vorsichtig erkundigt. Da hieß es, das Projekt sei noch lange nicht aktuell ... Und was hör ich als Nächstes? Christian Sorenson hat den Auftrag gekriegt – ein Nichtjude, mit Verlaub! Haben Sie Worte? Erst wählt man mich nicht in die Baukommission, weil ich Architekt bin und selber einen Entwurf ... Und dann werd ich ausgespielt.»

Miriam schüttelte verständnisvoll den Kopf.

«Ich mache Jake Wasserman keinen Vorwurf. Er war hochanständig und hat mir die Stange gehalten; er hat mich ja dann auch in den Vorstand geholt. Aber diese Idioten von der Baukommission … Nehmen irgendeinen Bluffer, nur weil er bei einer bekannten Firma arbeitet, die ein paar Kirchen gebaut hat.»

«Gewiss …», fing der Rabbi an.

«Aber jetzt bin ich Gemeindevorsteher und damit automatisch Vorsitzender der Baukommission. Diesmal wird man mich nicht ausspielen!» Schwarz schlug mit der flachen Hand auf den Tisch.

Dem Rabbi war die Szene peinlich. «So ein Gebäude kostet doch sicherlich sehr viel Geld?»

«Der alte Goralsky wird es geben, ich bin davon überzeugt. Ich hab mit ihm gesprochen. Ich hab ihm mein Projekt geschildert und alles erklärt. Es gefällt ihm.»

«Aber … Brauchen wir es wirklich?»

«Wie können Sie so etwas sagen, Rabbi? Es handelt sich doch nicht nur darum, ob man's wirklich *braucht*! Es ist eine Sache der geistigen Einstellung. Sehen Sie sich die großen Kathedralen in Europa an – da hat auch kein Mensch danach gefragt, ob man sie wirklich *gebraucht* hat… Voriges Jahr waren wir dort. In Italien, zusammen mit den Wolffs. Und wissen Sie, was mich am meisten beeindruckt hat – mich als gläubigen Juden? Die Kirchen, die Kathedralen! Nicht nur vom architektonischen Standpunkt aus – nein. Es war noch etwas ganz anderes. In Florenz zum Beispiel, in Santa Croce … Charlie Wolff sagte zu mir, und dabei versteht er von nichts was als von Damenoberbekleidung: ‹Mort›, sagt er, ‹das war für mich ein religiöses Erlebnis› … Und da dachte ich mir, warum kann ich nicht einen Tempel bauen, der unseren Leuten ein ähnliches Gefühl gibt? Warum sollte ich's nicht wenigstens versuchen?»

«Manchmal», sagte der Rabbi bedächtig, «verwechseln wir Ästhetik mit religiösem Erlebnis.»

«Ich fürchte, Ethel», sagte Schwarz mit bitterem Lächeln, «dass der Rabbi von unserem Projekt nicht sehr begeistert ist.»

Der Rabbi errötete. «Es wäre geheuchelt, wenn ich behauptete, dass mir das Aussehen und die Größe meiner Synagoge gleichgültig wären. Aber Raum nur um des Raumes willen? Wenn keine Notwendigkeit dafür besteht? Nicht einmal in absehbarer Zukunft? Barnard's Crossing ist eine kleine Gemeinde, und selbst an Feiertagen haben wir meist noch leere Plätze ...»

«Soll das heißen, dass Sie Goralsky die Stiftung ausreden wollen?»

«Nein. Aber wenn er mich fragen sollte, was ich davon halte, müsste ich ihm wohl meine Meinung sagen.»

«Dass Sie dagegen sind?»

«Das hängt davon ab, was er mich fragen würde», schränkte der Rabbi ein.

«Was soll das heißen?»

«Na ja, wenn er mich fragen würde, ob ich etwas gegen den Neubau einzuwenden hätte, würde ich sagen, dass von traditioneller Sicht aus nichts dagegen spricht.» Er zuckte die Achseln. «Wenn er aber fragen sollte, ob ich eine zweite Synagoge für notwendig halte, könnte ich nicht mit gutem Gewissen ja sagen. Und sollte er fragen, ob es ein würdiges Projekt sei, eine nützliche Anwendung des Geldes, so müßte ich ihm sagen, dass ich ein Dutzend bessere Verwendungsmöglichkeiten wüsste.»

«Hast du Worte!» Schwarz schüttelte wütend den Kopf. «Das kommt davon, wenn man den Leuten zu viel Sicherheit gibt. Als sie ihm den Fünfjahresvertrag geben wollten, war ich dagegen. Und weiß Gott, ich wusste, warum.»

«Er nimmt kein Blatt vor den Mund, dein Rabbi», meinte

Ethel, während sie das Spülwasser einlaufen ließ. «Aber ich versteh's eigentlich nicht … Es ist doch im Grunde für sein Wohl … Ich meine, die neue Synagoge wäre schließlich für ihn da.»

«Das ist's ja gerade. In gewissem Sinn würde er am meisten davon profitieren. Warum ist er also dagegen? Soll ich dir sagen, warum? Um mir eins auszuwischen. Einen anderen Grund gibt's nicht.»

«Ich weiß nicht, was er sich dabei gedacht hat; auf alle Fälle fand ich ihn ziemlich taktlos. Als unser Gast hätte er wenigstens sagen können, dass er das Modell schön findet.»

«Das sag ich ja die ganze Zeit. Er hat sich geradezu Mühe gegeben, möglichst unfreundlich zu sein. Und das kann sich doch nur gegen mich richten … Vielleicht hat er noch nicht verdaut, dass ich gegen seinen Vertrag gestimmt habe, und jetzt will er's mir heimzahlen.»

«Glaubst du, dass er mit Goralsky darüber sprechen wird?»

«Er soll sich unterstehen! Dann sorg ich dafür, dass ihm der Boden unter den Füßen zu heiß wird – Vertrag hin, Vertrag her.»

«Es hätte nichts geschadet, wenn du ein bisschen mehr Begeisterung gezeigt hättest, David. Er hat sich solche Mühe gegeben, nett und freundlich zu sein … Du hättest ihm wenigstens ein Kompliment über seinen Entwurf machen können.»

«Ich wollte, Miriam, ehrlich. Aber ich konnte dann einfach nicht … Ich musste mir dauernd vorstellen, wie lächerlich unsere Synagoge aussehen würde mit diesem … wie war das? – klassischen, einfachen, eleganten Monstrum daneben, und ich konnte beim besten Willen nicht heucheln. Sorensons Gebäude ist bestimmt kein Meisterwerk, aber es hat eine schlichte Grazie, die Schwarz verderben will, nur um zu beweisen, dass er nicht nur Supermärkte bauen kann … Wir brauchen eine zweite Synagoge so dringend wie … wie eine Kegelbahn! Hast du nicht gemerkt, dass es ihm gar nicht um die Synagoge geht? Es geht ihm nur um die Reklame für sich selber.»

«Ich habe nur gemerkt, dass er sich Mühe gab, freundlich zu sein. Und du hast ihn abblitzen lassen.»

«Schau, Miriam – ein Rabbi ist so etwas wie eine öffentliche Institution; ich muss zu allen möglichen Leuten nett und freundlich sein. Ich muss mich für Sachen interessieren, die mich zu Tode langweilen; ich muss mich um Dinge kümmern, für die meine Zeit einfach zu schade ist … Ich tu's trotzdem. Ich tu's, auch wenn es mir noch so widerstrebt, sobald es der Gemeinde etwas nützen kann. Aber wenn ich Schwarz vorgeschwärmt hätte, wie herrlich sein Projekt ist und welcher Segen es für die Gemeinde sein wird, einen zweiten Betsaal zu haben … Miriam, das hätte doch nur den Sinn haben können, mich bei Schwarz anzuschmeißen und meinen Posten zu sichern. Und das konnte ich nicht.»

Sie antwortete nicht, und ihr Schweigen war ihm unbehaglich. «Was ist los, Miriam? Was bedrückt dich? Hast du Angst, Schwarz könnte etwas gegen uns unternehmen?»

«Oh, David – du weißt, dass ich immer zu dir gehalten habe, bei jeder wichtigen Entscheidung: Als du nach dem Abschlussdiplom hintereinander drei Stellen ablehntest, weil dir die Gemeinde nicht passte, hab ich nicht widersprochen, obwohl wir beide von meinem Sekretärinnengehalt leben mussten … Ich hab dir sogar noch zugeredet. Es macht mir nichts aus, weiter ins Büro zu gehen, hab ich gesagt, und unsere Einzimmerwohnung gefällt mir, auch wenn sie im Winter eiskalt und im Sommer brütend heiß war, und …»

«Worauf willst du hinaus?», unterbrach er sie.

«Ach, David, damals hat das alles keine Rolle gespielt, aber jetzt …»

«Was ist jetzt? Ist es jetzt anders? Lass ich mir etwa teure Maßanzüge machen? Kauf ich mir seidene Hemden, seit wir in Barnard's Crossing sind?»

«Seidene Hemden! Ich wollte, deine Hemdkragen wären wenigstens nicht durchgescheuert.»

«Komm zur Sache!», rief er ungeduldig.

«Die Sache ist die, dass alles schön und gut war, solange es nur um uns zwei ging. Aber jetzt erwarte ich ein Kind!»

«Aber Miriam … Hast du Angst, ich könnte meine Stelle verlieren und dich und das Kind nicht mehr ernähren? Ich bitte dich! Solange wir nicht im Luxus leben wollen … Wenn's nicht hier ist, dann eben woanders. Und wenn ich keine Gemeinde finde, kann ich eine Lehrerstelle annehmen; oder schlimmstenfalls such ich mir einen Posten als Buchhalter oder so was … Man braucht keine Rabbinerstelle, um Rabbi zu sein; früher durfte der Rabbi für das Lehren nicht einmal Geld nehmen: ‹Mach nicht aus der Thora eine Hacke, um mit ihr zu graben›, heißt es. Aber glaub nicht, dass ich mir keine Gedanken mache. Ich bin mir meiner Verantwortung voll bewusst … Und was Schwarz angeht – Miriam, mein Vater war auch Rabbiner. Einmal war ich dabei, wie er mit einem Gemeindemitglied eine Auseinandersetzung hatte; hinterher sagte er: ‹David, im Leben muss man manchmal wählen, ob man Gott oder den Menschen gefallen will. Auf lange Sicht ist es besser, Gott zu gefallen – er hat das bessere Gedächtnis …›»

Miriam schwieg lange; dann sagte sie leise: «David, ich möchte nicht, dass du etwas gegen deine Überzeugung tust. Nur …» Sie blickte zu ihm hoch: «Könnten wir nicht bitte Gott gefallen, *nachdem* das Baby da ist?»

11

Am nächsten Mittag hielt ein Taxi vor der Haustür des Rabbi. Ein schlanker, trotz des schütteren Haars jungenhaft wirkender Mann von Anfang vierzig stieg aus; auf den ersten Blick hätte man ihn fast für einen Studenten halten können. Aber dann sah man das lange, schmale Gesicht mit den wissenden Augen. Der Mann trug feste englische Schuhe, graue Flanellhosen und eine Tweedjacke.

Der Besucher stellte sich als Dr. Ronald Sykes vor. «Ich komme wegen meines verstorbenen Freundes und Kollegen Isaac Hirsh», sagte er, nachdem er im Arbeitszimmer des Rabbi Platz genommen hatte. «Sie haben sicherlich von seinem Tod gehört.»

«Ja …» Der Rabbi nickte und fuhr leicht verlegen fort: «Aber ich habe ihn nicht gekannt. Er war kein Mitglied meiner Gemeinde, soviel ich weiß.»

«Ach so … Ich dachte, Sie kennen ihn, weil … Er war schließlich Jude, und er wohnte hier.»

Der Rabbi schüttelte langsam den Kopf.

«Nun, er ist Freitagabend gestorben, und seine Frau, vielmehr seine Witwe, möchte ihn nach jüdischem Ritus beisetzen lassen. Ist das möglich? Ich meine, weil er kein Mitglied Ihrer Gemeinde war?»

«Sicherlich. Unser Friedhof ist zwar nur für Gemeindemitglieder bestimmt, aber es können auch andere Juden dort bestattet werden – gegen einen geringen Beitrag werden sie nominelle Mitglieder. Allerdings schließt das den Preis für das Grab nicht mit ein. Andererseits kann Mr. Hirsh als Bewohner von Barnard's Crossing auch auf dem städtischen Friedhof Grove Hill beigesetzt werden. Ich könnte ihn auch dort nach jüdischem Ritus beerdigen.»

Dr. Sykes schüttelte den Kopf. «Nein, ich glaube, dass ihn

Mrs. Hirsh unter seinesgleichen beisetzen lassen möchte. Mrs. Hirsh ist nicht jüdisch.»

«Ach so …»

Sykes bemerkte das Zögern. «Macht das einen Unterschied?», fragte er.

«Unter Umständen schon … In dem Fall müsste ich die Gewissheit haben, dass der Verstorbene tatsächlich Jude war, das heißt, ob er Jude geblieben ist.»

«Ich verstehe nicht ganz … Seine Frau betrachtet ihn als Juden, und seitdem wir uns kennen – also seit einem Jahr –, hat er sich nie als etwas anderes ausgegeben.»

Der Rabbi lächelte. «Es ist eine religiöse und nicht so sehr eine ethische Unterscheidung. Das Kind einer jüdischen Mutter – wohlverstanden, die Mutter und nicht der Vater ist ausschlaggebend – gilt automatisch als jüdisch, sofern es nicht zu einer anderen Religion übergetreten ist oder sein Judentum öffentlich verleugnet hat.»

«Soviel ich weiß, gehörte er keiner anderen Kirche an.»

«Sie sagten, Mrs. Hirsh sei nicht jüdisch. Ist sie katholisch? Oder protestantisch?»

«Also, das weiß ich nun wirklich nicht … Ich glaube, anglikanisch. Jedenfalls war der anglikanische Pfarrer bei ihr, als ich sie besuchte.»

«Die Sache ist so: Wenn die beiden zu mir gekommen wären und mich gebeten hätten, sie zu trauen, hätte ich es nur unter der Voraussetzung tun können, dass sie zum Judentum übergetreten wäre. Möglicherweise hat sich Mr. Hirsh taufen lassen, ehe er heiratete … Sagen Sie, warum hat sich Mrs. Hirsh nicht selbst mit mir in Verbindung gesetzt?»

«Sie hat den Schock noch nicht überwunden, Rabbi. Sie kriegt noch Beruhigungsmittel, und … Na, als Abteilungsleiter ihres Mannes – als seinen Chef, wenn Sie so wollen – hat sie mich gebeten, alle Formalitäten zu erledigen. Und was seine Religion betrifft, so glaube ich kaum, dass er sich auch nur der Form halber hätte taufen lassen. Er hat sich nie viel aus dem ganzen Klimbim gemacht ...» Er hielt erschrocken inne. «Verzeihen Sie, aber das hat er mal gesagt. Es waren seine eigenen Worte. Soviel ich weiß, hatte er keinerlei religiöse Bindungen ... Armer Teufel; wenn er am letzten Freitag zur Synagoge gegangen wäre wie alle anderen Juden, wäre er vielleicht noch am Leben.»

«Ach, er starb ganz unerwartet?»

«Er wurde tot in seiner Garage gefunden. Patricia Hirsh rief mich am nächsten Morgen an, und ich bin gleich hinübergefahren.»

«Herzschlag?»

«Kohlenmonoxyd.»

«Oh ...» Der Rabbi, der entspannt dagesessen hatte, richtete sich auf und begann nachdenklich mit den Fingern auf der Schreibtischplatte zu trommeln.

«Sie denken an Selbstmord, Rabbi? Würde das etwas an der Sache ändern?»

«Unter Umständen schon.»

«Man kann die Möglichkeit eines Selbstmordes wohl nicht ausschließen», sagte Sykes langsam; «obwohl ... Er hat keine Zeile hinterlassen. Wenn er sich umgebracht hätte, würde er doch einen Brief an seine Frau ... Er hat sie sehr geliebt. Jedenfalls, im amtlichen Protokoll steht ‹Unfalltod›. Wissen Sie, er hatte eine Unmenge getrunken ...»

«Sie meinen, er war betrunken?»

«Sehr wahrscheinlich. Er hat in relativ kurzer Zeit eine halbe Flasche Wodka gekippt. Vermutlich ist er ohnmächtig geworden, während der Motor noch lief.»

«War er ein starker Trinker?»

«Er war Alkoholiker. Aber seit er bei uns arbeitete, war nie etwas passiert... Diese Menschen trinken ja oft lange Zeit nichts; bloß wenn sie mal angefangen haben, können sie nicht mehr aufhören.»

«Und hat sich das nicht auf seine Arbeit ausgewirkt? Was war er übrigens von Beruf?»

«Er war Mathematiker in meiner Abteilung am Goddard Forschungs- und Entwicklungslaboratorium.»

Der Rabbi nickte nachdenklich. «Alkoholiker sind bei uns sehr selten. Es wundert mich, dass Sie ihn trotz diesem … diesem Handikap eingestellt haben.»

«Wissen Sie, Rabbi, gute Mathematiker gibt's nicht in Scharen, wenigstens nicht vom Format eines Isaac Hirsh … Vielleicht erklärt es den Grund für seine Einstellung und zugleich für sein Trinken, wenn ich Ihnen sage, dass er mit Fermi zusammen an der Atombombe gearbeitet hat. Und er ist nicht der Einzige, dem das später zu schaffen gemacht hat – nach Hiroshima.»

«Dann kann er auch nicht mehr jung gewesen sein.»

«Anfang fünfzig. Er ist 1935 in Harvard promoviert worden … Ich auch, aber erst 1943.»

«Und trotzdem waren Sie sein Vorgesetzter?»

«Eigentlich nur, weil ich zuerst dort war. Ich bin gleich nach der Universität bei Goddard eingetreten.»

«Hm, hm, ja … Wie haben Sie ihn angeredet?»

«Wie ich ihn … Ach so.» Er errötete ein wenig. «Meistens einfach ‹Doktor›. Er war ja viel älter als ich, nicht wahr? Manchmal nannte er mich Ronald oder Ron, und ich sagte Ike zu ihm … Aber meistens blieb es doch beim ‹Doktor›, weil … Sehen Sie, da sind dauernd irgendwelche Techniker dabei, und wenn man sich da beim Vornamen anredet, fangen die auch an, uns so zu nennen, und aus ist's mit der Disziplin … Sagt jedenfalls unser Direktor. Er war früher bei der Armee.»

«Ich verstehe.» Der Rabbi dachte einen Augenblick nach.

«Es ist wohl am besten, wenn ich selbst mit Mrs. Hirsh spreche. Kann ich sie im Laufe des Nachmittags besuchen?»

«Ich denke schon … Ja, sicher.»

«Setzen Sie sich unterdessen am besten mit dem Vorsitzenden unserer Friedhofskommission in Verbindung. Wenn Sie wollen, kann ich Mr. Brown gleich mal anrufen – kennen Sie ihn vielleicht? Marvin Brown. Er ist Versicherungskaufmann.»

«Nein.» Sykes schüttelte den Kopf. «Wenn ich ihn jetzt gleich aufsuchen könnte, wäre es mir sehr recht … Ach, könnten Sie mir wohl bitte ein Taxi bestellen?»

«Selbstverständlich.» Der Rabbi begleitete Sykes zur Tür. «Ach, noch etwas – ich nehme an, die Witwe schwimmt nicht gerade in Geld: Bei uns ist ein einfacher Tannenholzsarg ohne Verzierung üblich.»

Marvin Brown war ein quecksilbriger Draufgänger. Ein rühriger Geschäftsmann, der wusste, dass Zeit Geld ist und dass jeder Dollar hundert Cent hat. Im Lauf der Jahre hatte seine Frau gelernt, sich seinem Tempo anzupassen; Mitzi pflegte um sechs Uhr Abendbrot zu essen, denn Marve kam oft später nach Hause und hatte dann schon irgendwo gegessen.

Mitzi machte sich manchmal Sorgen. Marvin war fast vierzig, und es kam ihr so vor, als schufte er von Jahr zu Jahr mehr. Er kümmerte sich nicht nur um seine Versicherung; da war noch die Synagoge und der Elternbeirat, dessen Vizepräsident er war, und der Gemeindefonds, dem er vorstand. Wenn Mitzi protestierte, dass es bei seiner Arbeit heller Wahnsinn sei, sich immer noch mehr aufzuhalsen, erklärte er, dass im Grunde alles zum Versicherungsgeschäft gehöre – es bedeute neue Verbindungen, und das ganze Versicherungsgeschäft bestehe eigentlich darin, neue Verbindungen anzuknüpfen. Sie wusste jedoch, dass es ihm einfach Spaß machte. Wenn er geschäftig herumrennen konnte, war er in seinem Element. Und sie musste zugeben, dass ihm dieses Leben einstweilen recht gut bekam.

Marvin Brown verdankte seinen Erfolg nicht nur seinen vielen Verbindungen. Er hatte ein Prinzip: *Man besucht einen Kunden nie auf gut Glück; man muss vorher so viel wie möglich über ihn in Erfahrung bringen.* Als ihm seine Frau berichtete, der Rabbi habe den Besuch eines gewissen Dr. Sykes angekündigt, rief er sofort an, um herauszufinden, worum es ging.

«Er kommt im Auftrag der Witwe von diesem Isaac Hirsh, der am Freitag gestorben ist», sagte der Rabbi.

«Was? Isaac Hirsh? Du lieber Himmel! Mit dem hab ich vor einem knappen Jahr eine Versicherung abgeschlossen!»

«Wirklich? Eine Lebensversicherung? Wissen Sie noch, über wie viel?»

«Nicht auswendig ... Fünfundzwanzigtausend, glaube ich. Aber ich kann ja nachsehen. Warum?»

«Sagen Sie, Mr. Brown, ist er bei der ärztlichen Untersuchung glatt durchgekommen?»

«Ich denke schon ... Aber das will nicht viel besagen. Manche dieser Doktoren nehmen sich nicht mal die Mühe, die Leute abzuhorchen. Sie stellen ein paar Fragen, und wenn der Patient einigermaßen gesund aussieht, lassen sie ihn laufen ... Was war's denn? Herzschlag?»

«Meines Wissens steht im Protokoll der Polizei Unfalltod.»

«Unfall? Oh ... Bei Unfalltod zahlen wir doppelt. Das heißt, die meisten Versicherungen werden so abgeschlossen. Es kostet kaum mehr. Die Witwe kann sich freuen ... Ich meine, weil er so abgeschlossen hat. Falls er tatsächlich so abgeschlossen hat. Aber ich glaube ... Ja, ich erinnere mich. Ging ganz glatt, ohne viel Zureden.»

«Ja, also dieser Dr. Sykes handelt im Auftrag der Witwe. Mr. Hirsh war kein Gemeindemitglied, aber seine Frau wünscht, dass er auf dem jüdischen Friedhof nach jüdischem Ritus beigesetzt werde. Sie selbst ist Christin.»

«Bin im Bild, Rabbi. Kümmern Sie sich um gar nichts. Ich mach das schon.»

12

Sykes hatte den Rabbi mit keinem Wort auf Mrs. Hirsh vorbereitet. Er war überrascht, eine große junge Frau von Anfang dreißig anzutreffen – erstaunlich jung für einen fünfzigjährigen Mann. Die blauen Augen waren verweint und geschwollen, aber sie wirkte trotzdem faszinierend mit dem leuchtend roten Haar. Auf den ersten Blick fand er, sie wirke reichlich aufgetakelt; sie trug zwar ein schwarzes Kleid, aber es war aus glänzender Seide und mit Volants und Rüschen besetzt und sah nicht aus wie ein Trauerkleid. Dann fiel ihm ein, dass sie es wahrscheinlich nicht zu diesem Anlass gekauft hatte und es nur trug, weil sie nichts Passenderes besaß.

Er stellte sich vor.

«Oh, treten Sie ein, Rabbi. Dr. Sykes rief mich an und sagte, dass Sie kommen würden … Peter Dodge war auch schon hier; er kennt Sie offenbar. Dann kam der lutherische Pfarrer, dann einer von den Methodisten und schließlich ein Unitarier – ich kann mich nicht über Mangel an geistlichem Zuspruch beklagen.»

«Sie wollten Sie trösten.»

«O ja. Es war nicht zu überhören … Und Sie? Wollen Sie mir jetzt auch erzählen, dass Ikes Seele im Himmel ist oder in einer besseren Welt, oder was weiß ich?»

Der Rabbi wusste, dass Trauer und Schmerz vielerlei Gesichter haben, und nahm ihr die zynische Bemerkung nicht übel. «Ich bedauere sehr, aber den Artikel führen wir nicht», gab er zurück.

«Wollen Sie sagen, dass Sie nicht an ein Leben nach dem Tod … an ein Jenseits glauben?»

«Wir glauben, dass seine Seele in Ihrer Erinnerung und im Gedächtnis seiner Freunde weiterleben wird. Hätte er Kinder gehabt, würde er natürlich auch in ihnen weiterleben …» Er brach ab und überlegte, wie er auf den eigentlichen Grund seines Besuches zu sprechen kommen sollte. Es fiel ihm schwer. Kondolenzbesuche fielen ihm immer schwer.

Sie kam ihm zu Hilfe. «Dr. Sykes sagte, Sie wollten mir ein paar Fragen über meinen Mann stellen?»

«Ja.» Er nickte dankbar. «Ein Begräbnis ist eine rituelle Handlung, Mrs. Hirsh, und ich muss die Gewissheit haben, dass Ihr Mann Jude im Sinne unseres Gesetzes war. Da er außerhalb seines Glaubens geheiratet hat …»

«Ist er dadurch weniger jüdisch?»

«Nein, aber vielleicht durch die Umstände. Sagen Sie bitte, wie sind Sie getraut worden?»

«Standesamtlich. Wollen Sie den Trauschein sehen?»

Er lächelte. «Ihr Wort genügt mir.»

Da sagte sie spontan: «Verzeihen Sie, Rabbi … Ich war giftig, nicht wahr?»

«Na … ein bisschen, ja.»

Jetzt lächelte sie auch. «Also fangen wir noch mal von vorn an. Fragen Sie mich alles, was Sie wollen.»

Er lehnte sich im Sessel zurück. «Gut. Warum wollen Sie ihn jüdisch beerdigen lassen?»

«Weil Ike Jude war. Er hat sich nie für etwas anderes gehalten.»

«Obwohl er unsere Religion nicht ausübte?»

«Nun … Er sagte immer, es gäbe zwei Arten, jüdisch zu

sein – man könne entweder die Religion ausüben oder sich einfach als Jude betrachten, weil man als Jude geboren wurde … Ist das falsch?»

«Eh … nein», sagte er vorsichtig; «aber ein jüdisches Begräbnis ist eine religiöse Zeremonie. Wäre das in seinem Sinne gewesen?»

«Ich weiß, dass es auch ein Beerdigungsinstitut machen kann; aber das wäre so … so unpersönlich, nicht? Nein, wahrscheinlich hätte er es so haben wollen. Wir haben nie darüber gesprochen, aber … ihm persönlich wäre es vielleicht gleichgültig gewesen. Aber meinetwegen hätte er wohl irgendeine Zeremonie gewünscht. Und was hätte ihm etwas bedeutet, wenn nicht die jüdische Zeremonie?»

«Gut. Ich werde ihn beisetzen … Es ist Sitte, ein paar Worte am Grab zu sprechen, und leider kannte ich Ihren Mann nicht; Sie müssen mir von ihm erzählen. Er war um einiges älter als Sie, nicht wahr?»

«Zwanzig Jahre. Aber wir waren glücklich.» Sie wurde nachdenklich. «Ja, er war gut zu mir. Und ich war die Richtige für ihn. Dass er so viel älter war … Na ja, ich hatte genug von dem anderen, bevor ich ihn traf. Er brauchte mich, und ich brauchte ihn. Es war eine gute Ehe.»

Der Rabbi zögerte, dann überwand er sich. «Ich verstehe, dass sein Tod indirekt eine Folge seiner … seiner Trunksucht war. Hat es Sie nicht gestört? Ich meine, das Trinken?»

«Das will euch einfach nicht in den Kopf, was? Wenn Sie's wissen wollen – es hat auch Ike sehr gestört. Es hat uns das Leben sauer gemacht. Er verlor deswegen gute Stellen; wir mussten immer wieder umziehen, und es ist nicht so leicht, jedes Mal von vorn anzufangen … Aber es war nie so, dass ich Angst vor ihm hatte. Er war nie abstoßend, wenn er betrunken war – eher schwach, und er hat geweint wie ein kleines Kind. Aber grob war er nie. Es störte mich nicht sonderlich. Erst später, als es schlimmer wurde und er manchmal in Ohnmacht fiel, bekam ich Angst. Aber nur seinetwegen. Dass ihm etwas zustoßen könnte.»

«Und ist es häufig vorgekommen?»

Sie schüttelte den Kopf. «In den letzten Jahren hat er kaum einen Tropfen angerührt, bis auf ein oder zwei Rückfälle … Er hat nicht dauernd getrunken, verstehen Sie. Er hat sich große Mühe gegeben. Aber wenn's ihn mal packte, dann gleich richtig. Das letzte Mal war … Ach, ich weiß nicht mehr. Vor Monaten.»

«Und dann am Freitag wieder.»

«Ach so, ja. Freitag. Daran hab ich nicht gedacht.» Sie schloss die Augen, und der Rabbi fürchtete, sie würde weinen. Aber sie riss sich zusammen und zwang sich sogar zu einem Lächeln.

Er stand auf, um sich zu verabschieden. Da fiel ihm noch etwas ein: «Merkten Sie jeweils im Voraus, wann es wieder losging?»

Sie schüttelte den Kopf.

«Können Sie sich erklären, weshalb er plötzlich zu trinken begann? Hatte er Sorgen?»

Wieder schüttelte sie den Kopf. «Ich glaube, er machte sich ständig wegen irgendetwas Sorgen. Ich habe immer versucht, ihn zu beruhigen – ihm das Gefühl zu geben, dass ich für ihn da bin, dass ich ihn verstehe …»

«Vielleicht waren Sie besser für ihn als er für Sie», sagte der Rabbi leise.

«Wir waren beide gut füreinander», erklärte sie mit Nachdruck. «Ich war ja auch kein Unschuldsengel, als ich Ike kennen lernte. Ich hatte schon einiges hinter mir. Und er war der Erste, der wirklich gut mit mir war … Und ich war gut zu ihm.»

«Und trotzdem hat er getrunken.»

«Das hat er schon getan, ehe er mich kannte … Zum Glück», fügte sie herausfordernd hinzu. «Sonst hätte ich ihn wohl nie kennen gelernt.»

«Wieso?»

«Er hat sich in dem kleinen Hotel einquartiert, wo ich am Zigarettenkiosk arbeitete. Wie hätte ich je einen Mann wie ihn kennen gelernt, wenn er nicht zufällig auf einer Sauftour gewesen wäre?»

«Und glauben Sie, dass Sie das bessere Geschäft gemacht haben?»

«Das beste Geschäft ist immer, wenn beide Partner das Gefühl haben, sie seien besser weggekommen.»

13

«Ja, hier spricht Ben Goralsky. Okay, ich warte … Hallo, hallo …»

Die Stimme am anderen Ende der Leitung sprach jetzt offenbar mit jemand anderem dort im Zimmer. Dann:

«Mr. Goralsky? Hier ist Ted Stevenson.»

«Oh, Ted. Nett, dass Sie anrufen. Wo stecken Sie?»

«Im Büro.»

«Am Sonntag? Müsst ihr denn Tag und Nacht schuften?»

«Wer in unserem Laden mit an der Spitze sitzt, Mr. Goralsky, der hat keine geregelte Arbeitszeit. Nicht, wenn es um Geschäfte geht. Und *falls* Sie mal bei uns mitmachen sollten, wird es Ihnen nicht anders ergehen.»

Goralsky erriet den Zweck des Anrufes. Der Unterton, der in diesem *falls* mitschwang, entging ihm keineswegs.

«Wir wollten schon gestern anrufen», fuhr Stevenson fort, «aber Sie hatten Ihren Feiertag, und wir nahmen an, Sie wären in der Synagoge.»

«Nein, ausnahmsweise nicht. Ich war die ganze Zeit zu

Hause. Mein Vater ist plötzlich krank geworden, und in dem Alter …»

«Oh, das tut mir Leid. Wie geht's ihm?»

«So einigermaßen. Aber es war ziemlich kritisch.»

«Freut mich, dass es wieder aufwärts geht. Grüßen Sie ihn bitte. Und gute Besserung.»

«Danke; werd ich gern ausrichten.»

Die Stimme am anderen Ende der Leitung änderte plötzlich den Tonfall. «Hören Sie, Goralsky – die Börsenentwicklung Ihrer Aktien im Lauf der letzten Wochen hat uns etwas … eh, beunruhigt.»

«Na ja – mein Gott, Ted – Sie wissen doch, wie das ist … Gerüchte über eine Fusion sickern immer durch. Wir haben hier unser Möglichstes getan, und soviel ich weiß, haben alle dichtgehalten. Es muss Sie jemand erkannt haben, als Sie mit Ihren Herren bei uns waren, oder … Irgend so was in der Preislage. Als ich dann merkte, was los ist – ich dachte, mich trifft der Schlag. All das ist wohl bei solchen Dingen nicht zu ver…»

«Doch, Mr. Goralsky, das ist durchaus zu vermeiden. Es ist uns klar, dass vor einem Zusammenschluss allerlei Gerüchte kursieren und den Börsenwert der Aktien beeinflussen können. Aber Ihre Aktien sind so steil gestiegen, dass wir der Sache nachgegangen sind. Wir haben bei guten Freunden an der Bostoner Börse Erkundigungen eingeholt und erfahren, dass der Grund für das Anziehen der Aktien nicht das Gerücht über die Fusion mit uns ist, sondern ein neues Verfahren.»

«Eh … ja … Aber das war leider falscher Alarm», murmelte Ben.

«Das haben wir auch herausgefunden. Natürlich kann so was vorkommen bei einem Forschungs- und Entwicklungsprogramm. Aber wenn wir den Eindruck gewinnen würden, dass eine absichtliche Manipulation dahinter steckt, um den Wert Ihrer Aktien vor dem Zusammenschluß hochzutreiben, dann müssten wir in Anbetracht dieses … eh … unorthodoxen Vorgehens das ganze Projekt … eh, neu überdenken.»

«Das könnte ich Ihnen nicht verdenken, Mr. Stevenson. Aber ich gebe Ihnen mein Wort, dass …»

Der andere unterbrach ihn schroff. «Wir sind nicht an Erklärungen und Entschuldigungen interessiert. Wir wollen von Ihnen etwas ganz anderes …»

Als Ben schließlich auflegte, war er schweißgebadet. Eine ganze Weile blieb er reglos sitzen und starrte das Telefon an.

14

Der Rabbi hatte eigentlich vorgehabt, nach dem Besuch bei Mrs. Hirsh gleich nach Hause zu fahren. Tief in Gedanken verloren, fuhr er dann aber in die entgegengesetzte Richtung los, und erst als er sich in dem Gewirr der engen Gässchen der Altstadt verirrt hatte, bemerkte er seinen Irrtum. Hier kannte er sich nicht mehr aus; er bog von einer Straße in die andere ein in der Hoffnung, sich wieder zurechtzufinden. Das Rathaus auf dem Hügel drüben schien zum Greifen nahe; jene Gegend war ihm vertraut, aber keine der Straßen wollte dorthin führen. Links und rechts erhaschte er zwischen hübschen, ein wenig verwitterten Häuschen kurze Blicke in altmodische Gärten. Er sah malerische Läden von Handwerkern und Antiquitätenhändlern und die Auslage eines Schiffsausrüsters, voll gestopft mit faszinierenden Dingen: Kompasse aus Messing, Rollen von Tauwerk, Schiffsglocken, geheimnisvolle nautische Geräte und gleich daneben ein Paar prosaischer Gummistiefel.

Und dann, in einer besonders engen Gasse, blieb sein Motor stehen. Im Nu bildete sich eine Autoschlange hinter ihm; verzweifelt betätigte er den Anlasser, trat aufs Gaspedal, nichts. Hinter ihm hupte jemand ungeduldig. Andere folgten dem Beispiel, und es entstand ein Höllenlärm.

«So wird das nichts, Rabbi», sagte eine Stimme durch das offene Fenster. «Der Motor ist abgesoffen.»

Er sah auf und begrüßte erleichtert Hugh Lanigan, den Polizeichef von Barnard's Crossing, der grinsend neben dem Wagen des Rabbi stand, in Sporthemd und Khakihosen, eine Sonntagszeitung unter den Arm geklemmt.

«Lassen Sie mich mal», sagte Lanigan.

Der Rabbi zog die Handbremse und rückte beiseite. Die Huperei hatte aufgehört – entweder, weil die Leute den Polizeichef erkannt hatten, oder weil ihnen klar geworden war, dass der Verkehrssünder da vorn ernstlich in der Klemme saß. Der Polizeichef trat das Gaspedal ganz durch, drehte den Zündschlüssel, und prompt sprang der Motor an.

«Na bitte …» Lanigan sah den Rabbi an und lächelte. «Wie wär's mit einem Drink bei mir zu Hause?»

«Gern. Aber fahren Sie.»

«Wenn Sie wollen.» Mühelos steuerte Lanigan den Wagen durch die engen Gassen. Vor seinem Haus angelangt, führte er den Rabbi auf die Veranda und rief nach drinnen: «Wir haben Besuch, Gladys!»

«Ich komme», antwortete seine Frau, und kurz darauf stand sie in der Tür. Sie trug lange Hosen und einen Pullover und sah aus, als hätte sie gerade im Garten gearbeitet. Das weiße Haar war jedoch sorgfältig frisiert, und sie hatte frischen Lippenstift aufgelegt. «Schau an, das ist aber eine nette Überraschung – Rabbi Small!» Sie streckte ihm die Hand entgegen. «Ich war eben dabei, Manhattans zu mixen – Sie nehmen doch auch einen?»

«Aber gern …» Plötzlich lachte der Rabbi, während Mrs.

Lanigan schon die Drinks richten ging: «Jedes Mal, wenn ich Sie besuche, krieg ich einen Drink …»

«Geistliches für die Geistlichen, Rabbi.»

«Ja, aber wenn Sie zu mir kommen, hab ich Ihnen immer nur Tee angeboten.»

«Das war ja wohl meistens dienstlich, und im Dienst trinke ich keinen Alkohol.»

«Keinen Alkohol, so … Sagen Sie, waren Sie schon mal betrunken?»

«Wie bitte?» Der Polizeichef schaute ihn verwundert an. «Klar. Sie vielleicht nicht?»

Der Rabbi schüttelte den Kopf. «Nein … Und Ihre Frau? Was hat die dazu gesagt?»

Lanigan lachte. «Nichts. Was sollte sie auch sagen? Gladys hat auch schon mal 'n Schwips hier und da … Und außerdem, so richtig sinnlos betrunken war ich nie. – Worauf wollen Sie hinaus, Rabbi?»

«Ich komme eben von Mrs. Hirsh …»

«Ach so.»

«Ja. Und ich möchte es gern verstehen. Ihr Mann war Alkoholiker, und da kenne ich mich nicht sehr gut aus. Bei Juden kommt es ziemlich selten vor.»

«Richtig. Woran liegt das wohl?»

Der Rabbi zuckte die Achseln. «Ich weiß nicht. Unter Chinesen und Italienern gibt es auch wenig Alkoholiker, obwohl sie keine Abstinenzler sind, genauso wenig wie wir … Vielleicht liegt es gerade daran, dass es nicht verboten ist oder als Sünde gilt. Der Reiz des Verbotenen fehlt.»

«Kann sein», meinte Lanigan nachdenklich.

«Und vielleicht … Sehen Sie, eines haben wir Juden mit den Chinesen gemeinsam: Auch in ihrer Religion spielen die Ethik, die Moral und der Anstand eine große Rolle, während bei euch Christen der Glaube wichtiger ist. Primitiv ausgedrückt: Vielleicht neigen wir dadurch weniger zu Schuldkomplexen.»

«Was hat der Glaube damit zu tun?»

«Im Christentum ist er der Schlüssel zur Erlösung. Aber es ist nicht immer leicht, zu glauben. Ich stelle mir vor, dass man als Christ manchmal zweifelt, Fragen stellt, Perioden erlebt, in denen man nicht glauben kann …»

«Ja und? Da komm ich nicht mehr mit.»

«Kein Mensch ist immer und jederzeit Herr seiner Gedanken. Sie kommen ungebeten – beängstigende, schreckliche Gedanken. Und wenn man davon überzeugt ist, dass Zweifel, also Nichtglauben, zur Verdammnis führen kann … Ich stelle mir vor, dass man sich dann schuldig fühlt. Dass man etwas tun will gegen diese Gedanken. Und was wäre da geeigneter als Alkohol?»

Lanigan lächelte. «Ja … aber jeder reife, intelligente Mensch weiß, wie der Verstand funktioniert, und trägt dem Rechnung.»

«Jeder intelligente, reife Mensch, ja. Aber die anderen?»

«Ach so …» Lanigan lächelte. «Ein bisschen überspitzt, würde ich sagen. Aber vielleicht ist was dran … Ich weiß nicht, ob man nur deswegen zum Trinker wird, aber …»

«Ach, das ist ja auch nur so eine Theorie. Ich meditiere einfach vor mich hin. Ich denke ins Unreine, während ich auf einen Drink warte …»

«Gladys», rief Lanigan. «Wo bleibst du denn? Der Rabbi ist am Verdursten!»

«Ich komm ja schon …»

Sie erschien mit einem Tablett, auf dem drei Gläser und ein Krug standen. «Füllen Sie nach, sooft Sie Lust haben, Rabbi.»

«Und Isaac Hirsh?», fragte Lanigan, während er das Glas hob und seinem Gast zutrank. «Nach Ihrer Theorie kann er sich wohl nicht sehr um seine Religion gekümmert haben?»

«Er hatte vielleicht andere Schuldgefühle … Das vermutet zumindest sein Vorgesetzter, Dr. Sykes. Er glaubt, dass Hirsh zum Alkohol Zuflucht nahm, weil er seinerzeit an der Hiroshima-Bombe mitgearbeitet hat.»

«Ach?» Lanigan trank. «Und wie kommt es, dass Sie mit der Sache zu tun haben?», fragte er dann. «War Hirsh in Ihrer Gemeinde?»

«Nein. Aber seine Witwe will ihn auf unserem Friedhof beisetzen lassen.»

«Aha … Jetzt geht mir allmählich ein Licht auf. Sie fragen sich, ob es wirklich ein Unfall und nicht etwa Selbstmord war. Habt ihr Selbstmördern gegenüber nicht dieselbe Einstellung wie wir? Ich meine, was das Begräbnis anbelangt.»

«Nicht ganz, aber doch ziemlich ähnlich. Es wird nicht öffentlich getrauert, man hält keine Grabrede, und streng genommen müsste der Verstorbene am Rand des Friedhofs begraben werden … Der Unterschied liegt woanders; Mr. Lanigan, Sie sind Katholik; Ihre Kirche ist eine große, straffe Organisation …»

«Was macht das für einen Unterschied?»

«… mit einheitlichen, allgemein gültigen Vorschriften in gewissen Bereichen.»

«Während Sie Ihr eigener Boss sind?»

«Mehr oder weniger. Jedenfalls bin ich in meinen Entschlüssen nicht von einer religiösen Behörde abhängig.»

«Wenn also der Rabbi gutmütig ist oder leicht umzustimmen …»

«Er ist vor seinem Gewissen verantwortlich», erklärte der Rabbi bestimmt. «Aber davon einmal abgesehen, wir haben eine etwas andere Einstellung gegenüber dem Selbstmord. Wir verurteilen jedoch keinen, der aus Wahnsinn, großem

Schmerz oder innerer Not heraus Selbstmord begeht. Im Alten Testament ist von mehreren Selbstmördern die Rede, deren Andenken wir ehren – König Saul zum Beispiel.»

«Aber was bleibt noch übrig, wenn ihr den Selbstmord durch Wahnsinn oder innere Not rechtfertigt?», fragte Lanigan. «Das umfasst doch praktisch alle Möglichkeiten.»

«Nun ja, es lässt uns ziemlich freien Spielraum», gab der Rabbi zu. «Aber ich glaube kaum, dass es einen Rabbi gibt, der beispielsweise das Harakiri der Japaner gutheißen würde – den Freitod aus gekränkter Ehre.»

«Na, das trifft ja wohl bei Hirsh nicht zu …»

«Hirsh, ja … Demnach glauben Sie also, dass es Selbstmord war? Warum steht dann im Protokoll, es sei ein Unfall gewesen?»

«Weil wir nichts beweisen können. Und um die Witwe zu schonen. Vergessen Sie nicht, Selbstmord ist hierzulande ein Verbrechen, und ohne stichhaltigen Beweis dürfen wir niemanden zum Verbrecher stempeln.»

«Ja … ja, natürlich. Und meine erste Frage? Nehmen Sie an, dass es Selbstmord war – ganz abgesehen von der Beweislage?»

«Nein. Sobald von einer Kohlenmonoxydvergiftung die Rede ist, denken alle Leute immer gleich an Selbstmord, aber das ist Unsinn. Es passieren laufend Unfälle mit Auspuffgasen. Verdammt tückische Sache. Es braucht nur einer in der Garage an seinem Wagen rumzubasteln; es ist kalt, er macht die Garagentür zu … schon wird er bewusstlos. Wenn man ihn nicht rechtzeitig findet, ist er tot … Und noch eins: Ich habe im Laufe der Jahre eine ganze Menge von Selbstmordfällen miterlebt. Merkwürdigerweise vor allem bei jungen Leuten. Natürlich waren auch Erwachsene darunter, aber die hinterlassen meistens einen Brief. Die Jungen nicht. Vielleicht wollen sie einfach, dass man um sie weint – was weiß ich. Wer älter ist, wer eine eigene Familie hat, der schreibt vorher einen Brief.»

«Also nur weil Hirsh keinen Abschiedsbrief hinterlassen hat …»

«Nein. Es gibt noch einen Grund, obwohl er vor Gericht keine Beweiskraft hätte: Sehen Sie, Rabbi – es wird hier sehr viel getrunken. Reiche Leute, die nicht wissen, was sie mit ihrer Zeit anfangen sollen; nervöse Manager, die sich Magengeschwüre ansaufen … Na, und unsere Fischer, die trinken sowieso. Und nun hab ich noch nie erlebt, dass ein Trinker Selbstmord begangen hätte … Noch nie, verstehen Sie? Ich hab mal einen Psychiater gefragt, warum das so ist; da hat er gemeint, Alkoholiker sind Selbstmörder; bei ihnen geht es nur langsamer.»

«Na ja … Aber wie steht's mit rechtsgültigen Beweisen? Haben Sie etwas in Händen?»

«Nein. Ich weiß nur, dass Hirsh keinen Brief hinterlassen hat und dass er betrunken war. Das Letztere scheint mir schwerer zu wiegen … Selbstmord ist sehr selten eine Kurzschlussreaktion; wer Schluss macht, hat es sich vorher gründlich überlegt, und wenn er es tut, dann mit klarem Kopf. Er betrinkt sich nicht, ehe er Hand an sich legt. Außerdem: Soweit wir rekonstruieren konnten, was vor dem Rausch geschehen ist, entspricht Hirshs Verhalten nicht dem eines Selbstmörders. Im Gegenteil: das Ganze sieht eher aus wie eine Kette grotesker Zufälle.

Als uns Mrs. Hirsh mitteilte, dass ihr Mann nicht nach Hause gekommen sei, meldeten wir es der State Police und den umliegenden Polizeirevieren. Eine Polizeistreife hatte tatsächlich einen Wagen gesehen, der der Beschreibung entsprach. Er parkte an der Fernstraße 128, nicht weit vom Goddard-Laboratorium. Die Streife fuhr nach unserem Fahndungsersuchen dorthin zurück. Der Wagen war nicht mehr da, aber sie fanden die Verpackung einer Wodkaflasche. Eine Glückwunschkarte lag dabei, die an Hirshs Nachbar gerichtet war. Eine einfache Routineuntersuchung ergab, dass die Flasche bei den Levensons – das sind die Nachbarn – abgegeben werden sollte, aber sie waren bereits zur Synagoge gegangen. Zufällig kam Hirsh vorüber, und der Fahrer bat ihn, das Paket für die Levensons anzunehmen und zu quittieren.»

«Ach so …»

«Ja, und dann muss Hirsh die Flasche ausgepackt haben – wohl kaum, um sie zu betrachten. Er muss schon kräftig daran genippt haben – warum hätte er sonst kurz vor dem Laboratorium noch geparkt? Er war auf dem Weg dorthin, das steht fest. Dann, als er schon einen kleinen in der Krone hatte, fand er, es sei besser, heimzufahren und ganze Arbeit zu machen … Das erklärt auch, weshalb er überhaupt rückfällig wurde. Er ging nicht in einen Laden und kaufte sich eine Flasche Schnaps – er hatte sich ja die ganze Zeit beherrscht. Aber eine Flasche Wodka, die einem aus heiterem Himmel in den Schoß fällt – er muss es wohl als so was wie höhere Fügung angesehen haben.»

«Ich zweifle sehr, ob selbst ein frommer Jude eine Flasche Wodka, die ihm unerwartet in den Schoß fällt, als höhere Fügung betrachten würde – und Hirsh war alles andere als fromm», meinte der Rabbi lächelnd. «Aber Ihrer Ansicht nach deuten jedenfalls alle Anzeichen auf einen Unfall hin?»

«Ja. Alles scheint dafür zu sprechen … Allerdings dürfen Sie nicht vergessen, dass wir nicht scharf darauf waren, zu einem anderen Resultat zu kommen. Die Versicherungsgesellschaft wird die Sache mit anderen Augen ansehen.»

«Ach? Hat die Versicherung Nachforschungen angestellt?»

«Nein, noch nicht», erwiderte Lanigan. «Aber das kommt noch – verlassen Sie sich drauf!»

15

Pat Hirsh kam mit Liz Marcus in der Limousine des Beerdigungsinstituts zu Hause an. Dr. Sykes erwartete sie bereits. Sein kleiner ausländischer Sportwagen hatte die Strecke vom Friedhof viel rascher bewältigt als die schwere Limousine.

«Komm doch rein, Liz», bat Pat. «Ich mach noch 'ne Tasse Tee.»

«Danke, aber ich muss gehen. Joe hütet die Kinder, und er erwartet mich, weil er wieder ins Büro muss.» Liz küsste sie impulsiv und versprach, am Abend hinüberzukommen, sobald die Kinder schliefen. Die ganze Angelegenheit schien ihr näher gegangen zu sein als Pat, der eigentlich Betroffenen …

Dr. Sykes hielt Pat Hirsh die Tür auf. «Sie hätten sich die Limousine sparen können, Mrs. Hirsh. Ich hätte Sie doch abholen und nach Hause fahren können.»

«Ich weiß, aber wie sieht das aus – in einem Sportwagen zur Beerdigung … Trinken Sie etwas?»

«Nein, danke, ich muss ins Labor zurück. Ich wollte nur rasch reinschauen, ob alles in Ordnung ist.»

«Es war ein schönes Begräbnis, nicht wahr?», sagte sie, während sie den Mantel auszog.

«Ich kann's nicht beurteilen. Es war ja alles auf Hebräisch.»

Sie kramte in ihrer Tasche. «Der Rabbi hat mir ein kleines Buch gegeben, da stehen alle Gebete mit der Übersetzung drin; so konnte ich wenigstens mitlesen. Ich war derart durcheinander, dass ich es einfach eingesteckt habe.»

Er blickte ihr über die Schulter, während sie in dem Büchlein blätterte.

«Es steht gar nicht viel vom Tod drin», bemerkte sie.

«Meistens ist vom Lob Gottes die Rede ... Und was sagen Sie zu dem Kantor? Hat er nicht wunderschön gesungen?»

«Jaaa ... Ein bisschen fremdartig, nicht? Mit den vielen Trillern und Schleifen, und alles in Moll ...»

«Irgendwie hat's mich an Ike erinnert. Er hat oft solche Melodien vor sich hin gesummt, wenn ihn ein Problem beschäftigte. Dann ging er im Zimmer auf und ab und sang leise vor sich hin ... Armer Ike. Er war so allein. Er hatte keine Familie, keine Freunde, er sonderte sich von seinen Leuten ab ...»

Sykes fürchtete, sie würde anfangen zu weinen. «Es waren viel mehr Leute da, als ich eigentlich erwartet hatte», lenkte er ab.

Ihr Gesicht erhellte sich. «Ja, nicht wahr? Ich wusste, dass Liz Marcus kommen würde. Aber bei den Levensons und Aaron und Molly Drake war ich nicht sicher. Sie sind gute Freunde. Der kleine Magere war von der Versicherung, ein Mr. Brown – ich war überrascht, dass er auch da war.»

«Er ist Vorsitzender der Friedhofskommission. Wahrscheinlich wollte er sich vergewissern, dass alles klappte.»

«Wer waren die drei Männer hinter dem Rabbi?»

«Alles Leute von der Firma. Der eine ist unser ‹Mädchen für alles›, und die beiden anderen sind Techniker. Sie mochten Ihren Mann gut leiden.»

«Nett, dass sie gekommen sind. Ach, und haben Sie Peter Dodge gesehen?»

Er schmunzelte. «Ja. Er hatte seinen Priesterkragen nicht an.»

«Das ist doch verständlich unter den Umständen», verteidigte sie ihn. «Wer war der große, stämmige Mann, der etwas abseits stand?»

Er sah sie überrascht an. «Kennen Sie ihn nicht?»

Sie schüttelte den Kopf.

«Das war Ben Goralsky – der große Goralsky von Goraltronics.»

«Na so was – dass der sich die Zeit für Ikes Beerdigung genommen hat … Ich hätte ihn begrüßen müssen. Allerdings, er ist hinterher gleich weggegangen.»

«Ja, ich weiß. Seine Mutter ist auch da beerdigt. Wahrscheinlich wollte er noch zu ihrem Grab.»

«Ich finde den Friedhof sehr schön. Er hätte Ike gefallen – ein freies Feld auf einem Hügel, mitten in der Landschaft.»

«Es sind erst zwei oder drei Gräber da.»

«Er ist ja auch ganz neu. Mit der Zeit werden sie einen Weg anlegen und einen hohen Zaun bauen müssen; aber mir gefällt es auch so. Und Ikes Grab liegt gleich beim Eingang. Alle müssen dran vorbei …» Sie hielt inne, als sei ihr etwas eingefallen. «Ach, Dr. Sykes …»

Er setzte sich lässig auf die Couchlehne. «Ja?»

«Wer war eigentlich der kleine Mann mit dem roten Gesicht?»

«Ein kleiner Mann mit rotem … Ach der. Keine Ahnung, ich hab ihn noch nie gesehen.»

«Er hat mich die ganze Zeit angestarrt. Jedes Mal, wenn ich aufsah, glotzte er zu mir herüber.»

«Na, Sie waren schließlich die Hauptperson, sozusagen.»

«Vielleicht ist er mit Dodge befreundet. Sie standen nebeneinander … Da kommt er ja; wir können ihn gleich fragen.»

Sykes ging zur Haustür, um Peter Dodge zu öffnen; die beiden Männer schüttelten sich feierlich die Hand. «Das haben Sie ausgezeichnet organisiert», meinte Dodge. «Alles hat großartig geklappt. Ich hätte ja auch gern geholfen, aber das wäre vielleicht nicht ganz das Richtige gewesen – ausgerechnet ein …»

«Schon gut. Ich habe ja gar nicht viel getan. Die Herren

von der jüdischen Gemeinde haben sich um alles gekümmert ... So, Mrs. Hirsh, jetzt haben Sie ja Gesellschaft, da kann ich ins Labor zurück.»

«Oh, müssen Sie wirklich gehen, Dr. Sykes?» Sie gab ihm die Hand. «Ich habe Ihnen noch nicht einmal gedankt für alles, was Sie für mich getan haben.»

«Ich freue mich, wenn ich Ihnen etwas abnehmen konnte. Ihr Mann war ein Freund ... ein richtiger Freund. Er wird uns sehr fehlen.» Er wandte sich an Dodge: «Ach, übrigens – wer war der kleine Mann, der neben Ihnen stand?»

Der Pfarrer schüttelte den Kopf. «Keine Ahnung. Warum?»

«Wir dachten, es sei ein Freund von Ihnen. Na ja, dann war's wohl jemand von der Gemeinde.»

«Glauben Sie? Er sah aber gar nicht jüdisch aus.»

«Wie kann man das heutzutage wissen?»

Die beiden Männer lachten. Dodge stand in der Tür, bis Sykes in seinen Sportwagen gestiegen war; dann ging er nach drinnen, nahm die Frau bei den Händen und schaute sie bewundernd an. «Du warst großartig, Pat», lobte er sie. «Zweimal dachte ich, du würdest zusammenbrechen, aber du hast dich phantastisch gehalten. Ich war so stolz auf dich ...»

16

Das große, einstöckige Gebäude der Goraltronics-Werke war durch einen gepflegten, breiten Rasen von der Fernstraße 128 getrennt. Der Parkplatz hinter dem Haus bot vierhundert Wagen Platz. Benjamin Goralsky, der Direktor des Unternehmens, saß in seinem modernen Büro mit dem grauen Spannteppich und schnippte mit dem Daumen die Visitenkarte in seiner Hand. «Untersuchungsbeamter», las er laut. «Mit anderen Worten: Detektiv … Sie sind mir schon auf dem Friedhof aufgefallen. Sie sehen nicht aus wie ein Detektiv, Mr. Beam.»

Auf der anderen Seite des Schreibtisches saß ein kleines, dickes Männchen, das mit seinem runden roten Gesicht an einen Edamerkäse erinnerte. Die dunklen Augen verschwanden fast, wenn er lachte. Und er lachte oft.

«Ein Detektiv, der wie ein Detektiv aussieht, taugt wahrscheinlich nicht viel», grinste er. «Aber ich bin kein Detektiv – auf alle Fälle keiner von denen, die in Büchern vorkommen. Ich hab keinen Revolver bei mir, rassigen Blondinen komme ich auch nicht zu Hilfe. Ich stelle bloß Fragen.»

«Und jetzt wollen Sie mir wegen Isaac Hirsh Fragen stellen. Warum ausgerechnet mir?»

«Na also … Zum Beispiel, weil Sie zu der Beerdigung gegangen sind, Mr. Goralsky. Alle anderen – ich habe mich erkundigt – waren Freunde der Witwe oder Mitarbeiter des Verstorbenen oder Leute vom Gemeindevorstand. Aber Sie? Ein Geschäftsmann Ihrer Größenordnung, und mitten in der Arbeitszeit?»

«Auf eine Beerdigung zu gehen ist für uns eine *Mizwah,* eine gute Tat. Der Rabbi hat es beim *Mirjan,* beim täglichen Morgengottesdienst, angekündigt und alle gebeten, zu kommen, die es einrichten können … Eine Beerdigung ist Gottesdienst, und deshalb müssen eigentlich mindestens zehn Männer anwesend sein. Die anderen konnten sich nicht frei machen, aber ich bin mein eigener Boss, und … Na ja, ich bin also hingegangen. Außerdem liegt meine Mutter dort, und ich habe ihr Grab besucht.»

«Ja, dann …»

«Sagen Sie mal, was soll das alles? Macht Ihre Gesellschaft jedes Mal ein solches Theater, bevor eine Lebensversicherung ausbezahlt wird?»

«Nein. Nur wenn es Unklarheiten gibt, Mr. Goralsky.»

«Was ist da unklar?»

«Wenn einer in seine Garage fährt, die Scheinwerfer ausschaltet, die Garagentür hinter sich schließt und dann tot aufgefunden wird, weil er den Motor nicht abgestellt hat ...»

«Selbstmord?»

«Isaac Hirsh hat sich vor weniger als einem Jahr für fünfundzwanzigtausend Dollar versichern lassen. Alle unsere Policen enthalten eine zweijährige Selbstmordklausel; bei Unfalltod zahlen wir jedoch die doppelte Summe. Wenn es tatsächlich ein Unfall war, muss die Gesellschaft fünfzigtausend Dollar auf den Tisch blättern. Wenn es aber Selbstmord war, zahlen wir keinen Cent. Und da sind wir der Meinung, fünfzigtausend Dollar sind schon eine kleine Untersuchung wert.»

«Ja ... ja, begreiflich. Und was glauben Sie jetzt, nachdem Sie Ihre kleine Untersuchung gemacht haben?»

Beam lächelte, seine Augen verschwanden. «Ich bin nicht die Direktion, aber ich glaube kaum, dass sie glatt auszahlen wird, wenn mein Bericht erst vorliegt. Die Direktion wird's drauf ankommen lassen, dass Mrs. Hirsh gegen uns klagt ... Sie müssen nämlich wissen, dass die Garage sehr eng ist; und rechts steht noch eine Mülltonne. Um den Wagen so hineinzustellen, dass er die Tür aufschließen konnte, musste Hirsh zwischen der Mülltonne auf der einen Seite und der Garagenwand auf der anderen ganz nach vorn fahren. Der Abstand ist sehr knapp – ich hab's ausgemessen. Auf jeder Seite nur ein paar Handbreit ... Verstehen Sie jetzt? Für einen Betrunkenen ist's schon allerhand, da hineinzufahren. Dann schaltet er die Scheinwerfer aus, aber lässt den Motor laufen; er drückt sich am Lenkrad vorbei auf den Mitfahrersitz, weil er auf seiner Seite nicht raus kann – er war klein und dick, ungefähr wie ich. Ja, und dann zieht er die Garagentür hinunter, geht wieder zurück und quetscht sich auf den Mitfahrersitz, wo ihn die Polizei dann findet – ich bitte Sie! Jeder normale Mensch stellt ganz automatisch den Motor ab, sobald er in der Garage ist. Und Hirsh war immerhin noch klar genug, um den Wagen heil in die Garage zu kriegen, die Scheinwerfer auszuschalten und die Garagentür zu schließen! Das hätte er doch wohl kaum geschafft, wenn er so blau gewesen wäre, dass er den Motor abzustellen vergaß.»

«Wie kommt denn die Polizei zu ihrer Unfalltheorie?»

«Die Polizei! Mr. Goralsky: Hirsh ist amerikanischer Staatsbürger; er hat eine wichtige Stellung bei Goddard, einem der größten Unternehmen hier in der Gegend … Was sollen sie tun? Stunk machen? Bevor die Brüder einen Selbstmord offiziell zugeben, verlangen sie eine schriftliche Erklärung des Toten – notariell beglaubigt.»

«Ich verstehe … Aber was wollen Sie von mir?»

«Alles, Mr. Goralsky … Alles, was Sie mir sagen können.»

Die Gegensprechanlage summte. Goralsky drückte auf einen Knopf. «Ja?»

«Mr. Stevenson von den Halvordsen-Werken erwartet Sie», meldete die Stimme aus dem Kästchen auf dem Pult.

«Ich komme gleich.» Erregt wandte er sich an Beam: «Tut mir Leid, Mr. Beam – eine äußerst wichtige Besprechung. Ich kann Ihnen nichts sagen … rein gar nichts.»

17

Mrs. Hirsh führte Dr. Sykes ins Wohnzimmer und fragte: «Ist etwas nicht in Ordnung?» Er hatte sie vom Labor aus angerufen und gesagt, er müsse ihr etwas Wichtiges mitteilen.

«Nicht in Ordnung ist zu viel gesagt, aber ich dachte, Sie

sollten es wissen: Der kleine Dicke mit dem roten Gesicht, der bei der Beerdigung war – erinnern Sie sich? Sie sagen, er hat Sie die ganze Zeit angestarrt ...»

«Ja, ich erinnere mich.»

«Er heißt Beam. Charles Beam. Als ich ins Labor kam, war er dort. Er ist Untersuchungsbeamter bei der Gesellschaft, mit der Ihr Mann die Lebensversicherung abgeschlossen hatte.»

«So? Ja, aber ... Was hatte er bei der Beerdigung zu suchen?»

«Gute Frage. Wahrscheinlich hat er untersucht.»

«Worauf wollen Sie hinaus, Dr. Sykes? Was gibt's da zu untersuchen?»

«Zu schnüffeln, um es ganz klar zu sagen ... Mrs. Hirsh. Die Police Ihres Mannes enthielt wie jede Police eine Selbstmordklausel. Und auch eine Klausel für den Fall des Unfalltodes.»

«Ja, ich weiß.»

«Na also ... Bei Selbstmord zahlt die Versicherung keinen Cent; bei Unfall muss sie die doppelte Summe auszahlen – fünfzigtausend Dollar. Das ist schon eine ganze Menge Geld, und da wollen sie die Gewissheit haben, dass es kein Selbstmord war.»

«Das ist verständlich. Aber sie haben Pech: Die Polizei hat die Sache nämlich auch untersucht und offiziell bestätigt, dass es ein Unfall war. Damit hat sich's wohl.»

«Ich fürchte, es ist nicht ganz so einfach. Die Polizei braucht erst mal eine Todesursache für ihre Akten. Na, und solange sie keinen positiven Beweis haben, schreiben sie doch nicht ‹Selbstmord› – das dürfen sie ja gar nicht. Sie schreiben ‹Tod durch Unfall› – es kostet sie ja nichts, im Gegensatz zu der Versicherung; es ist auch weniger unangenehm für die Hinterbliebenen.»

«Aber warum sollte Ike Selbstmord begehen? Er hatte nicht die geringste Ursache. Es gefiel ihm hier. Wir verstanden uns gut.»

Sykes schwieg.

«Die Versicherung muss doch beweisen können, dass es Selbstmord war, nicht wahr? Sie kann doch nicht aufgrund des Verdachts die Zahlung verweigern?»

«Nein … Nein, natürlich nicht.»

«Also?»

«Schauen Sie, Mrs. Hirsh: In solchen Fällen ist es üblich, eine Untersuchung einzuleiten. Wenn sie dabei zu dem Ergebnis kommen, dass es Selbstmord war, verweigert die Gesellschaft die Zahlung und zwingt Sie so, Klage einzureichen. Wenn die Versicherung nun den völlig unumstößlichen Beweis nicht erbringen kann, wird sie Ihnen vermutlich einen Vergleich vorschlagen – fünfundsiebzig Prozent der Summe oder fünfzig Prozent – je nachdem, wie stark sie die eigene Position einschätzt.»

«Das muss ich mir doch nicht gefallen lassen.»

«Gewiss nicht. Aber Sie sollten über alles informiert sein, ehe Sie Entschlüsse fassen.»

«Was soll das heißen?»

«Nun … Deswegen bin ich hier.» Er wählte sorgfältig seine Worte: «Ich wollte es Ihnen eigentlich nicht sagen, Mrs. Hirsh, aber … Wenn ich es trotzdem tue, dann nur, weil es im Zusammenhang mit all diesen Versicherungsfragen wichtig für Sie sein könnte: Ihr Mann stand vor der Kündigung, und er wusste es.»

«Kündigung? Ja, aber … Wieso? Ich dachte, er macht seine Arbeit gut, und …»

Sykes war sichtlich verlegen. «Ihr Mann war einmal eine Kapazität», sagte er langsam. «Er hatte in Fachkreisen einen sehr guten Namen. Aber seit er bei uns war – und vielleicht auch schon früher … Es war einfach nicht mehr dasselbe. In dem knappen Jahr hat er ein halbes Dutzend Fehler gemacht. Ich hab ihn jedes Mal bei der Geschäftsleitung gedeckt, aber … Diesmal war's ziemlich schlimm; und ausgerechnet bei einem Auftrag von einem unserer größten Kunden … Ich hab mein Möglichstes getan, aber der Boss blieb hart. Er hatte Ike für Montag Morgen bestellt, um …»

«Was hat er denn gemacht?»

«Schwer zu erklären. Ich meine, weil Sie nicht vom Fach sind … Er arbeitete an einem neuen Verfahren, um ein bestimmtes Produkt billiger und besser herzustellen – tut mir Leid, aber ich kann leider nicht auf Einzelheiten eingehen. Die Sache hatte sich herumgesprochen, worauf die Aktien der betreffenden Gesellschaft stark gestiegen waren. Und dann stellte es sich heraus, dass sich Ihr Mann geirrt hatte. Natürlich wurde der Kunde wütend. Das Schlimme an der Sache ist aber, dass die Firma mit einer anderen Gesellschaft fusionieren will, und jetzt sieht's so aus, als hätte sie ihren Börsenwert manipuliert.»

«Hat Ike das alles gewusst?»

Dr. Sykes schwieg.

«Ach, Ike … Lieber, armer Ike … Er wusste es bestimmt und wollte es vor mir verheimlichen. Er hat sicher Angst gehabt, wir müssten wieder einmal unseren Kram packen und von hier fortziehen. Wir sind schon so oft umgezogen. Immer wegen der Trinkerei … Er wusste, dass ich es satt hatte. Dass ich hier bleiben wollte. Er wusste, dass es mir hier gut gefiel …» Sie hielt inne; dann fuhr sie hastig fort: «Dr. Sykes – hat er gewusst, dass er nicht mehr … Ich meine, Sie sagen, er hat Fehler gemacht; er hat früher nie Fehler gemacht. Glauben Sie, er hat Angst gehabt, sein Verstand lässt nach? Wegen des Alkohols womöglich?» Ihr Blick hing an seinem Gesicht. «Aber er musste doch wissen, dass … Es wäre mir doch ganz schnuppe gewesen! Für mich war er immer noch gescheit genug.»

«Das wusste er sicher, Mrs. Hirsh.»

Sie setzte sich aufrecht und nahm die Schultern zurück. «Also, was soll ich jetzt tun?»

«Nichts. Sie brauchen überhaupt nichts zu tun. Warten Sie ab, wie die Versicherung reagiert, dann können Sie Ihren Entschluss fassen.» Er stand auf. «Wenn ich Ihnen irgendwie behilflich sein kann, Pat, rufen Sie mich bitte an.»

Sie nickte. «Ja, ich weiß. Sie waren uns immer ein guter Freund.»

18

«*Possel?* Was heißt das – *possel*?»

«Es ist so was Ähnliches, wie nicht *koscher* – ungeeignet, unbrauchbar, unrein.»

«Na, hören Sie, Mr. Goralsky! Unser Friedhof ist doch nicht unrein!»

«Doch. Weil ein Selbstmörder da begraben liegt. Selbstmörder müssen abseits beerdigt werden, am Rand. Und ihr habt ihn zuvorderst beerdigt. Darum ist der Platz *possel.*»

«Wir haben keinen Selbstmörder begraben, Ben. Von wem sprechen Sie eigentlich?»

«Machen Sie mir nichts vor, Mr. Schwarz. Gestern habt ihr Isaac Hirsh auf dem Friedhof beigesetzt. Ich war selbst dabei. Und heute besucht mich der Untersuchungsbeamte von der Versicherung. Es gibt praktisch keinen Zweifel daran, dass der Kerl sich das Leben genommen hat ... Was glauben Sie, was sich mein Vater darüber aufregt!»

«Warum denn?»

«Warum? Weil, mit Verlaub, meine Mutter auch da begraben ist! Sie war ihr Leben lang eine gute, fromme Frau; sie hat ein *koscheres* Haus geführt und die Gebote gehalten, und jetzt liegt sie neben einem Selbstmörder!»

«Hören Sie, Ben ... eh, Mr. Goralsky: Ich hab keine Ahnung, wer dieser Isaac Hirsh ist. Ich hör den Namen zum ersten Mal. Für die Angelegenheit ist die Friedhofskommission zuständig. Es gibt sicher eine Erklärung dafür. Hat ihn der Rabbi beigesetzt?»

«Wer denn sonst? Die Grabrede hat er gehalten, die Gebete hat er gesprochen ... Vor ein paar Tagen hat er meinem Vater gedroht – ich hab's selbst gehört –, dass er ihn wie einen Selbstmörder am Rande des Friedhofs begraben wird, wenn er seine Medizin nicht einnimmt und deshalb stirbt – und dann kommt dieser Isaac Hirsh, der nicht mal zur Gemeinde gehört hat, wo der Friedhof doch nur für Gemeindemitglieder bestimmt ist, und die Frau ist keine Jüdin ... Und was tut der Rabbi? Er beerdigt ihn mit allem Pomp! Sie sagen, es gibt sicher eine Erklärung dafür? Das stimmt: Ihr wollt eine Grabstelle verkaufen, und für die paar hundert Dollar ist es euch scheißegal, was mit den anderen passiert, die auch da begraben sind.»

«Nein, nein, nein – das stimmt nicht. So kann es nicht gewesen sein! Marvin Brown, der Vorsitzende der Friedhofskommission, würde das nie zulassen. Und der Rabbi auch nicht. Das Ganze muss ein Missverständnis sein. Vielleicht hat sich dieser Untersuchungsbeamte geirrt.»

«Wie kann der sich geirrt haben? Er hat mir den Fall geschildert – es ist ganz eindeutig: Dieser Hirsh fährt in seine Garage, schließt die Tür hinter sich zu, setzt sich in den Wagen und besäuft sich, während der Motor läuft ... Ist das Selbstmord oder nicht?»

«Na ja, es klingt vielleicht so, aber ... Hören Sie, wenn wir irgendetwas tun können ...»

«Sie können ihn da fortschaffen.»

«Sie meinen, den Leichnam exhumieren? Unmöglich, Ben! Das können Sie doch nicht von uns verlangen. Stellen Sie sich den Skandal vor! Außerdem, dazu brauchten wir die Zustimmung der Witwe. Die ganze Stadt würde …»

«Hören Sie, Schwarz …» Goralskys Ton war eiskalt: «Sie haben meinem Vater mit Ihrem Projekt den Kopf verdreht, und er hat sich von Ihnen um den Finger wickeln lassen … Ich persönlich finde, dass die Gemeinde eine zweite Synagoge ungefähr so nötig hat wie ein Pogrom. Aber wenn's der Alte will – bitte schön. Eins lassen Sie sich jedoch gesagt sein: Wenn Sie diese Friedhofsgeschichte nicht in Ordnung bringen, finanzieren wir noch nicht einmal ein Zweimannzelt!»

«Du weißt, Mort, ich bin kein glühender Anhänger des Rabbi – so wenig wie du. Aber du musst doch auch zugeben, dass er sein Fach versteht. Wenn er Hirsh beerdigt hat, ist die Sache sicher hundert Prozent *koscher.*»

«Mensch, bist du aber schwer von Begriff. Du hast immer noch nichts kapiert, Marvin», versetzte Schwarz ungehalten. «Der Rabbi hat sich wahrscheinlich überhaupt nicht näher mit der Frage befasst. Vielleicht hatte er den Verdacht, vielleicht auch nicht. Und wenn ja, was tut er? Er ruft seinen Freund an, den Polizeichef, und der teilt ihm den offiziellen Befund mit: ‹Unfalltod.› Folglich hat er grünes Licht. An seiner Stelle hätte ich auch so gehandelt. Wenn wir ihn fragen, sagt er bestimmt, alles ist in bester Ordnung. Er wird doch nicht zugeben, dass er einen Fehler gemacht hat.»

«Na also. Außerdem, was können wir jetzt noch tun? Wir können doch den Leichnam nicht ausgraben.»

«Vielleicht … Wenn die Witwe nichts dagegen hat …»

«Quatsch. Selbst wenn sie einverstanden wäre – und du

kannst Gift drauf nehmen, dass sie's nicht ist –, brauchen wir die Genehmigung vom Gesundheitsamt in Darbury, in dessen Bereich unser Friedhof liegt, und von dem Gesundheitsamt, das für den Friedhof zuständig ist, auf dem er endgültig begraben werden soll. Überleg mal, was das für Schereien gibt – Papierkrieg, Gerede ...»

«Es war ja auch nur eine Idee von Ben Goralsky. Ich hab ihm das alles auch schon gesagt, Marve.»

«Und? Weißt du was Besseres?»

«Ich denke mir», begann Schwarz vorsichtig, «so was kommt doch sicher verhältnismäßig oft vor – jemand stirbt, wird begraben, und dann taucht ein Abschiedsbrief auf oder was weiß ich; auf alle Fälle, es war Selbstmord ... Es muss doch eine Möglichkeit geben, das wieder in Ordnung zu bringen – irgendeine Läuterungszeremonie, die der Rabbi vornimmt, damit der Friedhof wieder *koscher* ist. Wenn der Rabbi so etwas aufziehen würde, mit viel Tamtam ... Was ist los?», unterbrach er sich.

Marvin schüttelte langsam den Kopf. «Ich glaube kaum, dass der Rabbi das tun würde.»

«Verdammt noch mal, wenn's der Vorstand anordnet, hat er's zu machen.»

«Ich weiß nicht ... Ich bin nicht so sicher, ob der Vorstand so etwas anordnen kann. Das müsste doch eher der Rabbi entscheiden. Ich bin nicht sehr begeistert von der Idee.»

«Warum nicht?»

«Weil es dem Friedhof schaden würde.»

«Was soll das heißen?»

«Schau, Mort, du bist Architekt; du verstehst vielleicht nicht sehr viel von Verkaufspsychologie. Glaubst du, es ist leicht, Friedhofsplätze zu verkaufen? In unserer Gemeinde haben wir überwiegend junge Leute; die denken an alles andere als an Gräber. Aber ein guter Geschäftsmann wird sie trotzdem überzeugen. Du appellierst an ihre Loyalität zur Synagoge oder an ihr Verantwortungsgefühl gegenüber ihren Frauen, ihren Familien … Na ja, so kriegst du sie schließlich dazu. Aber welche Taktik du auch immer anwendest – die Ware, die du verkaufst, muss immer tadellos sein. Sobald der Kunde merkt, dass du ihm Ramsch andrehst, bist du erledigt. Ich sage dir, Mort: Wenn rauskommt, dass etwas faul ist mit dem Friedhof, kann ich gleich drei Viertel der Anwärter von der Liste streichen.»

«Aber wenn wir nichts unternehmen, können wir auch die Goralskys streichen.»

Marvin schien das nicht zu beeindrucken. «Zugegeben, es ist ganz schön, jemand wie Ben Goralsky in der Gemeinde zu haben. Aber ich hab keine Lust, jedes Mal ins Knie zu brechen, bloß weil er …»

«Ich will dir was verraten, Marvin; du musst es aber für dich behalten: Ich habe praktisch das Versprechen von dem alten Goralsky, dass er eine zweite Synagoge stiften wird. Es geht nicht einfach um eine große Spende, verstehst du – es geht um die ganzen Kosten von A bis Z. Ungefähr hundertfünfzigtausend Dollar.»

Marvin pfiff durch die Zähne. «Hundertfünfzigtausend?»

«Vielleicht auch mehr.»

Marvin zog einen Bleistift aus der Tasche. «Das ist was anderes … Wart mal.» Er suchte nervös in seiner Rocktasche nach einem Stück Papier.

Schwarz schob ihm seinen Block zu.

«Danke.» Er zeichnete ein Quadrat und malte ein kleines x in die untere rechte Ecke. «Das ist der Friedhof … und da liegt das Grab von Hirsh. Also: Goralsky behauptet, dass ein Selbstmörder in einer Ecke am Rand des Friedhofs beerdigt werden muss, ja? Schön, also machen wir eine Ecke am

Rand …» Er zeichnete einen Kreis innerhalb des Vierecks, der die gesamte Fläche bis auf die vier Ecken einschloss. «Wenn wir einen kreisförmigen Weg anlegen, innerhalb dessen in Zukunft die Gräber liegen, so rutscht Hirshs Grab automatisch in eine Ecke am Rand … Die wenigen anderen Gräber liegen glücklicherweise alle innerhalb des Kreises. Na?»

Schwarz starrte staunend auf die Zeichnung. «Marvin, du bist ein Genie! Hast du dir das jetzt ausgedacht?»

«Na ja, ich hab schon in einem anderen Zusammenhang mit dem Gedanken gespielt. Wege müssen wir eines Tages ohnehin anlegen auf dem Friedhof, und ein Ringweg ist die einfachste Lösung: Er garantiert den besten Zugang zu allen Teilen des Friedhofs bei geringstem Geländeverlust … Wir brauchen ja nur einen Teil auszubauen, wenn das Budget nicht reicht. Wir fangen einfach in der Ecke an, in der Hirsh liegt.»

«Also wirklich – du bist ein Genie», rief Schwarz noch einmal.

Marvin machte ein zweifelndes Gesicht. «Und der Rabbi?»

«Der Rabbi? Wieso?»

«Müssen wir's ihm sagen?»

Schwarz überlegte. «Ich glaube, ja. Schon um zu erfahren, ob die Sache hieb- und stichfest ist.»

19

«Das kann doch nicht Ihr Ernst sein!», rief der Rabbi bestürzt. «Wir leben schließlich nicht im Mittelalter!»

«Aber Sie haben doch selbst dem alten Goralsky damit gedroht, sagt sein Sohn», entgegnete Schwarz.

«Gedroht? Ich wollte ihn ins Bockshorn jagen, das ist alles. Er wusste sehr genau, dass es mir nicht Ernst damit war …

Es ging doch nur darum, ihn dazu zu bringen, dass er seine Medizin einnimmt – ich hab's Ihnen doch schon in der Synagoge erzählt.»

«Ja, aber Ben Goralsky hat es jedenfalls ernst genommen», gab Schwarz zurück.

«Damals bestimmt nicht», wandte der Rabbi ein. «Und überhaupt, weshalb soll Hirsh Selbstmord verübt haben? Die Polizei hat Tod durch Unfall festgestellt. Überdies habe ich noch mit dem Polizeichef darüber gesprochen, und er findet, dass alle Indizien eindeutig auf einen Unfall hinweisen!»

«Und wenn es sich zum Schluss doch herausstellen sollte, dass es Selbstmord war?», beharrte Marvin. «Müssten wir … müssten Sie dann nichts unternehmen?»

«Was wollen Sie da unternehmen? Er wurde beerdigt – und das ist bereits eine läuternde Handlung. ‹Die Erde ist des Herrn und alles, was sie füllet.› Wollen Sie etwa sagen, dass die sterbliche Hülle dieses Menschen Gottes Erde verunreinigt? Und wenn dem so wäre – wie weit reicht die Verunreinigung? Bis zur Friedhofsgrenze, die das Katasteramt festgelegt hat? Oder bis zur Küste? Oder greift sie aufs Meer über?»

«Vielleicht gibt's irgendein Gebet …»

«Ach, ich soll irgendeinen Hokuspokus über dem Grab machen. Haben Sie das gemeint, Mr. Brown?»

«Schauen Sie, Rabbi», sagte Schwarz, «wir sind praktische Leute, und wir stehen vor einem praktischen Problem. Ob der Friedhof unrein ist oder nicht, kümmert Marvin und mich einen alten Hut. Aber Ben Goralsky und sein Vater, die nehmen es damit sehr genau. Nennen Sie es Aberglauben, wenn Sie wollen, nennen Sie es Unwissenheit – jedenfalls nehmen sie Anstoß daran.

Nun haben wir, Marvin und ich, eine Lösung gefunden;

wir möchten von Ihnen nur wissen, ob aus ritueller Sicht auch nichts dagegen einzuwenden ist …» Er zog die Skizze aus der Tasche und erläuterte Browns Idee.

Als er geendet hatte, stand der Rabbi auf. Er schaute abwechselnd von einem zum anderen, als ob er seinen Ohren nicht traue. «Ist denn ein Mensch ein Hund», fragte er mit verhaltenem Zorn, «dass ihr euch anmaßt, seine Leiche nach Belieben herumzuschubsen? Vorige Woche habe ich zusammen mit anderen Rabbinern eine Petition an das State Department unterschrieben, worin ersucht wird, bei der Sowjetregierung gegen die Entweihung jüdischer Gräber zu protestieren – und jetzt soll ich einwilligen, in unserem eigenen Friedhof ein Grab zu entweihen, nur wegen des Aberglaubens von einem albernen und unwissenden Greis und seinem ebenso albernen und unwissenden Sohn? Seit wann verkaufen wir unsere religiösen Zeremonien dem Meistbietenden?»

«Moment mal, Rabbi. Wer entweiht da ein Grab? Wir haben nicht die Absicht, Hirshs Grab zu schänden.»

Die Stimme des Rabbi war jetzt fast tonlos. «Eine andersgläubige Frau bittet uns, ihren Mann auf unserem Friedhof zu beerdigen, weil er Jude war. Sie betrachtet es als letzten Beweis ihrer Loyalität und Liebe, wenn sie ihn bei seinem eigenen Volk zur Ruhe bettet. Und jetzt kommen Sie und wollen sein Grab von allen anderen absondern? Wenn das keine Entweihung ist … Sie hat im guten Glauben teures Geld gezahlt – drei oder viermal so viel wie ein Platz auf dem Gemeindefriedhof gekostet hätte –, nur damit ihr Mann wie ein Aussätziger begraben wird?»

«Ich wette, dass ich ihre Einwilligung kriege», sagte Marvin.

«Es ist eine rein verwaltungstechnische Angelegenheit», sagte Schwarz.

«Sie sind ein geschickter Verkäufer, Mr. Brown», fuhr der Rabbi fort. «Es ist schon möglich, dass Sie die Witwe überzeugen können. Aber mich werden Sie nicht überzeugen. Und ich betrachte es auch nicht als reine verwaltungstechnische Angelegenheit, Mr. Schwarz. Ich werde da nicht mitmachen.»

«Schade, dass Sie es so sehen, Rabbi», versetzte Schwarz. «Ich sehe es als praktische Lösung eines praktischen Problems an. Mich gehen die Lebenden mehr an als die Toten. Für mich ist es wichtiger, ob die Goralskys auch weiterhin zu der Gemeinde gehören, als ob das Grab eines gewissen Isaac Hirsh, der nicht einmal ein Gemeindemitglied war, auf der einen oder anderen Seite des Weges liegt.»

«Ich kann das nicht gutheißen, und das werde ich auch dem Vorstand sagen, sobald die Angelegenheit zur Sprache kommt.»

Schwarz lächelte. «Es tut mir Leid, Rabbi, aber wir werden auch ohne Ihre Zustimmung handeln. Und vor den Vorstand wird die Angelegenheit gar nicht kommen – sie betrifft einzig und allein die Friedhofskommission.»

«Dort werden wir selbstverständlich abstimmen», warf Marvin ein.

«Abstimmung hin oder her, ich verbiete es.»

«Hören Sie, Rabbi, wir hätten ja gar nicht erst zu Ihnen kommen müssen. Wir wollten nur nichts hinter Ihrem Rücken machen.»

«Aber jetzt sind Sie gekommen, und ich verbiete es.»

Schwarz zuckte die Achseln. Er erhob sich, und die beiden Männer gingen. Der Rabbi stand neben seinem Schreibtisch und sah ihnen nach. Er war zornig und verwirrt.

«Was soll das heißen, er verbietet es?», fragte Marvin. «Kann er was dagegen tun?»

«Was denn?»

«Ich weiß nicht … Ein Rabbinergremium zusammenrufen oder so was.»

«Unsinn. Unsere Synagoge ist eine autonome Körperschaft. Der Rabbi ist bloß ein Angestellter. Das Einzige, was er tun kann, ist, seinen Rücktritt einreichen, wenn ihm die Sache nicht passt.»

«Das wäre offenbar noch lange nicht das Schlimmste, was uns passieren könnte.» Schwarz sah hoch. «Hast du was gegen ihn?»

Brown zuckte die Achseln. «Ich hab ein Geschäft. Ich hab einen Haufen Angestellte. Und sie mögen so tüchtig sein, wie sie wollen – wer nicht parieren kann, fliegt.»

«Hm, hm …» Schwarz nickte langsam. «Ja; genau das meine ich auch. Sag mal, wer sitzt alles im Friedhofskomitee?»

«Sumner Pomeranz, Bucky Lefkowitz und Ira Dorman. Aber keiner von ihnen rührt jemals auch nur den kleinen Finger.»

«Das sind drei. Du bist der Vierte … Hab ich nicht noch jemand bestimmt, damit es eine ungerade Zahl ist?»

«Du bist ex officio dabei. Das macht fünf.»

«Gut. Wir brauchen also noch eine Stimme für die Mehrheit … Knöpf dir die Leute schon mal vor, Marve, damit sie wissen, worum es geht.»

«Kein Problem.» Brown machte eine wegwerfende Handbewegung. «Sie widersprechen mir nie. Sie sind zufrieden, wenn ich die ganze Arbeit mache.»

«Gut. Wenn du so weit bist, ruf den Rabbi an und sag ihm, ihr habt abgestimmt, und die Kommission ist einstimmig für den Friedhofsweg.»

«Mach ich, Mort. Gute Idee – dann kommt er nicht auf den Gedanken, Schwierigkeiten zu machen.»

«Ja, eben … Sag mir dann Bescheid, wie's ausgegangen ist. Ich will nicht, dass der Rabbi noch quer schießt.»

20

Marvin war in bester Stimmung, als er am Freitagvormittag Schwarz anrief. «Ich hab gerade mit dem Rabbi gesprochen. Ich sagte ihm – ganz ohne Schadenfreude –, dass der Beschluss der Kommission einstimmig gewesen sei.»

«Was hat er gesagt?»

«Nichts.»

«Verdammt noch mal, er muss doch irgendwas gesagt haben.»

«Bloß ‹aha› oder so. Das war alles.»

«War er sauer?»

«Keine Ahnung. Wahrscheinlich hat er gemerkt, dass er nicht durchkommt mit seinem Protest. Jetzt müssen wir also mit Volldampf an die Sache ran.»

«Ich bin nicht mehr so sicher, Marve. Ich hab mir das Ganze nochmals durch den Kopf gehen lassen.»

«Was soll das heißen?»

«Es kann uns unter Umständen mehr schaden als nützen. Was passiert, wenn er am Sonntag den Fall dem Vorstand vorlegt …»

«Und Wasserman und Becker unterstützen ihn und ziehen noch ein paar andere auf ihre Seite? Ja … eigentlich hast du Recht. Aber was sollen wir tun?»

«Wir müssen die Leute für uns gewinnen. Vielleicht sollte ich noch vor der Sitzung mit ein paar Vorstandsmitgliedern … Was habt ihr morgen Abend vor?»

«Eh … Mitzi wollte sich diesen ausländischen Film ansehen, der gerade läuft.»

«Fürchterlicher Mist. Ethel und ich haben ihn letzte Woche in der Stadt gesehen. Kommt lieber zu uns rüber. Ich lad noch ein paar Leute ein …»

«Ach so – du willst ihnen das Modell zeigen?»

«Hm, hm.»

Die Gäste begaben sich vom Arbeitszimmer wieder ins Wohnzimmer zurück, wo Ethel Schwarz Kaffee, Eis und Gebäck aufgetischt hatte.

«Weißt du, Mort», sagt Hal Berkowitz, «mir will einfach nicht in den Kopf, warum ausgerechnet der Rabbi gegen dein Projekt ist. Schließlich …»

«Ganz recht», unterbrach ihn Abner Sussman. «Es ist gewissermaßen sein Arbeitsplatz, oder nicht?»

«Na, und vor allen Dingen könnte diese Synagoge ein regelrechtes Paradestück für die ganze Nordküste werden», ereiferte sich Nelson Bloomberg. «Ich will nicht behaupten, dass ich viel von Ästhetik verstehe – obwohl, in der Konfektionsbranche braucht man schon ein gewisses Stilgefühl, sonst kann man gleich einpacken … Nein, aber ich finde, Morts Projekt haut hin. Es ist die Art von Gebäude, wie man sie nachher in Zeitschriften abgebildet sieht. Für mich stellt es Fortschritt dar. Und was steht dem im Weg? Ein Gespenst … Nein, nicht mal ein Gespenst – ein Toter. Ein Toter namens Hirsh, der gar nicht zur Gemeinde gehört hat! Da haben wir etwas Fortschrittliches, etwas Nützliches und Lebendiges – und da kommt der Rabbi und vermasselt alles!»

«Nel hat den Nagel auf den Kopf getroffen», erklärte Nate Shatz. «Wir waren in einer schwierigen Situation. So eine Kompromisslösung, die alle zufrieden stellt – Goralsky, die Witwe und die Gemeinde –, hätte eigentlich der Rabbi aushecken müssen. Und was passiert? Marve und Mort zerbrechen sich den Kopf, und statt dass der Rabbi dankbar ist, verbietet er es. Und wir sollen ja und amen sagen ... Ich finde, das geht ein bisschen zu weit. Ich schlage vor, wir bauen die Straße. Soll er zurücktreten, wenn's ihm nicht passt.»

«Hat er dir was getan?», erkundigte sich Jerry Feldman. «Das hat eben ziemlich verärgert geklungen.»

«Ich bin auch verärgert ... Dieser Mensch tut, als ob er was Besseres wäre als unsereiner. Neulich war seine Frau bei uns zum Bridge – meint ihr, sie hat was angerührt? Nichts hat sie genommen, bloß eine Tasse Tee ... Wenn die Leute zu fein sind, mit uns zu essen, braucht er uns auch nicht zu predigen.»

«Na ja, wenn ihr nicht *koscher* esst und sie will das nicht mitmachen – das kann ich noch verstehen», meinte Feldman. «Aber sonst ... Also ich hab auch nicht gerade viel für ihn übrig.»

Schwarz sah ihn an. «Es kommen doch viele Leute zu dir ins Geschäft, Abner ... Wie sprechen sie über ihn?»

Sussman drehte die Hand hin und her. «Teils – teils. Die einen finden ihn zu reserviert; einen unnahbaren Rabbi mag man nun mal nicht. Andere wieder mögen seine Freitagabendpredigten nicht ... Aber denkt nur nicht, er hätte keine Freunde; im Gegenteil. Vielen gefällt die Art, wie er spricht – mit gesundem Menschenverstand und nicht der übliche Mumpitz. Manche finden auch, er sollte sich anständig anziehen und nicht wie ein Buchhalter mit fünfundsiebzig Dollar die Woche. Aber eben das kommt ihm auch oft wieder zugute – es spricht bei den Frauen den mütterlichen Instinkt an. Und Frauen haben viel Einfluss auf ihre Männer.»

«Und seine Anhänger?»

«Na, wie gesagt, er hat seine Freunde; eine feste Gefolgschaft kann man's nicht nennen. Aber er ist nicht der Typ, der sich um so was kümmert … Was macht denn ein Rabbi als Erstes, wenn er eine neue Stelle angetreten hat und nur ein bisschen gerissen ist? Er streckt die Fühler aus, wer wichtig ist in der Gemeinde und wer nicht. Dann organisiert er seine Partei, seine Clique. Wenn er dann irgendwas haben will, wendet er sich nicht an den Vorstand, sondern steckt es einem seiner einflussreichen Freunde – und bevor man ‹gut Schabbes› sagen kann, ist die Sache erledigt.»

«Ja, so ungefähr.»

«Aber unser Rabbi hat keine solche Clique hinter sich.»

«Und Wasserman und Becker und Dr. Carter?»

Sussman schüttelte den Kopf. «Das ist keine Clique. Wasserman unterstützt ihn, weil er ihn hergebracht hat, und Becker fühlt sich ihm verpflichtet, weil der Rabbi damals seinem Partner aus der Patsche geholfen hat, als der unter Mordverdacht stand.»

«Schön», sagte Schwarz zusammenfassend, «dann sind wir uns also einig …»

Marvin Brown blieb noch zurück, nachdem die anderen gegangen waren. «Weißt du, Mort, wenn da doch noch was schief geht, stehen wir schön da …»

«Aber ich bitte dich – was soll da noch schief gehn? Nel Bloomberg hat uns das Stichwort gegeben, als er sagte, der Rabbi bekämpfe praktisch den Fortschritt. Das wird jetzt unsere Parole: Der Rabbi ist gegen den Fortschritt.»

«Ich spreche nicht vom Rabbi, sondern vom alten Goralsky. Was für Garantien hat er dir gegeben?»

«Es ist so gut wie sicher. Der einzige Hemmschuh war Ben, aber jetzt wird er auch auf unserer Seite sein.»

«Ja? Wie meinst du das?»

«Als er mich wegen der Friedhofsgeschichte anrief, machte er eine Anspielung, dass sein Vater dem Bau einer kleinen Synagoge nicht abgeneigt sei; aber er drohte, dass wir sie nicht bekämen, wenn wir die Sache nicht in Ordnung brächten. Wenn wir's hinkriegen und ihm erzählen, dass wir deswegen mit dem Rabbi Krach hatten, wird er nicht mehr gut kneifen können.»

«Vielleicht nicht, aber … Ach, du weißt doch, wie so was manchmal ausgeht. Er kann's hinausschieben. Der Alte kann sagen, er hätte es in sein Testament aufgenommen … Warum nicht?», fragte er, als Schwarz den Kopf schüttelte.

«Weil ich gerade beschlossen hab, dass wir den Bau ‹Hannah-Goralsky-Synagoge› nennen werden. Kapiert? Es wird eine Synagoge zum Andenken an seine Frau beziehungsweise Bens Mutter. Wird da der Alte nicht bei der Grundsteinlegung und bei der Eröffnungsfeier dabeisein wollen? Und beim ersten Gottesdienst als Erster zur Thora aufgerufen werden?»

Marvin Brown musste lachen. «Du bist nicht auf den Kopf gefallen, Mort. Ich glaube, wir haben den Rabbi endgültig ausgespielt.»

21

Am Samstag beim Morgengottesdienst hatte der Rabbi starke Halsschmerzen. Als er nach Hause kam, fühlte er sich schlapp und hatte keinen Appetit. Er hatte vorgehabt, den Nachmittag im Studierzimmer der Synagoge zu verbringen, aber die Glieder taten ihm so weh, dass er sich auf die Wohnzimmercouch legte und einnickte. Am Nachmittag fühlte er sich etwas besser und ging zum Abendgottesdienst. Als er nach Hause kam, hatte er Schüttelfrost und einen heißen Kopf.

«Hast du dich erkältet?», fragte Miriam, als er laut niesen

musste. Sie legte die Hand auf seine Stirn. «Du bist heiß. Wahrscheinlich hast du Fieber.»

«Ach wo. Es geht mir ausgezeichnet.» Aber er musste wieder niesen. Sie ging ins Badezimmer und erschien gleich wieder mit dem Fiebermesser. Mit fachmännischer Handbewegung schüttelte sie ihn und steckte ihn trotz seinem Protest in seinen Mund.

«38,1. Du hast Fieber», erklärte sie. «Zieh dich sofort aus, David, und ins Bett mit dir.»

«Mach doch kein Theater wegen einer kleinen Erkältung», murrte er. «Bis morgen bin ich wieder auf dem Damm.»

«Wenn du dich nicht legst, ganz bestimmt nicht.» Sie fütterte ihn mit Apfelsinensaft und Aspirin, doch am späten Abend war die Temperatur auf 38,5 hochgeklettert.

«Ich ruf Dr. Sigman an», meinte sie.

«Wozu? Es ist nur eine Erkältung. Er kann auch nicht helfen. Bitte, ruf nicht an.»

«Warum nicht?»

«Weil er sofort kommen wird, und das ist überflüssig, und hinterher keine Rechnung schicken wird, und das ist mir peinlich.»

«Ich kann ihn ja fragen, ob er dich sehen will.» Ihr Tonfall verriet ihm, dass jede Diskussion sinnlos war.

«Er hat's letzte Woche selbst gehabt», verkündete sie, als sie ins Schlafzimmer zurückkam. «Er sagt, es ist eine Virusinfektion, die momentan umgeht. Es dauert nicht lange, nur ein paar Tage. Du sollst im Bett bleiben, Aspirin nehmen und viel trinken – und keinesfalls ausgehen, bevor du vierundzwanzig Stunden fieberfrei warst.»

«Ein paar Tage! Und morgen hab ich Vorstandssitzung.»

«Jetzt nicht mehr. Du bleibst mir bis Montag im Bett. Der Vorstand wird ausnahmsweise auch ohne deinen weisen Rat auskommen.»

«Aber morgen ist es besonders wichtig. Ich *muss* dabei sein.»

«Wir werden noch sehen. Aber rechne nicht damit.»

Die Vorstandssitzung begann um zehn. Die Abwesenheit des Rabbi gab zu keinen besonderen Kommentaren Anlass. Es war schon öfters vorgekommen, dass er verhindert war. Doch Mortimer Schwarz und Marvin Brown legten es anders aus.

«Es ist doch ganz eindeutig, oder nicht?», triumphierte Schwarz. «Er hat inzwischen gemerkt, dass er kein Bein auf den Boden kriegt, wenn er Stunk macht. Dass er dann entweder den Schwanz einziehen oder kündigen muss. Beides will er nicht – also bleibt er einfach weg.»

«Hm, hm. Und was tun wir jetzt?»

«Weißt du, Marve, nachdem der Rabbi nicht da ist, sieht das alles ein bisschen anders aus, finde ich. Es langt, wenn du über die Tätigkeit des Friedhofskomitees berichtest – du brauchst Hirsh gar nicht zu erwähnen. Erzähl ihnen nur, wie wichtig dieser Weg ist; am besten verlangst du gleich eine Budgeterhöhung …»

In dem Augenblick winkte Arnold Green, der Sekretär, Schwarz zu sich hinüber.

«Was ist los, Arnie?»

Green zog den Gemeindevorsteher in eine Ecke und zeigte ihm einen Brief. «Lies das mal … Es lag heute im Vorstandsbriefkasten; dem Poststempel nach muss er schon Samstag angekommen sein. Ein Brief vom Rabbi. Ich wollte ihn dir zeigen, bevor ich ihn vorlese.»

Schwarz überflog den Brief, faltete ihn zusammen und steckte ihn wieder in den Umschlag. «Hör zu, Arnie», sagte er nachdrücklich, «ich will nicht, dass dieser Brief heute dem Vorstand vorgelesen wird. Vergiss, dass er je angekommen ist, verstanden?»

«Aber ich muss doch alles vorlesen, was eingegangen …»

«Der Brief war gar nicht für dich bestimmt. Er ist an mich adressiert … Versprich mir, dass du kein Wort sagst!»

«Was soll das alles?»

«Ich weiß nicht viel mehr als du; aber ich muss bald dahinter kommen, sonst gibt's einen Riesenkrach in der Gemeinde … Weißt du noch, wie es war, als es um die Verlängerung seines Vertrages ging? Du willst doch nicht wieder so ein Theater, oder?»

«Natürlich nicht. Aber wenn der Rabbi dem Vorstand einen Brief schickt, wird er sich wundern, warum er nicht vorgelesen wurde.»

«Der Rabbi ist ja gar nicht da. Mach dir keine Sorgen … Man wird ihn schon vorlesen – eine Woche früher oder später, das kommt doch nicht drauf an.»

«Ja, dann … Wenn du's so haben willst – von mir aus.»

«Ja, so will ich's haben. Und jetzt wollen wir endlich mit der Sitzung anfangen.»

«Der Rabbi hat eine leichte Grippe», verkündete Dr. Sigman, als sich alle gesetzt hatten. «Gegen Mitte der Woche ist er sicher wieder auf den Beinen.»

Marvin Brown, der ziemlich weit hinten saß, warf Schwarz einen vielsagenden Blick zu; der nickte kurz und eröffnete die Sitzung. Der Sekretär verlas das Protokoll, dann kamen die einzelnen Kommissionsberichte an die Reihe. Marvin Brown legte keinen Bericht vor, bat aber um das Wort.

«Ich weiß nicht, ob das zu einem Kommissionsbericht gehört hätte. Ich habe einen Antrag zu stellen, aber vorher möchte ich noch ein paar erklärende Worte dazu sagen.»

«Stell erst mal deinen Antrag, und hinterher, wenn er unterstützt wird, kannst du in der Diskussion immer noch deine Erklärung abgeben.» Al Becker, der im Vorjahr Gemeindepräsident gewesen war, hielt sich streng an die parlamentarischen Regeln.

«Du hast schon Recht, Al, aber angenommen, mein Antrag wird nicht unterstützt – dann hab ich auch keine Chance, mich zu äußern.»

«In dem Fall ist deine Erklärung auch nicht mehr nötig.»

«Wenn ich nun zum Beispiel als Präsident der Friedhofskommission abdanken will und du fragst mich nach dem Grund, dann antworte ich, dass ich ihn in der Erklärung, die ich nicht abgeben durfte, mitgeteilt hätte.»

«Hört mal zu, Leute. Es ist doch sinnlos, sich über so was aufzuhalten», lenkte Schwarz ein. «Du hast vollkommen Recht, Al, was das korrekte Verfahren betrifft; aber anscheinend hat Marve etwas auf dem Herzen. Ich denke, wir sollten ihn anhören. Ich kann ihn ja immer noch zur Ordnung rufen, wenn er nicht zur Sache spricht.»

«Ich will ihn ja nicht am Reden hindern», entgegnete Becker. «Ich sage nur, dass wir uns an die Regeln halten müssen. Aber wenn ihr's so haben wollt, bitte schön.»

«Also, schieß los, Marvin.»

«Nun ja, die Sache ist die. Ich hab's endgültig satt, unverkäufliche Ware anzubieten … Ich bin Kaufmann, das wisst ihr, und ein Kaufmann muss von seiner Ware überzeugt sein. Aber diese Grabstellen, die ich verkaufen soll … Allmählich verliere ich die Lust. Wir müssen den Problemen endlich mal realistisch … eh, ins Auge blicken. Und ich bin der Meinung, dass jetzt die Zeit dafür gekommen ist.»

«Worauf willst du hinaus, Marve?»

«Augenblick noch … Also, welches sind die Probleme? Erstens einmal sind die meisten Gemeindemitglieder jung. Sie haben noch nie daran gedacht, dass sie eines Tages einen Platz da draußen brauchen werden. Und seien wir ehrlich –

hundertfünfzig Dollar sind ein Haufen Geld für einen Friedhofsplatz, wenn jemand, sagen wir mal, Mitte dreißig ist … Und dann, viele Gemeindemitglieder arbeiten hier in der Industrie und können jederzeit in eine andere Stadt versetzt werden – sollen sie hierher zurückkommen, um sich begraben zu lassen? Ich hab mir da so meine Gedanken gemacht; ich finde, dass wir die Friedhofsplätze auf Raten verkaufen sollten; zehn Dollar im Jahr, zahlbar zusammen mit dem Beitrag. Außerdem bin ich für eine Klausel im Vertrag, wonach die Grabstelle jederzeit ohne Verlust wieder an uns abgegeben werden kann; wenn also jemand fortzieht, kann er sein Geld sofort zurückbekommen. Ich spiele sogar mit dem Gedanken, die Friedhofsplätze nach dem Prinzip der Lebensversicherung zu behandeln. Wer stirbt, bevor er voll bezahlt hat, dessen Angehörige brauchen den Rest nicht mehr zu bezahlen.»

«Ist das dein Antrag, Marve?»

«Nein, das ist er nicht. Ich erwähne das lediglich, um zu zeigen, dass sich das Friedhofskomitee ernsthaft um die Dinge kümmert. Aber es gibt da noch ein Argument, das ich häufig zu hören bekomme …» Er blickte in die Runde, um sich zu vergewissern, dass alle gut zuhörten. «Die Leute sagen: ‹Kommen Sie wieder, wenn Sie einen richtigen Friedhof haben und nicht ein ödes Feld.› Leider haben sie Recht: Unser Friedhof ist ein Feld mit einem defekten Drahtzaun, ohne gärtnerische Anlagen und vor allem ohne ordentlichen Zugang zu den hinteren Gräbern. Und das ist momentan unsere größte Sorge.»

«Das alles ist ja geplant, aber es war vorgesehen, die Erschließung aus den Einkünften zu finanzieren.»

«Wenn man eine Kuh melken will, muss man sie vorher füttern.»

«Ihr habt doch ein Budget von zweitausend Dollar!»

«Na und? Das reicht gerade, um das Gras schneiden zu lassen und einen Aushilfswärter zu bezahlen.»

«Wie viel brauchst du denn? Fünfundzwanzigtausend? Für eine Parkanlage, damit du ein paar Plätze zu hundertfünfzig Dollar loswirst?»

«Ich glaube, ihr tut Marve unrecht», warf Schwarz ein.

«Ich will euch sagen, was ich brauche: Genug Geld, um einen anständigen Weg anzulegen. Dann kann ich überall auf dem Friedhof Plätze verkaufen, und nicht nur am Rand neben dem zerbrochenen Zaun. Ich denke an einen kreisförmigen Weg, der Zugang zu allen Teilen des Friedhofs verschafft. Für den Anfang langt eine Erhöhung des Friedhofsbudgets auf fünftausend Dollar – das reicht, um die Straße erst mal zu trassieren – da bleibt sogar noch was übrig; dann können wir Offerten für das Pflaster einholen. Wenn dann das erhöhte Budget nicht ausreichen sollte, müsste der Vorstand die Differenz begleichen … Das ist mein Antrag.»

Der Sekretär blickte von seinen hastig hingekritzelten Notizen auf. «Ein Antrag ist gestellt worden – unterstützt ihn jemand?»

«Ich unterstütze den Antrag.»

«Ich auch.»

«Gut. Es wurde ein Antrag gestellt, das Budget der Friedhofskommission auf fünftausend Dollar zu erhöhen zwecks Anlegung einer Straße …»

«Schreib lieber, eine kreisförmige Straße.»

«Also … einer kreisförmigen Straße innerhalb des Friedhofareals, wobei alle möglicherweise zusätzlich entstehenden Kosten …»

Nach der Sitzung steuerte Mortimer Schwarz auf Marvin Brown zu. «Alle Achtung, Marve, das hast du gut hingekriegt … Ich dachte schon, du wolltest deinen Rücktritt erklären.»

Marve grinste. «Man muss eben seine Ware verkaufen können.»

«Auf alle Fälle hast du was los.» Er grinste: «Ich möchte sehen, wie der Rabbi dagegen ankommt.»

22

Jacob Wasserman, Gründer und erster Präsident der Gemeinde, galt in Synagogenangelegenheiten als tonangebend. Mit seinen sechzig Jahren war er um einiges älter als die meisten Gemeindemitglieder. Er hatte die Organisation sozusagen allein auf die Füße gestellt, indem er bei den rund fünfzig jüdischen Familien, die kurz nach dem Zweiten Weltkrieg in Barnard's Crossing wohnten, abends Hausbesuche machte. Die ersten Gottesdienste waren im Kellergeschoss seines Hauses abgehalten worden.

Al Becker, sein Nachfolger und zugleich der Vorgänger von Mortimer Schwarz, begleitete ihn bei seinem Besuch zum Rabbi. Becker war ein untersetzter Mann mit einer heiseren Bassstimme, die immer aufzubegehren schien. Er hatte nicht Wassermans Bildung, ganz zu schweigen von der Kenntnis jüdischer Tradition, und stimmte regelmäßig in allen Vorstandsangelegenheiten wie er.

«Ein Glück, dass Becker und ich einen Krankenbesuch bei Ihnen vorhatten, Rabbi», sagte Wasserman. «Ich wusste, dass der alte Goralsky ein einfacher, primitiver Mensch ist, aber dass auch sein Sohn, der schließlich in Amerika geboren und aufgewachsen ist, so ein abergläubischer Trottel wäre, hätte ich nie gedacht.»

«Moment, Jacob», protestierte Becker. «Alles, was recht ist: Wie kannst du behaupten, der Alte ist primitiv? Er ist fromm; er kann alle Gebete auswendig ...»

«Misch dich nicht in Dinge, von denen du nichts verstehst. Schon möglich, dass er die Gebete auswendig kennt – warum auch nicht? Schließlich sagt er sie seit achtzig Jahren jeden Tag morgens und abends. Aber er versteht ihren Sinn nicht.»

«Du meinst, er versteht nicht, was er sagt?»

«Verstehst du vielleicht die hebräischen Gebete?»

«Eh … nein. Ehrlich gesagt, ich benutze meistens die englische Übersetzung.»

«Na, siehst du? Aber was tun wir jetzt?»

Becker schüttelte bekümmert den Kopf. «Dumm, dass Sie ausgerechnet jetzt krank sind. Wenn Sie gestern Abend dabei gewesen wären, hätten Sie erklären können, worum es geht …»

«Ich glaube kaum, so wie Sie's mir geschildert haben. Es handelte sich um einen ganz gewöhnlichen Antrag: Die Friedhofskommission wollte Geld zum Ausbau des Friedhofs. Und die Idee finde ich an und für sich gut … Unter den Umständen hätte ich nicht gut aufstehen und Marvin Brown und den Präsidenten irgendwelcher Hintergedanken bezichtigen können.»

«Natürlich nicht», stimmte Wasserman bei. «Und außerdem – ich glaube kaum, dass die Mehrheit des Vorstandes einer Hunderttausend-Dollar-Synagoge zugestimmt hätte, nur damit das Grab eines Außenseiters nicht …»

«Ich erlaube nicht, dass ein jüdisches Grab von eigenen Glaubensgenossen entheiligt wird», fiel ihm der Rabbi ins Wort.

«Was können Sie dagegen tun!», entgegnete Becker. «Seien wir vernünftig. Der Bau der Straße ist bewilligt. Es geht jetzt nicht mehr um diesen Hirsh. Es geht darum, wer in der Gemeinde maßgebend ist, Sie oder der Vorstand.»

«Nicht ganz, Mr. Becker», versetzte der Rabbi. «In diesem Bereich hat der Vorstand nichts zu sagen.»

«Das versteh ich nicht, Rabbi.»

«Das ist doch ganz einfach: Ich bin zwar Angestellter der Gemeinde – arbeitsrechtlich. Aber ich bin nicht ihr Werkzeug; sie kann nichts von mir verlangen, was gegen die Prinzipien meines Berufes verstößt. In Fragen des jüdischen Glaubens und der Tradition darf meine Entscheidung von der Gemeinde nicht angetastet werden.»

«Aber …»

«Eine Witwe kommt zu mir», fuhr der Rabbi unbeirrt fort, «und bittet mich, ihren verstorbenen Mann auf dem jüdischen Friedhof nach jüdischem Ritus zu beerdigen. Es ist an mir, zu entscheiden, ob er Jude gewesen ist – und ich entschied, dass er einer war. Und wiederum ist es an mir – an mir allein –, zu bestimmen, ob sein Tod ein Begräbnis nach jüdischem Ritus gestattet. Liegt ein Selbstmordverdacht vor, so muss wiederum ich entscheiden, welches Gewicht den Indizien beizumessen ist und ob mildernde Umstände zu berücksichtigen sind. Das ist keine Gemeindeangelegenheit, sondern ein rein rabbinisches Problem.»

«Tja, wenn Sie so wollen …»

«Ich habe also meine Entscheidung getroffen und die Witwe an die Friedhofskommission verwiesen. Mr. Brown hat ihr eine Grabstelle verkauft, nachdem sie gemäß der Gemeindesatzung eine bestimmte Summe bezahlt hatte, wodurch der Tote nachträglich Gemeindemitglied geworden ist. Darum muss ihn die Gemeinde jetzt wie jedes andere Mitglied begraben.»

«Das steht nicht nur in den Statuten, sondern entspricht der Tradition», warf Wasserman ein.

«Angenommen, es stellt sich später heraus, dass Hirsh tatsächlich Selbstmord begangen hat: Dann bin wiederum nur ich befugt, zu entscheiden, ob sein Leichnam den Friedhof entehrt. Würde ich es bejahen, so wäre es an mir allein, die weiteren Maßnahmen zu beschließen. Aber was passiert? Der Vorstand folgt in der Angelegenheit Mr. Goralsky.» Der Rabbi hatte sich in Zorn geredet; jetzt lehnte er sich zurück und lächelte entschuldigend. «Ich habe Schwarz und Brown gesagt, dass ich die Entwürdigung von Hirshs Grab nicht dulden werde. Bei den momentanen Beziehungen zwischen mir und der Gemeinde ist mein Verbot so gut wie wirkungslos. Darum habe ich meinen Rücktritt eingereicht.»

«Was? Ihren Rücktritt?» Wasserman war entgeistert.

«Wollen Sie sagen, dass Sie ihn schon abgeschickt haben?», fragte Becker.

Der Rabbi nickte. «Nachdem mir Brown gesagt hatte, dass man sich über meine Ansichten hinwegsetzen würde, habe ich mein Rücktrittsgesuch geschrieben und abgeschickt. Freitag war das.»

«Aber warum denn, Rabbi? Warum?», jammerte Becker.

«Das hab ich Ihnen ja gerade erklärt.»

Wasserman war außer sich. «Sie hätten mich wenigstens anrufen können! Ich hätte schon mit Schwarz gesprochen; ich hätte die Sache vor den Vorstand gebracht. Ich hätte ...»

«Das ging nicht. Es war eine Sache zwischen Brown, Schwarz und mir. Hätte ich zu Ihnen laufen sollen, damit Sie mir helfen, meine Autorität auszuüben? Abgesehen davon, was hätte es genützt? Sie hätten die Gemeinde gespalten, und am Ende hätte der Vorstand doch mit Schwarz gestimmt. Sie sagten es ja selbst: Wenn man die Wahl hat zwischen der Leiche eines Unbekannten und einem Hunderttausend-Dollar-Projekt, besteht da ein Zweifel, wie die Abstimmung verlaufen wird?»

«Und wie denkt Ihre Frau darüber?», wollte Wasserman wissen.

«Moment mal, Jacob», unterbrach ihn Becker: «Der Rabbi sagt, er hat den Brief am Freitag aufgegeben; er muss also am

Samstag angekommen sein … Wie kommt es, dass er in der Sitzung nicht vorgelesen wurde?»

«Eine gute Frage …», murmelte Wasserman.

«Das bedeutet doch, dass Schwarz den Rücktritt nicht akzeptiert.»

«Möglich», sagte Wasserman bedächtig, «aber ich glaube es kaum.»

«Vielleicht wollte er mit dem Rabbi noch mal darüber sprechen?»

«Kann sein. Aber ich bezweifle es.»

«Was sonst?»

«Ich vermute, er will es zuerst mit seinen Freunden im Vorstand besprechen und eine Mehrheit auf seine Seite ziehen. Wenn er dann die Sache in der Sitzung vorträgt, kann er durchdrücken, was er will.»

«Ja, glaubst du, dass er den Rabbi loswerden will?»

«Ich glaube, dass ihn nichts auf der Welt von seinem Synagogen-Projekt abbringen kann.»

«Warum liegt ihm so viel an diesem Neubau? Wir brauchen ihn doch gar nicht.»

«Weil es ein Neubau ist, darum. Weil das Ding mindestens hunderttausend Dollar wert ist, weil er hinterher sagen kann: ‹Bitte schön, das habt ihr mir zu verdanken.› … Was meinen Sie, Rabbi?»

Der Rabbi hatte sich vorgenommen, das persönliche Interesse von Schwarz nicht zu erwähnen; er nickte langsam. «Ja, mag schon sein.»

«Na schön …» Wasserman seufzte. «Es wird nicht leicht sein, Rabbi, aber wir werden unser Möglichstes tun.»

«Mir hättest du's ja wenigstens sagen können», protestierte Miriam. «Ich wäre beinahe reingeplatzt, als ich hörte, was du Wasserman und Becker erzähltest.»

«Verzeih, Miriam; es war nicht recht von mir, aber … Ach, ich wollte dir keine unnötigen Sorgen machen. Ich dachte, die Sache renkt sich wieder ein. Ich bin nicht auf die Idee gekommen, dass Schwarz meinen Brief unterschlagen könnte.»

«Und wenn er ihn vorgelesen hätte und der Vorstand hätte auf ihn gehört?»

«Das glaube ich nicht – und schon gar nicht, wenn ich dabei gewesen wäre und den Fall geschildert hätte.» Bis jetzt hatte er sich zu rechtfertigen gesucht; jetzt änderte er den Ton. «Und wenn sie's trotzdem getan hätten, wäre mir nichts anderes übrig geblieben, als zurückzutreten. Für mich ist das eine grundsätzliche Frage.»

«Und was tust du jetzt?»

Er zuckte die Achseln. «Was kann ich tun? Ich habe die Fäden nicht mehr in der Hand. Hoffen wir, dass Wasserman und Becker genug Rückendeckung bekommen …»

«Und du wirst mit verschränkten Armen dasitzen und warten, wie die Sache ausgeht?»

«Was soll ich denn sonst tun?»

«Wenn es um die Entweihung eines Grabes geht, kannst du dich ja an die Behörden wenden. Oder mit Mrs. Hirsh sprechen, damit sie es tut.»

Er schüttelte den Kopf. «Das geht nicht. Ich bin immerhin bei der Gemeinde angestellt, und wenn ihre Vertreter etwas gegen meinen Willen beschließen, kann ich nicht zu den Behörden laufen und mich beklagen.»

«Mir scheint», versetzte sie bissig, «dass dir der Streit mit dem Vorstand mehr Sorgen macht als das Grab von Hirsh. Du erklärst dich nicht solidarisch mit ihnen – schön und gut. Aber wenn es dir wirklich so sehr um die Entweihung des Grabes geht, warum tust du nichts dagegen?»

«Nun …»

«Du könntest zumindest beweisen, was in Wirklichkeit geschehen ist.»

«Ach nee … Wie denn?»

«Na, dieser Kerl von der Versicherungsgesellschaft schnüffelt doch auch in der ganzen Stadt herum und will beweisen, dass es Selbstmord war. Wegen der Summe, die seine Gesellschaft …»

«Er kann genauso wenig beweisen, dass es Selbstmord war, wie ich beweisen kann, dass es ein Unfall war.»

«Ja, aber er kann ihr einen Haufen Scherereien machen … David, du musst etwas unternehmen.»

«Aber was, Miriam? Was?»

«Ich weiß nicht … Schließlich bist du der Rabbi! Es ist deine Sache. Wenigstens könntest du's versuchen.» Ihr Gesicht war angespannt.

Er sah sie an. «Gut, Miriam», sagte er langsam. «Ich will es versuchen … Ich rufe Lanigan an, damit er mit mir den ganzen Fall durchgeht. Vielleicht kommen wir der Sache auf die Spur.»

«Nein, nein, nein! Das machen wir anders», sagte Lanigan. «Sie sind schließlich krank; ich komme heute Abend zu Ihnen und bringe die ganzen Unterlagen mit.»

«Ja, aber … Ich möchte Ihnen keine Umstände …»

«Sie tun mir sogar einen Gefallen. Gladys hat ein paar Freundinnen eingeladen, und ich hab keine große Lust, in ein Damenkränzchen zu geraten.»

«Ach so … Das ist was anderes!» Der Rabbi lachte.

«Ach, sagen Sie …» Dem Polizeichef fiel noch etwas ein: «War Charlie Beam bei Ihnen?»

«Beam?»

«Der Mann von der Versicherung, der die Untersuchung macht … Kann ich ihn mitbringen?»

«Gut, bringen Sie ihn mit.»

«Fein», sagte Lanigan. «Ich freue mich schon drauf.»

«Na, hören Sie mal – finden Sie den Anlass wirklich so …»

«Nein; natürlich nicht. Aber die Umstände: Sie wollen, dass es ein Unfall war; Beam will beweisen, dass es Selbstmord war … Und ich hänge ausnahmsweise nicht drin. Mich geht's nichts an – ich darf zusehen, wie ihr euch in den Haaren liegt …»

23

Der Gäste wegen hatte der Rabbi den Schlafrock abgelegt und Hosen und ein Sporthemd angezogen. Nach der Begrüßung blieb Miriam im Zimmer. Sie fand, dass die Besprechung auch sie anging.

«Am besten wiederhole ich die Fakten, soweit sie uns bekannt sind», begann Lanigan. «Später können wir darüber diskutieren.» Er schlug ein Aktenheft auf. «Also … Isaac Hirsh, wohnhaft Bradford Lane, verheiratet, Hautfarbe weiß, einundfünfzig Jahre alt, ungefähr einssechzig groß, Gewicht sechsundachtzig Kilo … Kannten Sie ihn, Rabbi?»

Der Rabbi schüttelte den Kopf.

«Er hatte ungefähr Charlies Statur. Vielleicht etwas kleiner …»

«Ich bin einssiebenundsechzig», sagte Beam.

«Ja, so hätte ich's auch geschätzt. Ich hebe das besonders hervor, weil es eine Rolle spielt bei der Sache … Es ist Freitagabend, der Vorabend des Versöhnungstages. Hirsh kommt wie gewohnt kurz nach sechs nach Hause. In diesem Fall ist das ungewöhnlich, weil praktisch alle jüdischen Angestellten wegen des Feiertags schon früh freigenommen haben. Hirsh war zwar Jude, aber er ging nicht zur Synagoge und arbeitete deshalb den ganzen Tag. Zu Hause angekommen, ließ er den Wagen draußen stehen, anstatt ihn in die Garage …»

«Weil er zu bequem war, auszusteigen und die Garagentür zu öffnen?», fragte Beam.

«Nein; die Garage stand offen. Das ist hier üblich. Wir haben nicht viele Diebe in der Gegend. Man lässt die Tür tagsüber offen und schließt nur für die Nacht.»

«Wissen Sie das im Falle Hirsh?», erkundigte sich Beam.

«Ja. Wir kommen noch später darauf zurück ... Also weiter: Patricia Hirsh, die Frau von Isaac Hirsh, ging zu der in der Nachbarschaft wohnenden Familie Marcus, um die Kinder zu beaufsichtigen, während die Eltern in der Synagoge waren. Sie hatte versprochen, früh drüben zu sein, deshalb stellte sie Hirsh das Abendbrot auf den Tisch und verließ um 18 Uhr 30 das Haus. Hirsh ging nach dem Essen gegen 19 Uhr fort.»

«Stimmt die Zeit?», fragte der Rabbi.

«Ja, ziemlich genau. Wir haben das von dem Mann, der den Schnaps abgeben sollte – Sie erinnern sich? Gut; Hirsh fuhr dann in Richtung Labor los. Als Nächstes wurde er von der Besatzung eines Streifenwagens auf einem Rastplatz an der Fernstraße 128 gesehen, etwa vierhundert Meter vom Labor entfernt. Die Streife fuhr, wie Sie wissen, später nochmals zurück und fand die Verpackung der Flasche.»

«Wann war das?»

Lanigan zuckte die Achseln. «Die Beamten haben die Zeit nicht notiert – es bestand keinerlei Veranlassung. Sie wissen nur noch, dass es irgendwann am Abend war; sie erinnerten sich nicht einmal an die genaue Stelle und mussten erst sämtliche Rastplätze in ihrem Sektor abklappern, bis sie den richtigen fanden. Wir wissen also nur, dass Hirsh im Laufe des Abends dort war. Das war das letzte Mal, dass er lebend gesehen wurde.»

«Moment mal ... Sagten Sie nicht, dass er selbst nicht gesehen wurde, sondern nur sein Wagen?», fragte der Rabbi.

«Nun, sie sahen eine Gestalt im Wagen. Wir nehmen an, dass es Hirsh war … Ist das wichtig?»

«Wahrscheinlich nicht. Weiter.»

«Mrs. Hirsh kam kurz nach elf nach Hause, und …»

«So spät?», warf der Rabbi ein. «Der Gottesdienst war bereits um Viertel nach zehn zu Ende.»

«Die Marcus sind nicht direkt nach Hause gegangen; sie haben noch Freunde besucht», erklärte Beam. «Ich weiß es von Mrs. Marcus.»

«Und dann haben sie noch sicher eine Weile mit Mrs. Hirsh geplaudert», sagte Lanigan. «Jedenfalls, gegen Mitternacht rief sie im Labor an, um ihren Mann zu fragen, wann er nach Hause …»

«Woher wusste sie, dass er dort war?», wollte der Rabbi wissen.

«Er hatte es ihr beim Abendbrot gesagt. Außerdem ging er oft noch einmal hin … Der Nachtwächter teilte ihr mit, Hirsh sei nicht dort gewesen.» Lanigan berichtete weiter, wie sie einen Streifenwagen zu Mrs. Hirsh geschickt hatten, um nähere Einzelheiten zu erfahren, und wie dem Beamten die geschlossene Garagentür aufgefallen sei – er hatte sich erinnert, dass sie kurz zuvor noch offen gewesen war.

«Er ging also in die Garage», fuhr Lanigan fort. «Der Wagen stand dort, ganz dicht bei der Wand. Er drückte sich durch, öffnete die Wagentür und fand Hirsh tot auf dem Mitfahrersitz liegen, neben sich die halb leere Wodkaflasche. Die Zündung war angestellt, aber der Motor lief nicht – kein Benzin mehr. Der Beamte benachrichtigte das Revier, worauf wir den Arzt und einen Fotografen hinschickten – die übliche Prozedur.»

Er zog ein großes Foto hervor. «Diese Aufnahme zeigt am besten die Situation; sie wurde von der Einfahrt aus gemacht. Beachten Sie den geringen Abstand zwischen Fahrersitz und Wand – höchstens fünfzig Zentimeter. Auf der anderen Seite steht eine Mülltonne, knapp dreißig Zentimeter vom Wagen entfernt. Das ist wichtig; darauf basiert Charlie Beams Selbstmord-Hypothese … Was man nicht auf dem Bild sieht: Die Stoßstange berührt die Garagenwand. Also gut; da der Wagen kein Benzin mehr hatte, ließen wir ihn stehen und nahmen die Leiche heraus. Erst am nächsten Morgen holten wir ihn ins Revier – er steht übrigens noch dort; Mrs. Hirsh fährt selbst nicht, und wir haben ihn noch nicht zurückgebracht … Ja, das wär's wohl.» Er lehnte sich zurück, aber dann fiel ihm noch etwas ein: «Ach ja – wir ließen die Autopsie vornehmen; die im Körper enthaltene Alkoholmenge entsprach dem, was in der Flasche fehlte. Der Eintritt des Todes wurde anhand des Mageninhalts bestimmt und auf etwa halb neun festgesetzt.»

Die vier saßen eine Weile schweigend da. Schließlich sagte der Rabbi: «Sie haben da Verschiedenes nicht erwähnt, Lanigan, weil es uns allen bekannt ist, wahrscheinlich. Zum Beispiel, dass Hirsh Alkoholiker war … haben Sie nicht selbst betont, dass Alkoholiker selten Selbstmord begehen?»

Beam lächelte. «Ach, das ist nur eine von diesen Verallgemeinerungen, Rabbi. Über Alkoholismus gibt's so viele Theorien wie Wissenschaftler, die sich damit befassen … Damit kommen wir nicht weiter.»

«Na schön … Was anderes: Alles spricht dafür, dass Hirsh seine Frau sehr geliebt hat. Allein die hohe Lebensversicherung zeigt, wie sehr er um ihr Wohl besorgt war. Glauben Sie, dass er sich das Leben genommen hätte, ohne eine Zeile für sie zu hinterlassen?»

«Das gibt's oft. Manchmal findet man auch den Brief erst später, oder es lässt ihn jemand verschwinden – eben wegen der Versicherungsbedingungen, nicht wahr?»

«Hm … Ja. Aber nach allem, was wir wissen, hat in seinem

ganzen Verhalten nichts darauf hingewiesen, dass er Selbstmord begehen könnte.»

«Nach allem, was wir wissen, ja. Aber was heißt das schon? Wer weiß, was einen Mann dazu treibt? Vielleicht hat für Hirsh die Tatsache eine Rolle gespielt, dass *Jom Kippur* war – das ist doch so was wie der Tag des Gerichts, oder?»

«Was wollen Sie damit sagen?», fragte der Rabbi.

«Dass er es vielleicht schon lange vorhatte, und dann die Wodkaflasche, die ihm am Tag des Gerichts sozusagen in den Schoß fällt … Kann man doch fast als ein Omen auslegen, wenn man will.»

«Ich glaube eher, dass er die unerwartete Flasche dankbar als gute Ausrede benutzt hat», meinte der Rabbi. «Wir wissen, dass er sie auf dem Rastplatz ausgepackt hat, und wenn er dort zu trinken anfing, muss er ganz schön blau gewesen sein, als er zu Hause ankam.»

«Und trotzdem war er in der Lage, eine Strecke von gut zehn Meilen zu fahren und anschließend noch glatt in die Garage zu kommen, ohne die Wand auf der einen Seite und die Mülltonne auf der anderen zu streifen?»

Der Rabbi sah Beam an. «Das ist Ihr ganzer Beweis, ja? Dass er ohne Unfall heimgekommen ist und den Wagen heil in die Garage gefahren hat?»

«Das», antwortete Beam, «und die Tatsache, dass er nüchtern genug war, die Scheinwerfer auszuschalten, aus dem Wagen zu klettern, die Garagentür zu schließen und dann auf den Beifahrersitz zu steigen. Nur den Motor hat er nicht abgestellt … Wenn er so betrunken war, dass er nicht wusste, was er tat – warum ist er dann nicht gleich ins Haus gegangen? Er wusste, dass er drinnen allein sein würde, ungestört. Auch wenn er nicht regelmäßig zur Synagoge ging, muss er gewusst haben, dass der Gottesdienst kaum vor zehn zu Ende sein würde.»

«Alkoholiker haben oft ein ausgeprägtes Gefühl dafür, wo sie trinken können und wo nicht», warf Lanigan vorsichtig ein. «Vermutlich war für ihn das Haus tabu. Aber was anderes: Warum hat er sich vorn in den Wagen gesetzt, nachdem er die Garagentür geschlossen hatte? Nach Ihrer Theorie hat er den Selbstmord geplant, und wahrscheinlich wollte er sich vorher mit Alkohol betäuben – schön. Warum ist er dann aber vorn eingestiegen? Hinten sitzt man bequemer, und der Rücksitz war viel leichter für ihn zu erreichen.»

Beam zuckte die Achseln. «Wahrscheinlich aus Gewohnheit … Ausschlaggebend ist nur, dass er offensichtlich nüchtern genug war, um sich durch den schmalen Raum zwischen Mülltonne und Garagenwand zu quetschen und …»

«Moment mal», unterbrach der Rabbi. «Was ist das für ein Mülleimer? Er sieht aus wie eines von diesen modernen Plastikdingern.»

«Stimmt. Es ist ein roter Plastikeimer mit einem Deckel. Faßt fünfundsiebzig Liter.»

«War er voll oder leer?»

«Er muss leer gewesen sein, David», bemerkte seine Frau. «Es war ein Freitag …» Sie erklärte Beam, dass die Müllabfuhr bei den Häusern mit geraden Nummern am Freitagvormittag vorbeikam. «Meistens stellen die Männer am Donnerstagabend die Mülleimer vors Haus, und die Frauen holen sie am nächsten Morgen wieder rein.»

«Ihre Frau hat Recht», sagte Lanigan. «Die Mülltonne war leer.»

«Na und?» Beam zuckte die Achseln.

«Das ist ein großer Unterschied», belehrte ihn der Rabbi, wobei seine Stimme einen dozierenden Tonfall annahm. «Es besteht einmal ein Unterschied zwischen einem vollen und einem leeren Eimer; zum anderen besteht ein noch größerer

Unterschied zwischen einem Eimer aus Zinkblech und einem aus Plastik.»

Lanigan grinste. «Kommen Sie wieder mit so einem talmudischen Dreh, Rabbi? Mit einem … Wie heißt das? Ein Pil… irgend so was.»

«Mit einem *Pilpul*, meinen Sie? Warum nicht, wenn es uns weiterhilft.»

Lanigan wandte sich an Beam: «Der Talmud ist das jüdische Gesetzbuch, und ein *Pilpul* ist … na, eine besondere Art zu argumentieren.» Sein Grinsen wurde breiter. «Damit hat er mich schon mal aufs Kreuz gelegt, der Rabbi. Es ist so eine Haarspalterei …»

«Eher ein Aufspüren von feinsten Unterscheidungen», verbesserte der Rabbi.

«Nichts gegen feinste Unterscheidungen», sagte Beam wohlwollend, «aber was macht es in unserem Fall aus, ob der Eimer voll war oder leer, aus Metall oder aus Plastik?»

«Es gibt vier Möglichkeiten …» Der Rabbi war aufgestanden und ging im Zimmer auf und ab, die Hände tief in den Hosentaschen. «Der Eimer kann aus Metall sein und voll oder leer; oder aus Plastik und voll oder leer … gut; nehmen wir erst mal den Unterschied zwischen dem vollen und dem leeren Eimer: Der volle ist schwer und lässt sich nicht ohne weiteres verschieben; der leere dagegen ist leicht. Wenn also der Eimer voll war, kann man ihn als festes Hindernis betrachten. Einem Nüchternen würde es nicht einfallen, dagegen zu fahren – so wenig wie gegen eine Mauer. Aber wenn der Eimer leer war? Dann ist er verhältnismäßig leicht, und selbst wenn man ihn streift, kann dem Wagen nicht viel passieren. Und es macht auch nichts, wenn er umkippt – es fällt ja nichts heraus. Aber …» Er hob mahnend den Zeigefinger: «Für einen nüchternen Fahrer wäre es in keinem Fall ein Problem; er hat auf jeder Seite mindestens dreißig Zentimeter Platz … Das reicht sogar für einen Fahrer von meinem Kaliber. Und wie steht's mit dem betrunkenen Fahrer? Er hätte wahrscheinlich Schwierigkeiten, wenn der Eimer voll ist. Aber er weiß, dass er leer ist …»

«Halt!», unterbrach ihn Beam. «Woher weiß er, dass der Eimer leer ist?»

«Weil er in der Garage stand. Wäre der Eimer voll gewesen, hätte er auf dem Gehsteig gestanden, wo Hirsh ihn am Abend zuvor hingestellt hatte … Wir haben also einen Mann, der seinen Wagen in eine schmale Garage fahren will. Er weiß, dass er links aufpassen muss – da ist die Wand; rechts hingegen ist lediglich ein leerer Eimer … Selbst im Rausch wüsste er in seinem Unterbewusstsein, dass das kein ernsthaftes Hindernis ist; trotzdem würde er wahrscheinlich bestrebt sein, nicht dagegen zu fahren, und seine Fähigkeit, es zu vermeiden, könnte also gewisse Rückschlüsse auf den Grad seiner Betrunkenheit – oder Nüchternheit – zulassen. Aber, wohlgemerkt: es ist kein *Metall*eimer, der den Kotflügel zerbeulen oder den Lack beschädigen kann – es ist ein *Plastik*eimer; ein *leerer* Plastikeimer. Wenn man gegen einen leeren Plastikeimer fährt, passiert gar nichts. Er fällt um. Er rutscht beiseite …»

Er verfiel in einen leiernden Singsang; sein Zeigefinger beschrieb rhythmisch Kreise in der Luft.

«Wenn es jemand nichts ausmacht, gegen einen leeren Metalleimer zu fahren, dann macht es ihm bei einem leeren Plastikeimer erst recht nichts aus …» Er wandte sich an Lanigan: «Nachdem Sie sich dafür interessieren – diese Art der Argumentation ist typisch für den Talmud. Man nennt es *kal w'chomer.* Das bedeutet ‹leicht und schwer›. Es kommt dabei darauf an, zu demonstrieren: Wenn ein Argument stichhaltig ist, muss ein zweites, stärkeres Argument, das in die gleiche Richtung weist, die Sache noch stichhaltiger machen und kann darum als Beweis angesehen werden ... In diesem Licht betrachtet, stellt der leere Plastikeimer kein Hindernis dar – Hirsh kann ihn sogar gerammt haben, und er ist am Kotflügel abgeprallt und in seine jetzige Lage zu stehen gekommen.»

Der Polizeichef schüttelte bewundernd den Kopf. «Na, Charlie? Jetzt hat er Sie fertig gemacht. Der leere Plastikeimer schmeißt Ihre ganze Theorie übern Haufen.»

«Immer langsam ... Rabbi, wie erklären Sie sich, dass Hirsh den Wagen haarscharf vor der Garagenwand zum Halten brachte? Eine verdammt gute Leistung für einen, der so besoffen ist, dass er den Motor abzustellen vergisst.»

Der Polizeichef schaute erwartungsvoll auf den Rabbi, doch der schien die beiden völlig vergessen zu haben. Er saß zurückgelehnt in seinem Sessel und starrte zur Decke.

«Na?», drängte Beam.

Der Rabbi ging nicht auf die Frage ein. «Es gibt noch eine andere Art der talmudischen Argumentation», murmelte er wie im Selbstgespräch; «das *im – kehn*-Argument. Die beiden Wörter bedeuten ‹wenn – so›. In unserem Fall sähe das etwa so aus: *Wenn* der Wagen links *so* dicht an der Wand stand, wie konnte Hirsh auf der Fahrerseite aussteigen? Und wenn er so dicht beim Mülleimer stand, wie konnte er drüben aussteigen?»

«Ja, aber ...» Lanigan schaute den Rabbi verwundert an: «Die Frage haben Sie doch schon beantwortet! Sie haben bewiesen, dass der Eimer kein Hindernis ...»

«Kein Hindernis für den Wagen; sehr wohl aber für Hirsh auf dem Weg zur Garagentür.»

«Wieso? Er brauchte ihn nur mit dem Fuß wegzustoßen.»

«Aber er hat es nicht getan – Ihr Foto da zeigt es ja: Der Eimer stand immer noch dort, als Hirsh gefunden wurde.»

«Also, ich versteh nicht, worauf Sie hinauswollen», murmelte Lanigan.

«Gott sei Dank», sagte Beam. «Ich auch nicht.»

«Ja, sehen Sie … Also, Hirsh parkt den Wagen, ja? Auf der Seite des Fahrersitzes kann er nicht aussteigen; der Platz reicht nicht. Also steigt er auf der anderen Seite aus. Er stößt den Eimer beiseite, geht zur Garagentür und zieht sie runter. So weit in Ordnung. Er kommt wieder zum Wagen zurück, am Eimer vorbei. Und was tut er dann? Stellt er den Eimer wieder auf? Warum sollte er?»

«Nun … eh … Verdammt noch mal – er muss es doch getan haben!», rief Lanigan erregt. Er starrte den Rabbi an. «Wir wissen, dass er links nicht aussteigen konnte; das steht fest. Und jetzt soll er auf der anderen Seite auch nicht ausgestiegen sein? Das sind aber doch die beiden einzigen Möglichkeiten, den Wagen zu verlassen, also …» Er hielt inne.

«Na los – sprechen Sie's aus!», drängte der Rabbi. «Wenn er auf keiner Seite ausgestiegen ist, muss er ja wohl im Wagen sitzen geblieben sein. Die Garagentür war jedoch zu; folglich muss sie jemand anders heruntergezogen haben. Und diese Person war aller Wahrscheinlichkeit nach der Fahrer; Hirsch saß auf dem Beifahrersitz, weil er tatsächlich der Beifahrer war. Das widerum erklärt uns, wie jemand einen halben Liter Wodka trinken und trotzdem heil nach Hause und in seine Garage kommen kann: Es ging so glatt, weil er nicht selbst fuhr, sondern gefahren wurde. Und in der Garage stieg der Fahrer aus – links; er muss also viel dünner gewesen sein als Hirsh. Er zog die Garagentür von außen zu und machte sich aus dem Staub … Hirsh hat wahrscheinlich überhaupt nichts davon gemerkt; auf alle Fälle war er zu betrunken, um etwas zu unternehmen.»

Lanigan schaute den Rabbi verdutzt an. «Aber dann … Das ist ja Mord!»

Der Rabbi nickte.

Eine Stunde später diskutierten sie immer noch.

«Das ist doch einfach … einfach verrückt, Rabbi!»

«Aber plausibel. Vieles spricht gegen einen Selbstmord; anderes spricht gegen einen Unfall. Aber es gibt keinen logischen Einwand gegen einen Mord … Im Gegenteil, ein Mord würde alles erklären.»

«Und ich hab mich gefreut, weil mich die Sache nichts angeht!», murrte Lanigan.

«Werden Sie einen Bericht für die Staatsanwaltschaft machen?», fragte der Rabbi.

«Vorläufig noch nicht; den District Attorney lass ich noch in Ruhe. Ich muss erst noch einiges nachprüfen.»

«Was denn?»

«Ich muss mit meinen Leuten sprechen. Vielleicht haben sie die Aufnahme nicht sofort gemacht, nachdem sie die Garagentür geöffnet hatten. Vielleicht sind sie noch selber um den Wagen rumgegangen, oder …» Der Polizeichef war sichtlich durcheinander. «Außerdem, ich brauch doch irgendwelches Beweismaterial! Ich kann doch dem District Attorney nicht mit Ihrer verdrehten Talmud-Logik kommen, Rabbi … Ich könnte vermutlich nicht einmal mehr alles wiederholen. Ich brauch was Handfestes! Ich muss *beweisen* können, dass der Eimer nicht von der Stelle bewegt wurde und dass Hirsh unmöglich daran vorbeikonnte. Das muss alles genau ausgemessen werden.»

«Sie sagen, Hirsh sei klein gewesen, höchstens einssechzig. Es ist anzunehmen, dass der Fahrer größer war», sagte der Rabbi. «Vielleicht kann man aus der Einstellung des Fahrersitzes erkennen, ob jemand anders als Hirsh am Steuer saß – ein größerer Mann?»

«Ach du lieber Himmel!» Lanigan machte eine wegwerfende Handbewegung. «Selbst wenn sie den Sitz nicht verstellt haben, als sie die Leiche rausholten – spätestens Officer

Jeffers hat es getan, als er den Wagen ins Revier brachte. Er ist über einsachtzig. Vielleicht erinnert er sich noch daran, aber das wäre kein brauchbarer Beweis … Nee, wir haben die Sache gründlich vermasselt.» Er machte eine hilflose Geste. «Aber wie konnten wir wissen, dass ein Mord dahinter steckt?»

«Wie steht's mit Fingerabdrücken?», erkundigte sich Beam.

Lanigan schüttelte betrübt den Kopf. «Warum hätten wir Fingerabdrücke nehmen sollen? Der Beamte, der Hirsh fand, musste die Wagentür öffnen, und später haben mindestens drei Leute angepackt, um die Leiche herauszuschaffen … Wenn da Fingerabdrücke waren, sind sie längst verwischt worden.»

«Und die Scheinwerfer?», fragte der Rabbi. «Jemand hat sie in der Nacht ausgeknipst.»

«Na und?»

«Nun, wenn Ihre Leute den Wagen am Tag zur Polizeigarage fuhren, haben sie den Schalter sicher nicht berührt.»

«Alle Achtung, Rabbi! Sie haben Recht … Das ist noch eine Chance. Der Wagen steht seither unter Verschluss.»

Er griff nach dem Telefon. «Ich hetze Lieutenant Jennings drauf», erklärte er, während er wählte; «er ist unser Fingerabdruckexper… Hallo, Eban? Lanigan. Sei in fünf Minuten auf dem Revier … Nein, ich bin noch nicht da, aber bis dahin hab ich's auch geschafft … Ja, gut. Bis dann.» Er legte auf. «Kommen Sie mit, Rabbi?»

«Du solltest noch nicht ausgehen», widersprach Miriam besorgt.

Lanigan nickte. «Ihre Frau hat Recht. Ich ruf Sie nachher an.»

«Kann ich mitkommen, Chef?», fragte Beam.

«Von mir aus – wenn Sie hier fertig sind?»

Beam lächelte; seine Augen verschwanden. «Der Rabbi hat mich davon überzeugt, dass es ein Mord war. Aber ich bleibe noch eine Weile in der Stadt; da sind noch ein paar interessante Details ... Mrs. Marcus erzählte mir, sie hätte an jenem Abend zu Hause angerufen, um Mrs. Hirsh Bescheid zu sagen, dass es etwas später werden würde – aber es meldete sich niemand. Sie rief dann später von ihren Freunden aus noch einmal an; es dauerte sehr lange, bis Mrs. Hirsh endlich am Apparat war. Sie sei eingenickt, hat sie gesagt.»

«Aha. Und?»

«Wer sagt uns, dass das stimmt? Vielleicht hat sie sich nicht gemeldet, weil sie gar nicht da war?»

«Mrs. Hirsh?» Lanigan winkte ab. «Die hat bestimmt nichts mit der Sache zu tun. Sie kann nicht einmal Auto fahren.»

«Das ist auch gar nicht nötig. Sie brauchte nur die Garagentür zuzumachen.»

«Wollen Sie damit sagen, dass Mrs. Hirsh ... Dass sie es getan hat?»

«Gott – vielleicht hat sie auch nur Beihilfe geleistet.»

«Warum wollen Sie's ausgerechnet ihr anhängen?»

Abermals verschwanden die Augen. «Weil ein Mörder laut Gesetz keinen Nutzen aus seinem Verbrechen ziehen kann.»

«Hallo, Rabbi?»

«Lanigan? Na endlich! Was ist?»

«Fehlanzeige. Keine Fingerabdrücke.»

«Keine Fingerabdrücke? Unmöglich! Der Wagen ist doch nachts gefahren worden ... jemand muss die Scheinwerfer ausgeschaltet haben!»

«Hm, hm», knurrte Lanigan. «Und hinterher hat er seine Fingerabdrücke weggewischt ... Wissen Sie, was das heißt?»

«Ich ... Ja. Ja, ich denke schon.»

«Eben. Jetzt kann keiner mehr sagen, er ist weggegangen und hat vergessen, den Motor abzustellen. Es war vorsätzlicher Mord.»

24

«Sieh mal, wer da kommt, David!», rief Miriam. «Kommen Sie doch rein, Mr. Dodge.»

Peter Dodge bückte sich unwillkürlich, als er eintrat. «Ich höre, es hat Sie auch erwischt, David … Ich habe Sie auf alle Fälle mal auf meine Krankenbesuchsliste gesetzt.»

«Nett von Ihnen … Aber es war nur eine leichte Grippe. Morgen gehe ich wieder in die Synagoge.»

«Sie treiben zu wenig Sport, David – das kommt davon. Es braucht ja nichts Anstrengendes zu sein, aber Sie sollten wenigstens jeden Tag einen langen Spaziergang machen. Das härtet ab. Ich gehe jeden Abend meine Strecke, immer die gleiche – egal, wie das Wetter ist. Und wenn ich's einrichten kann, spiel ich nachmittags Tennis.»

«Wo spielen Sie?»

«Wir haben einen Platz hinter dem Gemeindehaus … Wollen Sie nicht mal rüberkommen? Dann spielen wir einen Satz oder zwei. Würde Ihnen sicher gut tun.»

Der Rabbi lachte. «Was würde meine Gemeinde denken, wenn ihr Rabbi bei der Konkurrenz Tennis spielt?»

«Wahrscheinlich dasselbe wie meine Leute, wenn ich zu euch in die Synagoge ginge …» Er zögerte. «Ich höre, man macht Ihnen das Leben sauer?»

Der Rabbi und seine Frau schauten ihn überrascht an. Dodge musste lachen. «Sie sind aus New York, nicht wahr? Und ich bin aus South Bend. Wir sind Städter und werden uns wohl nie daran gewöhnen, wie schnell Neuigkeiten in einem Nest wie Barnard's Crossing die Runde machen.»

«Was haben Sie gehört, Peter?», fragte Miriam.

Dodge wich aus. «Ach, irgendwas wegen Ike Hirsh – dass er Selbstmord begangen haben soll, und Sie hätten ihn nicht beerdigen dürfen … Es leuchtet mir nicht ganz ein. David konnte ja nicht wissen, dass es Selbstmord war. Im offiziellen Polizeibericht steht schließlich ‹Unfalltod›. Ihre Gemeinde kann doch nicht von Ihnen erwarten, dass Sie jedes Mal Detektiv spielen, wenn jemand stirbt.»

«Kannten Sie Hirsh?», fragte der Rabbi. «Moment mal – natürlich kannten Sie ihn. Sie waren doch bei der Beerdigung.»

«Hirsh? Ja, gewiss; ich kannte ihn. Er war auch in der Bewegung.»

«In welcher Bewegung?»

«In der Bürgerrechtsbewegung … Er überwies eine kleine Spende, worauf ich ihn zu Hause besuchte. Sie machen sich keinen Begriff, was das oft ausmacht – die Leute rücken viel mehr heraus … Na ja; ich komme auf meinem täglichen Spaziergang ohnehin an seinem Haus vorbei, und da hab ich einfach auf gut Glück geklingelt. Und wer macht mir auf? Pat Maguire, mit der ich zusammen zur Schule gegangen bin! Mittlerweile hieß sie Pat Hirsh … Die Welt ist klein, nicht? Seither habe ich ab und zu bei ihnen reingeschaut; ich bin auch schon mal zum Abendbrot eingeladen worden …»

«Was für ein Mensch war Hirsh?»

«Ein hochanständiger Kerl. Erst glaubte ich, er hätte einen Hass auf den Süden und die Südstaatler … Er hatte nämlich eine Zeit lang dort gelebt. Aber später merkte ich, dass es einfach ehrliche Sympathie für alle Unterdrückten war … Einmal sagte er sogar so was, er wolle nach Alabama hinunter, um dort zu demonstrieren. Na ja – ich hab's nicht so ernst genommen; das höre ich öfters.»

«Wollten Sie Demonstranten für Alabama rekrutieren?», fragte Miriam.

«Oh, das wollen wir eigentlich die ganze Zeit. Aber jetzt arbeiten wir auf Hochtouren. Ich organisiere MOGRE hier an der Nordküste.»

«Mog…?»

«M-O-G-R-E, Rabbi. *Men of God for Racial Equality.* Es ist eine Vereinigung von Geistlichen aller Religionen, die sich für die Rassengleichheit einsetzen. Es sind überwiegend Protestanten, aber wir haben auch einen griechisch-orthodoxen Priester, und jetzt verhandeln wir mit der katholischen Erzdiözese … Ach ja, und ein paar Rabbiner haben wir auch.» Er lächelte. «Wie wär's mit Ihnen, David?»

Der Rabbi lächelte.

«Überlegen Sie sich's doch.» Dodge rückte mit seinem Stuhl näher. «Ich wette, es würde sogar ihr Problem mit der Gemeinde lösen.»

«Wie denn?»

«Nun, es heißt, Sie hätten den Bau einer Friedhofsstraße verboten, und darüber will man sich hinwegsetzen … Wenn Sie nun wortlos zuschauen und nichts dagegen unternehmen, wie sieht das aus? Aber wenn die Leute wissen, der Rabbi ist im Süden und demonstriert für eine gute Sache – schauen Sie, dann können Sie vorläufig gar nichts tun; niemand erwartet es von Ihnen. Und hinterher, wenn Sie wieder da sind, haben Sie an Prestige gewonnen und bei den Diskussionen einen besseren Stand.»

«Falls er überhaupt zurückkommt.»

«Falls er … Wie meinen Sie das, Mrs. Small? Ach so. Sie denken an die Gefahr … Es ist aber gar nicht so schlimm; jedenfalls nicht für MOGRE-Leute. Wir werden unsere Talare tragen und die Rabbiner, soviel ich weiß, ihr Käppchen und den … na, den Gebetsmantel – wie heißt das?»

«Den *Talles.*»

«Ja, richtig. Auch wenn die Leute da unten nicht so genau Bescheid wissen – dass es was mit Religion zu tun hat, das merken sie schon … Es wird Zwischenfälle geben, ja. Aber wenn man sich vor Augen hält, dass man sich für die Sache Gottes einsetzen darf …»

«Ich dachte, es sei für die Sache der Neger.»

Dodge lächelte, um zu zeigen, dass er Spaß vertragen konnte. «Das ist doch dasselbe, David; es ist zum Ruhme Gottes, der sich im Menschen offenbart – in allen Menschen, ob schwarz oder weiß … Nun? Was halten Sie davon?»

Der Rabbi schüttelte den Kopf. «Nein, Peter. Sehen Sie, ein Rabbiner ist kein *Man of God,* kein ‹Gottesmann› im Sinne der christlichen Kirchen. Ich bin es nicht mehr als andere Menschen … Ich könnte natürlich als Privatperson mitmachen, aber …» Er zuckte die Achseln. «Es drängt mich nicht, es zu tun; es wäre also nicht ehrlich. Ich würde aus anderen Gründen mitmachen – wie Sie es angedeutet haben: Um eines Prestigegewinnes willen zum Beispiel. Und das wäre Heuchelei.»

25

«Der District Attorney hat eine Sauwut auf mich», berichtete Lanigan, als er auf dem Heimweg bei den Smalls hereinschaute. «Und über Sie ist er auch nicht gerade entzückt, Rabbi.»

«Was hab ich ihm denn getan?»

«Ein District Attorney braucht einen klaren Fall, mit dem er vor Gericht geht und gewinnt. Er hat es nicht gern, wenn man ihm einen Mord auf den Schreibtisch legt, bei dem der Täter wahrscheinlich nie entdeckt wird, das passt ihm nicht in den Kram … Darum ist er über Sie verschnupft. Und über mich noch viel mehr, weil er denkt, ich hätte alles vermasselt. Ich weiß nicht, wie ich seiner Ansicht nach auf die Idee hätte kommen sollen, dass es ein Mord ist, aber …» Er grinste. «Ja, ich weiß – Sie sind auf die Idee gekommen. Aber ich bin bloß ein schlichter Polizist … Immerhin, ich wäre ganz anders vorgegangen, wenn ich an die Möglichkeit eines Mordes gedacht hätte. Aber so … Ich mache auf alle Fälle keine besonders gute Figur bei der Sache.»

«Sie werden eine umso bessere machen, wenn Sie den Täter finden», munterte ihn Miriam auf.

«Ja – wenn!» Er lachte trocken. «Das wird nicht so leicht sein. Es ist kein normaler Fall.»

«Warum nicht?»

«Nun, bei jedem Verbrechen gibt es drei grundlegende Fragen – drei Richtlinien für die Untersuchung, wenn man so will; und wo sich die Linien schneiden, dort ist die Antwort: Erstens, Gelegenheit zur Tat; zweitens, Zugang zu der Waffe; drittens, das Motiv. Fangen wir mal mit der Waffe an – mit dem Wagen also. Praktisch hat jeder, der fahren kann, Zugang zur Waffe gehabt – ja, er brauchte nicht einmal unbedingt fahren zu können.»

«Wieso? Das versteh ich nicht ganz.»

«Sagen wir, Hirsh hat's noch mit knapper Not geschafft bis in die Garage; dann hat er die Besinnung verloren. Das bedeutet doch, dass jeder, der ihn sah, die Garagentür zumachen konnte.»

«Aber dann hätte Hirsh am Steuer gesessen und nicht auf dem Beifahrersitz», widersprach der Rabbi.

«Ach so, ja … Ja, Sie haben Recht. Also gut: Der Mörder oder zumindest ein Komplize kann Auto fahren. Das lässt uns ziemlich viel Auswahl, nicht? Weiter: Gelegenheit zur Tat: Da die Waffe so leicht zugänglich war, ist jeder, der gegen acht Uhr abends in der Umgebung von Hirshs Haus war, potenziell verdächtig.» Lanigan grinste. «Das bedeutet praktisch ein kollektives Alibi für Juden – die waren alle in der Synagoge.»

Der Rabbi lächelte schwach. «Und das Motiv?»

«Ja, das Motiv … Hier wird's nun ganz vertrackt: Zu diesem Mord braucht man nicht unbedingt ein schwerwiegendes Motiv.»

«Nanu – wieso?»

«Weil alles so sang- und klanglos ablaufen konnte. Der Täter brauchte nicht viel Mut, er musste nicht im Voraus planen … Stellen Sie sich vor, Sie sehen einen Ertrinkenden. Obwohl Sie ein guter Schwimmer sind und ihn ohne weiteres retten könnten, wenden Sie sich einfach ab … Verstehen Sie jetzt, was ich meine? Jemanden vorsätzlich ertränken, dazu braucht man Entschlusskraft und Kaltblütigkeit. So etwas tut man nur, wenn man den anderen hasst und ihm den Tod wünscht. Aber um einfach davonzulaufen, dazu braucht es nicht viel. Warum soll ich mir für den Kerl ein Bein ausreißen?, denkt man sich; das Leben wäre ohne ihn viel leichter …»

«Das ist schließlich auch ein Motiv.»

«Zugegeben. Aber keines, mit dem Sie operieren können. Hass, Eifersucht, Habgier – damit kann man was anfangen, aber so … Wohlgemerkt, ich behaupte nicht, dass Hass, Eifersucht und Habgier keine Rolle bei der Sache spielten – vielleicht tun sie's. Ich weiß es nicht. Natürlich muss es ein Motiv geben – von nichts ist nichts. Aber bei einem Mord, der mehr oder weniger zufällig zustande kommt, entdeckt man auch oft das Motiv nur durch Zufall.»

«Und wenn Sie die Geschichte in den Zeitungen veröffentlichen? Vielleicht kommt dabei etwas ans Licht.»

Lanigan schüttelte den Kopf. «Damit müssen wir noch ein

paar Tage warten. Der District Attorney meint, wir finden eher etwas heraus, wenn wir die Sache geheim halten.»

«Dann haben Sie also doch eine Spur?»

«Spur ist zu viel gesagt … Es ist Beams Idee, aber der District Attorney möchte sie nachprüfen lassen. Rein logisch gesehen, ist es natürlich möglich … Beam hat sich in den Kopf gesetzt, dass es die Witwe war – dann braucht nämlich seine Versicherung nicht zu blechen. Sein Argument ist, dass sie als Einzige vom Mord profitieren würde: Erstens kriegt sie fünfzigtausend Dollar, und zweitens wird sie einen Mann los, der ihr Vater hätte sein können und auch sonst keine tolle Partie war.»

«Als sie ihn heiratete, wusste sie, dass er Alkoholiker war. Glaubt Beam, dass er ihr unsympathischer wurde, nachdem er einigermaßen geheilt war?»

«Ich wiederhole nur seine Argumentation … Ja, und noch was: Beam meint, die ganze Sache mit dem jüdischen Begräbnis war nur ein großes Theater, um zu demonstrieren, wie ergeben sie ihm war und was weiß ich; normalerweise hätte sie sich bestimmt nicht so viel Mühe gegeben, weil er sich bei Lebzeiten nie viel draus machte.»

«Ich hätte unseren Freund Beam einer derartig subtilen Psychologie gar nicht für fähig gehalten», murmelte der Rabbi.

«Na ja, er hat in den Dingen Erfahrung», rechtfertigte Lanigan. «Ich kann schon begreifen, dass es ihm verdächtig vorkommt. Und vor allem ist da ja auch noch die Sache mit dem Telefon – dass sie sich nicht meldete, als Mrs. Marcus anrief.»

«Das war nach zehn. Laut dem Autopsiebericht war Hirsh bereits vor neun Uhr tot.»

«Und laut Beam beweist es, dass sie nicht im Haus war. Sie konnte ja auch schon früher mal weggegangen sein … Nehmen wir an, sie sieht zufällig, wie er in die Garage fährt – das Haus der Marcus liegt ja genau gegenüber. Also, er fährt rein, aber er kommt nicht wieder raus. Sie läuft hinüber; vielleicht versucht sie, ihn wachzurütteln. Vielleicht ist sie auch plötzlich angewidert und sagt sich, von mir aus, bleib, wo du bist, altes Ekel … Und kurz nach zehn, gerade bevor Mrs. Marcus anruft, geht sie noch mal rüber und sieht nach: Läuft der Motor noch? Lebt er noch? Sie findet ihn tot. Sie geht zurück, und in dem Moment schellt das Telefon – der zweite Anruf. Dann erst überlegt sie sich, was sie tun muss. Sie wartet auf die Marcus, dann geht sie nach Hause, tut so, als sähe sie nicht, dass die Garagentür zu ist, und ruft die Polizei an, um sie die Leiche entdecken zu lassen.»

«Sie zitieren immer noch Beam. Was halten Sie davon?»

«Tja … Ich würde sagen, ich trau's ihr nicht zu. Der Hirsh, meine ich. Es passt nicht zu ihr. Aber ich weiß aus Erfahrung, dass man schwer danebenhauen kann. Und außerdem, es ist der einzige logische Anknüpfungspunkt, den wir haben. Wir kennen außer ihr niemand, der von seinem Tod profitieren könnte.»

«Ich verstehe …»

«Wir lassen die Sache einstweilen schmoren; wir sagen gar nichts. Wenigstens bis wir Mrs. Hirsh gründlich auf die Finger geschaut haben.»

«Und wenn nichts dabei herauskommt? Haben Sie sonst noch jemand in Verdacht?»

«Wir nehmen alle Personen unter die Lupe, mit denen Hirsh zu tun hatte. Mehr können wir nicht tun. Gestern hab ich den großen Boss bei Goddard besucht.»

«Mr. Goddard?»

«Nein. Lemuel Goddard ist schon seit ein paar Jahren tot. Der Aufsichtsrat hat damals beschlossen, in Zukunft keinen Wissenschaftler mehr an die Spitze der Firma zu berufen, sondern einen geschickten Administrator an die Spitze der Organisation zu setzen, und da sind sie dann auf einen ehemaligen General verfallen – Amos Quint heißt er. Schreibtischstratege. In Washington nannten sie ihn ‹Eisenarsch-Quint› …» Er warf Miriam einen Blick zu. «Entschuldigen Sie, Mrs. Small, das ist mir so rausgerutscht.»

Miriam lächelte. «Ich muss das Wort schon mal gehört haben.»

«Ein ziemlicher Armleuchter, wenn Sie mich fragen», fuhr Lanigan fort. «Die Sekretärin, die mich zu ihm führte, hat beinahe die Hacken zusammengeschlagen …» Er musste lachen. «Ich hab ihn gefragt, ob er Hirsh gut gekannt hat … Wissen Sie, was er sagte? ‹Ich mache es mir zum Prinzip, meine Leute nicht gut zu kennen.› Was sagen Sie dazu?»

«War es Cäsar oder Napoleon – einer von beiden hat seine Soldaten mit dem Vornamen angeredet.»

«Das ist heute vermutlich gegen das Reglement. Quint sagte wörtlich: ‹Wenn man eine dynamische Organisation leitet und nicht in einem Haufen Kleinkram ersticken will, muss man delegieren können. Ich sehe die Leute, wenn ich sie einstelle und wenn ich sie rausschmeiße. Das genügt vollauf.› Wenn also Hirsh dem alten Eisen… eh, wenn er Quint etwas mitteilen wollte, konnte er ihn nur über seinen Vorgesetzten erreichen – über Dr. Sykes.»

«Ach so: Die feinen Leute reden nur mit den ganz feinen Leuten, und die ganz feinen Leute reden nur mit dem lieben Gott …»

«Ja, so ungefähr. Aber Quint hat natürlich die Personalakten und weiß ziemlich genau Bescheid. Na, und in letzter Zeit stand Hirsh nicht sehr hoch im Kurs. Er soll schwerwiegende Fehler gemacht haben; den letzten ein paar Tage vor seinem Tod.»

«Warum hat Quint ihn nicht einfach gefeuert?»

«Hab ich ihn auch gefragt. Er hat es vorgehabt; die letzte Panne scheint ein ziemlich dicker Hund gewesen zu sein. Quint war die Geduld gerissen … Das wäre ein weiteres Argument für Selbstmord gewesen, wenn ich es gewusst hätte.»

«Hm … Es wundert mich, dass Quint ihn nicht schon früher hinausgeschmissen hat. So wie Sie ihn schildern, scheint er mir nicht ein Typ zu sein, der lange Federlesens macht. Vor allem nicht mit einem Angestellten, der so tief unten sitzt wie Hirsh.»

«Hirsh hatte das Sykes zu verdanken. Quint sagt, Sykes habe sich jedes Mal für ihn eingesetzt. Auch bei einer Gelegenheit übrigens, als sich Hirsh im Labor betrank. Sie arbeiteten damals an einer Methode, um Whisky schneller ausreifen zu lassen, indem sie elektrischen Strom durch die Flüssigkeit leiteten oder so ähnlich. Einer der Chemiker reichte das Zeug zum Kosten herum; Hirsh gehörte zu diesen Versuchskaninchen und konnte nicht mehr bremsen … Dem Chemiker wurde übrigens gekündigt.»

«Warum?»

«Das ist typisch für diesen Laden. Man sollte glauben, dass die Leute zusammenarbeiten und die Probleme miteinander besprechen … Aber keine Spur. Sie arbeiten nämlich vor allem für die großen Industrien, und wenn da irgendwas durchsickert, kann es den Aktienkurs der betreffenden Kunden beeinflussen. Offenbar haben einige wissenschaftliche Mitarbeiter aufgrund solcher Geheimtipps spekuliert; daraufhin wurde angeordnet, dass sich jeder stur mit seiner Aufgabe zu befassen hätte, ohne nach links oder nach rechts zu schielen. Höchstens die Abteilungsleiter wissen, was im Nebenzimmer vorgeht.»

«Interessant … Aber viel haben Sie offensichtlich nicht aus Quint herausbekommen. Haben Sie mit anderen Angestellten gesprochen?»

«Ja, aber ohne viel Erfolg. Wie gesagt, jeder arbeitet für sich. Und Hirsh war ohnehin ein Eigenbrötler.»

«Das hilft uns nicht weiter.»

«Nein.» Lanigan schaute den Rabbi erwartungsvoll an. «Was meinen Sie dazu? Haben Sie irgendeine Idee?»

Der Rabbi schüttelte bedächtig den Kopf.

«Nun, manchmal hilft's, einfach darüber zu sprechen.» Man merkte Lanigan jedoch die Enttäuschung an. Er sah dem Rabbi prüfend in die Augen. «Wussten Sie übrigens, dass Ben Goralsky ihn gekannt hat? Hirsh, meine ich.»

«Nein. Aber ich sah ihn bei der Beerdigung.»

«Goralsky hat Hirsh die Stelle bei Goddard verschafft.»

26

Ein Dienstmädchen mit Häubchen und Schürze öffnete die Tür. Sie führte ihn in die Bibliothek. Mr. Goralsky käme gleich, meldete sie.

Ben Goralsky erschien im nächsten Augenblick und bot dem Rabbi einen Sessel an. «Ich freue mich, dass Sie gekommen sind, Rabbi. Sie machen meinem Vater eine große Freude mit Ihrem Besuch.»

«Ich wäre eher gekommen, aber ich war selbst ein paar Tage krank.»

«Ja, ich weiß.» Er zögerte. «Wie ich höre … Eh … Ich habe Ihnen da offenbar was eingebrockt mit dieser Hirsh-Geschichte.»

«Ja, es gab tatsächlich Schwierigkeiten», gab der Rabbi zu.

«Das tut mir wirklich Leid.»

Der Rabbi wurde neugierig. «Ihrem Vater liegt sehr viel an der Sache, nicht wahr?»

«Ich hab nur ein einziges Mal mit ihm darüber gesprochen. Dieser Beam sagte doch, es war vermutlich Selbstmord; das hab ich meinem Vater erzählt, und er hat sich fürchterlich aufgeregt … Es ging ihm sehr schlecht an diesem Tag; er muss wohl gedacht haben, das Ende kommt. Er hat getobt; es verstößt gegen das Gesetz, hat er geschimpft, und der Friedhof wird nicht nach der orthodoxen Regel geführt …»

«Hm, hm.»

«Er behauptet, Hirsh hätte ohne jede Zeremonie am Rand begraben werden müssen. Er war ganz außer sich, dass Hirsh normal beerdigt wurde.»

Der Rabbi wollte sich erheben, aber Ben Goralsky winkte ihm ab. «Mein Vater schläft noch. Das Mädchen sagt Bescheid, sobald er wach ist. Haben Sie's eilig?»

«Nein. Ich wollte ohnehin hauptsächlich zu Ihnen … Sie kannten Isaac Hirsh, nicht wahr?»

«Ja – warum? Ich kannte die ganze Familie. Früher, in Chelsea, da waren wir Nachbarn. Ich kannte seine Eltern, und ich kannte ihn.»

«Und deshalb haben Sie ihn für die Stelle bei Goddard empfohlen?»

Goralskys massiges Gesicht verzog sich zu einem breiten Grinsen. Er schüttelte langsam den Kopf. «Ich hab ihn empfohlen und alle Hebel in Bewegung gesetzt, damit er den Posten bekam – wir sind gute Kunden von Goddard, und Quint – das ist der Direktor – hat allen Grund, mir gelegentlich einen Gefallen zu tun … Ich hab Hirsh die Stelle verschafft, weil ich ihn nicht riechen konnte.» Er lachte dröhnend über die verdutzte Miene des Rabbi.

«Wie gesagt, die Hirshs waren unsere Nachbarn. Es ging uns beiden ziemlich mies. Wir hatten eine Geflügelhandlung, sein Vater eine kleine Schneiderwerkstatt. Mrs. Hirsh war eine anständige Person. Als sie starb, gingen wir alle zur Beerdigung. Mein Vater schloss den Laden, damit wir alle gehen konnten. Der alte Hirsh ... das ist ein Kapitel für sich. Ein Nichtsnutz, ein Windmacher, der bloß immer mit seinem Wunderkind von Sohn geprotzt hat. Wir waren vier Geschwister – ich hab noch zwei Brüder und eine Schwester –, und nach der Schule und auch sonntags mussten wir alle im Laden helfen – es ging nicht anders damals. Ich hab nicht mal High-School-Abschluß. Aber Ike Hirsh, der ging aufs College, und später hat er seinen Doktor gemacht ... Als Kind spielte er nie mit den anderen Jungen in der Straße. Er war klein und pummelig, und wir haben ihn immer ausgelacht. Er hockte zu Hause über seinen Büchern, und sein Vater kam zu uns rüber und prahlte mit ihm. Sie können sich denken, wie sehr sich mein Vater grämte, wenn er uns Kinder mit dem jungen Hirsh verglich. Und der Alte hat's ihm ständig unter die Nase gerieben.

Na, kurz und gut – Hirsh junior kriegte dann irgendeine Stelle bei der Regierung oder bei einer Firma, die Regierungsaufträge hatte – so genau weiß ich das nicht; es muss aber was ziemlich Wichtiges gewesen sein. Es war im Krieg, auf alle Fälle ... Wir haben ihn damals nie zu Gesicht bekommen.

Unterdessen hatten wir uns ganz hübsch hochgearbeitet. Mein Vater hatte mal Glück mit einem Grundstückskauf, aber hauptsächlich war's unsere Arbeit. Na ja, und die Konjunktur der Nachkriegsjahre. Wir hatten jetzt eine Geflügelgroßhandlung, aber Vater stand trotzdem jeden Morgen im Laden. So ist er nun mal ...»

«Und Hirsh?», lenkte der Rabbi vorsichtig zum Thema zurück.

«Ja, Hirsh ... Eines Tages tauchte er bei uns auf. Er hätte ein Verfahren zum Herstellen von Transistoren entwickelt. Nichts Revolutionierendes, aber immerhin könnte man damit die Herstellungskosten um zehn bis zwanzig Prozent verringern ... Ich hatte keinen Schimmer von Transistoren, und mein Vater noch viel weniger; aber er hatte Vertrauen zu Hirsh. Der sagte auch, er hätte Kontakt zu allen möglichen Regierungsstellen und würde uns Regierungsaufträge zuschanzen, und so weiter und so fort.

Kurz und gut, Vater ließ sich überreden, zehntausend Dollar zu investieren. Hirsh brauchte keinen Cent hineinzustecken, aber er war mit fünfzig Prozent beteiligt.

Wir mieteten also ein Lokal und starteten die Fabrikation. Hirsh war das große Genie und ich der Trottel – gerade gut genug, um den Versand zu kontrollieren und die Arbeiter zu beaufsichtigen. Nach einem Jahr waren zehntausend Dollar zum Teufel samt unserer ursprünglichen Investition. Und dann kriegten wir plötzlich einen Auftrag – nichts Großes, aber immerhin konnten wir uns damit eine Weile über Wasser halten. Zur Feier des Tages kaufte ich eine Flasche Whisky, und wir tranken gerade auf den Erfolg, da wurde ich aus irgendeinem Grund abgerufen. Als ich nach ein paar Stunden zurückkam, war Hirsh sternhagelvoll.»

Bei der Erinnerung spiegelte sich immer noch das Entsetzen in seinem Gesicht. «Stellen Sie sich vor, Rabbi – ein gebildeter Jude ... und ein Säufer! Ich sagte meinem Vater kein Wort. Ich redete mir ein, es war ein unglücklicher Zufall; er hat nicht aufgepasst, das Maß verloren – kann ja mal vorkommen, nicht? Na, am nächsten Tag kam er überhaupt nicht ins Geschäft; tags darauf saß er wieder da, als wenn nichts geschehen wäre. Aber am folgenden Tag war er wieder sinnlos betrunken ... Zwei Wochen lang hab ich mir das mit angesehen; dann wurde es mir zu bunt und ich erzählte es meinem Vater. ‹Schmeiß ihn raus›, sagte er. ‹Schmeiß ihn raus, bevor er uns ruiniert.›»

«Und? Haben Sie ihn rausgeschmissen?»

Goralsky nickte finster. «Ich habe ihm freigestellt, uns auszukaufen oder von uns ausbezahlt zu werden. Natürlich hatte er kein Geld. Wir zahlten ihm fünfzehntausend Dollar glatt auf den Tisch und trennten uns von ihm. Und was soll ich Ihnen sagen, Rabbi – mit einem Schlag ging's aufwärts. Zwei Monate später bekamen wir einen Bombenauftrag von der Regierung, und seither läuft der Laden.»

«Haben Sie von diesem Auftrag gewusst, als Sie Hirsh auskauften?»

«So wahr ich lebe, Rabbi – ich hatte keine Ahnung! Wir hatten vor Monaten eine Offerte eingereicht, aber nie eine Antwort gekriegt.»

«Gut. Und wann sahen Sie ihn als Nächstes?»

«Ich hab ihn seither nie mehr gesehen. Wir wurden immer größer, wandelten die Firma in eine Aktiengesellschaft um und bauten schließlich den Konzern auf. Wir dachten nicht mehr an Hirsh. Da kam eines Tages ein Brief von ihm – er habe sich um eine Stelle bei Goddard beworben und ob ich nicht ein Wort für ihn einlegen könne – ich würde die Leute doch sicherlich kennen, na, und so weiter … ich habe Quint gleich angerufen, ihm die Sache nahe gelegt und ihn gebeten, Hirsh wissen zu lassen, dass er die Stelle meinem Einfluss zu verdanken hatte.»

«Das versteh ich nicht. Sie sagen doch, Sie konnten Hirsh nicht ausstehen?»

«Ganz recht. Ich wollte ihm zeigen, dass er samt seinem Doktor und seiner ganzen Bildung zu mir kommen musste, um eine Stelle zu kriegen.»

«Ach so … Na ja. Und Sie haben ihn hier nie gesehen?»

Goralsky schüttelte den Kopf. «Er hat ein paarmal angerufen, aber ich ließ ihm durch das Mädchen bestellen, ich sei nicht zu Hause. Der Mann hatte uns einmal Unglück gebracht – ich hatte Angst. Ich war ein gebranntes Kind … Und ich habe leider Recht behalten: Vor zwanzig Jahren haben wir wegen Hirsh fast Pleite gemacht; und was passiert jetzt? Er war schon wieder im Begriff, mich zu ruinieren.»

«Wie meinen Sie das?»

«Wir standen vor einem kleinen technischen Problem, und ich übergab die Sache Goddard, damit sie sich den Kopf zerbrachen. Sie teilten uns in einem Vorbericht mit, dass sie ziemlich sicher eine Lösung gefunden hätten. Zu diesem Zeitpunkt spielten wir mit dem Gedanken, mit einer anderen Gesellschaft durch Austausch von Aktien zu fusionieren … Das ist streng vertraulich, Rabbi.»

«Selbstverständlich.»

«Das heißt …» Goralsky lachte auf. «Streng vertraulich! Jeder Börsenmakler in Boston munkelt davon … Sie kennen nur die Gerüchte, aber so was kann man nicht ganz geheim halten. Ich will bloß nicht, dass es heißt, es kommt direkt von mir … Okay?»

Der Rabbi nickte.

«Unsere Aktien stiegen also … Das ist normal, sobald Gerüchte von einer möglichen Fusion durchsickern. Nach einer Woche waren sie um fast hundert Prozent geklettert. Aber ich weiß ganz genau, dass es nicht bloß wegen dieser Fusion war. Da war noch was: ein Gerücht, dass wir ein neues Verfahren entwickeln … Das kann man wohl ebenso wenig geheim halten. Na, erst war ich ein bisschen sauer; ich dachte, vielleicht hat da einer bei Goddard versucht, klammheimlich ein bisschen abzukochen – Sie verstehen schon, selber Aktien kaufen, dann eine gezielte Indiskretion … Na, ich dachte, mir schadet's ja nichts – im Gegenteil: Ich hatte damit gerechnet, zwei von meinen Aktien für eine von der anderen Firma geben zu müssen, und plötzlich sieht's aus, als könnte ich eins zu eins tauschen. Umso besser, dachte ich. Und es war ja auch absolut korrekt: Wenn ich ein neues Verfahren entwickle, dann sind meine Aktien auch mehr wert … Kommen Sie mit, Rabbi?»

«Ja.»

«Ja, und dann kommt am Freitagnachmittag ein Anruf von Quint. Es war kurz vor *Kol Nidre,* ich war schon am Gehen. Er bedauere sehr, hat er gesagt, aber der Bericht sei leider verfrüht gewesen – sie hätten Bockmist gemacht. Verstehen Sie?»

«Sie meinen, es war falscher Alarm?»

«Ja. Und wie steh ich da? Es muss doch so aussehen, als hätte ich das Ganze manipuliert, um mehr herauszuschlagen.»

«Ja, allerdings.»

«Was kann ich tun? Es ist *Jom Kippur;* und wie ich nach Hause komme, ist Vater auch noch krank. Am Sonntag krieg ich einen Anruf von den Leuten. Sie sind natürlich misstrauisch. Und stocksauer. Am Montag geh ich zu Goddard, um Quint den Kopf zu waschen … Es war ihm entsetzlich peinlich, und er hat sich gewunden, bis er schließlich mit der Wahrheit rausrückte: ‹Ich muss Ihnen leider gestehen, Mr. Goralsky – Ihr Mr. Hirsh ist an allem schuld …› Mir blieb die Spucke weg. Verstehen Sie jetzt, warum ich sage, der Kerl bringt Unglück … Ich meine, er brachte Unglück. Verstehen Sie jetzt, warum ich zu seiner Beerdigung ging?»

«Eh … Offen gesagt, nein.»

«Weil ich sicher sein wollte, dass er auch wirklich unter die Erde kam!»

Der Rabbi wusste nicht, ob er weinen oder lachen sollte. Ehe er jedoch etwas sagen konnte, steckte das Dienstmädchen den Kopf zur Tür herein: «Ihr Vater ist aufgewacht, Mr. Goralsky.»

Während sie die Treppe hinaufstiegen, bat Goralsky: «Erwähnen Sie die Friedhofsgeschichte mit keinem Wort, Rabbi. Ich will nicht, dass er sich aufregt.»

«Natürlich nicht.»

Der Alte war in einen Sessel gebettet und streckte eine dünne, blau geäderte Hand zum Gruß aus. «Sehen Sie, Rabbi, ich hab gefastet, und es geht mir schon besser.»

«Sie sehen gut aus, Mr. Goralsky. Das freut mich wirklich.»

«Ich bin noch nicht ganz gesund ...» Der Alte warf seinem Sohn einen vorwurfsvollen Blick zu. «Benjamin, soll der Rabbi stehen? Bring ihm einen Stuhl.»

«Bemühen Sie sich nicht», wehrte der Rabbi ab, doch Ben zog schon einen Stuhl herbei. Er selbst setzte sich auf den Bettrand.

«Es ist das erste Mal in meinem ganzen Leben, dass ich bei *Kol Nidre* nicht dabei war», sagte der Alte. «Ben sagt, Sie haben eine schöne Rede gehalten.»

Der Rabbi schielte zu Ben hinüber. Bens weit aufgerissene Augen waren eine einzige stumme Bitte, ihn nicht bloßzustellen. Der Rabbi schmunzelte. «Am *Jom Kippur* gibt man sich eben besonders Mühe. Nächstes Jahr, so Gott will, werden Sie selbst zuhören, Mr. Goralsky.»

«Wer weiß, ob ich's erlebe ... Ich bin ein alter Mann. Ich hab mein Leben lang schwer gearbeitet.»

«Gerade deshalb sind Sie noch so rüstig. Harte Arbeit ...»

«Das sagt er, seit ich ihn kenne», knurrte Ben.

Der Greis blickte seinen Sohn tadelnd an. «Benjamin, du hast den Rabbi unterbrochen.»

«Ich wollte nur sagen, dass harte Arbeit noch keinem geschadet hat ... Machen Sie sich keine Sorgen, was nächstes Jahr sein wird. Sie müssen vor allem rasch gesund werden.»

«Sie haben Recht. Man weiß ja doch nicht, wer an die Reihe kommt. Ich hab gehört, dass der junge Hirsh am *Kol-Nidre*-Abend gestorben ist. Er war ein braver Junge und so gebildet ...»

«Er war ein Säufer», murmelte Ben.

Der Alte zuckte die Achseln. «Das war früher. Trinken ist etwas Schreckliches. Vor ein paar Tagen hab ich in der jüdischen Zeitung gelesen, dass Trinken eine Krankheit ist ... Ein Arzt hat darüber geschrieben. Hirsh konnte nichts dafür.»

«Er hat sich das Leben genommen, Papa.»

Der Alte nickte traurig. «Das ist was Schreckliches ... Er hat sicher viel mitgemacht. Vielleicht, weil er ein Säufer war. Er war schließlich ein gebildeter Junge. Vielleicht war es für ihn dasselbe wie für andere Leute der Krebs.»

«Kannten Sie ihn gut?», fragte der Rabbi.

«Isaac Hirsh? Und ob! Ich kannte ihn, da hat er noch in den Windeln gelegen. Und seinen Vater und seine Mutter, die kannte ich auch. Sie war eine feine Frau, aber er ...» Nachdenklich neigte er den Kopf zur Seite. «Ja, ja ... schwer zu sagen, was das Rechte ist. Da ist einer wie der alte Hirsh – sein Leben lang faul und hinter den Frauen her; es hieß, keine anständige Frau hat sich von ihm ein Kostüm machen lassen, weil, bei der Anprobe ... Na, Sie verstehen schon. Er konnte die Hände nicht bei sich behalten. Und als seine Frau starb, hat er kaum das Trauerjahr abgewartet, ehe er wieder heiratete. Aber sein Sohn ... Der Isaac, der ging auf die Universität, und Stipendien hat er gekriegt, und ein Doktor ist er geworden ... Ich hab mich abgerackert mein Leben lang und die Gebote gehalten, aber keins von meinen vier Kindern ist auf die Universität gegangen.»

«Nun ...»

«Aber eins muss ich sagen, Rabbi. Meine Kinder sind alle gesund und stark und haben's zu was gebracht. Und sie sind gut zu mir. Aber Isaac Hirsh ... Er ist nicht zur Beerdigung von seinem eigenen Vater gekommen. Und jetzt ist er selber tot ... Nein, nein – man weiß nie, was das Rechte ist.»

«Dann ... Vielleicht denken Sie jetzt auch anders über Hirshs Begräbnis?», sagte der Rabbi tastend.

Der Greis kniff die Lippen zusammen. «Nein, Rabbi. Gesetz ist Gesetz.»

27

Der District Attorney ließ keine offizielle Meldung veröffentlichen. Nur im *Lynn Examiner* stand eine kurze Notiz, dass die Staatsanwaltschaft die näheren Umstände im Zusammenhang mit dem Tod von Isaac Hirsh am 18. September, wohnhaft gewesen Bradford Lane 4, Barnard's Crossing, untersuche. Möglicherweise werde ein Antrag auf Exhumierung der Leiche gestellt werden.

Marvin Brown entdeckte den Artikel, als er morgens während der Kaffeepause die Zeitung durchblätterte. Er rief sofort Mortimer Schwarz an.

«Mort, da steckt der Rabbi dahinter – jede Wette!» Erregung schwang in seiner Stimme. «Das ist doch sicher wieder einer von seinen Tricks!»

«Aber was hat der Rabbi beim District Attorney zu schaffen? Und überhaupt, was hat er davon?»

«Er ist doch dick befreundet mit Polizeichef Lanigan, und der geht bei der Staatsanwaltschaft ein und aus. Und was er davon hat – ich bitte dich, Mort: Er blockiert unseren Plan!»

«Du meinst den Weg? Den Bau der Straße? Was geht den District Attorney unser Friedhofsweg an?»

«Na, hör mal! Wenn wir jetzt anfangen, eine Straße zu bauen, die ausgerechnet Hirshs Grab vom restlichen Friedhof abtrennt – das sieht doch verdammt komisch aus, oder? In der Zeitung steht, sie wollen den Leichnam exhumieren.

Wie sieht das aus, wenn wir die Straße anlegen, während sie die Leiche ausgraben! Die fragen uns doch Löcher in den Bauch!»

«Also, ich seh keinen Grund zur Aufregung. Die Straße und die Exhumierung, das sind doch zwei Paar Stiefel. Das hat doch nichts miteinander zu tun … Und außerdem, ich glaube nicht, dass der Rabbi so ein Theater veranstalten würde – damit ändert er doch nichts! Nein, nein; ich tippe eher auf diesen Beam. Schließlich steht für seine Versicherung ein Haufen Geld auf dem Spiel. Und so eine Gesellschaft hat auch mehr Einfluss auf den District Attorney als der Rabbi.»

«Du kannst sagen, was du willst, Mort; ich fang mit der Straße erst an, wenn der District Attorney aus der Sache draußen ist.»

«Na schön. Ich seh's nicht ein, aber wenn du's so haben willst – bitte. Dann warten wir eben noch eine Woche.»

«Ja – aber die Vorstandssitzung nächsten Sonntag? Es ist riskant, den Rücktritt des Rabbi bekannt zu geben, solange die Hirsh-Affäre nicht erledigt ist.»

«Hm … Da ist was dran, Marve. Sag mal … Du willst unter keinen Umständen mit der Straße beginnen, ehe …»

«Nein.»

«Gut. Weißt du, was wir tun? Wir blasen die Vorstandssitzung ab.»

«Abblasen? Du, ich weiß nicht recht … Ist das nicht ein bisschen stark?»

«Warum? Als Präsident kann ich auch eine Sondersitzung einberufen, oder nicht?»

«Ja, aber …»

«Also. Da kann ich ebenso gut eine Sitzung abblasen. Oder … Ja, das ginge auch: Ich ruf unsere Freunde an und sag ihnen, sie sollen einfach wegbleiben. Dann sind wir nicht beschlussfähig.»

«Das klingt besser.»

«Na, ich laß es mir noch durch den Kopf gehen. Halt du inzwischen Augen und Ohren offen.»

Brown merkte plötzlich, dass seine Sekretärin in der Tür stand. Wie lange stand sie schon da? Es war ihm unbehaglich bei dem Gedanken. Was hatte sie mitbekommen? Er schaute sie fragend an.

«Da sind zwei Herren, Mr. Brown … von der Polizei.»

Seit dem Tod ihres Mannes hatte Patricia Hirsh keinen Abend allein verbracht. Freunde und Nachbarn nahmen sich ihrer an, luden sie zum Essen ein oder kamen zu ihr, um ihr Gesellschaft zu leisten, wenn sie zu müde zum Ausgehen war. Deshalb war sie nicht überrascht, als eines Abends Peter Dodge dastand. Sie hatte ihn seit der Beerdigung nicht mehr gesehen.

«Ich hab dich vernachlässigt, Pat, ich weiß. Aber ich hatte entsetzlich viel zu tun mit den Vorbereitungen für die MOGRE-Fahrt.»

«Ich verstehe», sagte sie. «Du musstest sicher auch deinen täglichen Spaziergang aufgeben.»

Er schien verlegen. «Nein, ich bin … Ich wollte schon ein paarmal reinschauen, aber du hattest immer Besuch.»

«Ja und? Es sind nur Nachbarn oder Bekannte.»

«Wahrscheinlich war's albern von mir. Ich … ich wollte nicht, dass sie denken, ich käme aus … Na, aus beruflichen Gründen.»

«Aus beruflichen … Wieso?»

«Na ja, du hast doch hauptsächlich jüdische Freunde und Nachbarn; ich wollte nicht, dass sie denken, ich wollte dich ‹zurückgewinnen›, nachdem dein Mann nicht mehr da ist.»

«Aber ich bin ja gar nicht übergetreten», entgegnete sie. «Ike und ich waren nur standesamtlich verheiratet.»

«Ich weiß, es war idiotisch von mir. Verzeih, Pat.»

«Es gibt nichts zu verzeihen, Peter.»

«O doch. Du warst allein, und ich hätte dir beistehen sollen. Schließlich bin ich dein ältester Freund hier, und …» Er verhedderte sich endgültig.

Sie lächelte. «Also gut, Peter: Ich verzeih dir.» Sie streichelte seine Hand.

Er hielt sie fest: «Sag mir, wie geht es dir wirklich? Ich weiß, es muss ein entsetzlicher Schock für dich gewesen sein. Hast du dich schon ein bisschen gefangen?»

Sie entzog ihm sanft ihre Hand. «Ja, Peter. Ich fühle mich natürlich einsam, aber alle sind sehr nett zu mir.»

«Und was hast du vor? Willst du nach South Bend zurück?»

«Ich glaube nicht. Ich hab dort niemand mehr, und auch sonst nirgends … Ich bin noch zu keinem Entschluss gekommen. Wahrscheinlich bleib ich hier und such mir eine Stelle. Wenn irgend möglich, will ich das Haus behalten; wenn ich es aufgeben muss, nehme ich wahrscheinlich eine kleine Wohnung in Lynn oder Salem.»

«Das mit der Stelle ist eine gute Idee. Es wird dich ablenken.»

«Das auch, ja. Vor allem kann ich dann aber auch regelmäßig essen …» Sie lächelte. «Weißt du, man gewöhnt sich daran.»

Er erschrak. «Ich wusste nicht … Hat Ike nicht …»

«Für mich gesorgt? Wir haben ein kleines Sparkonto, etwas über tausend Dollar. Viertausend haben wir für das Haus angezahlt; die kriege ich sicher wieder raus, wenn ich verkaufen muss … Den Wagen will ich auf alle Fälle loswerden. Nach dem, was passiert ist, will ich ihn nicht mehr sehen.»

«Und … Keine Lebensversicherung?»

«Doch. Aber sie enthält eine Selbstmordklausel, und die Versicherung stellt schon eine Untersuchung an. Wenn sie entscheiden, dass es Selbstmord war, zahlen sie nur die bereits geleisteten Prämien zurück.»

«Aber … Nein, Pat, so geht das nicht! Die können doch nicht aufs Geratewohl … Das müssen sie doch beweisen!»

«Sie können auch einfach die Auszahlung verweigern und sich verklagen lassen. So ein Protest kann sich über Jahre hinziehen. Dr. Sykes sagt, wahrscheinlich bieten sie mir eine Abfindung an, aber das wäre dann viel weniger, als die Police vorsieht… Wenn der Betrag halbwegs vernünftig ist, werde ich wohl darauf eingehen.»

«Aber warum? Du glaubst doch nicht, dass er Selbstmord begangen hat?»

Sie nickte langsam. «Vielleicht doch.» Und sie erzählte ihm, was bei Goddard los gewesen und wie es immer weiter abwärts gegangen war.

Als sie geendet hatte, schwieg Dodge eine Weile. Schließlich sagte er: «Ich kann es nicht glauben. Ich kannte deinen Mann sehr gut, er war einer der klügsten Köpfe, die mir je begegnet sind …» Er zuckte die Achseln und erhob sich. «Ich muss jetzt gehen, Pat. Ich fliege heute Abend wegen dieser Bürgerrechtssache in den Süden; ich wollte dir nur rasch auf Wiedersehen sagen. Ich bleibe ein, zwei Wochen fort – allerhöchstens drei; genau weiß man das nie im Voraus da unten.»

Sie streckte ihm die Hand entgegen, und er umschloss sie fest mit beiden Händen. «Versprich mir, dass du nichts unternehmen wirst, bis ich wieder da bin. Wegen der Versicherung und auch sonst … In meiner Gemeinde sind ein paar einflussreiche Leute, mit denen will ich mal sprechen. Die können dir sicher auch helfen – wenn du Arbeit suchst … Ich will, dass du hier bleibst, Pat.»

«Schauen Sie, Rabbi, diese Friedhofsgeschichte … Wir stehen auf verschiedenen Seiten, Sie und ich. Ich weiß nicht, wer Recht hat; ich weiß nur so viel, dass ich für die Gemeinde das Beste will … Es ist nicht meine Art, jemand was zu verkaufen und dann das Geschäft wieder rückgängig zu machen. Da ist die Sache mit der Grabstelle, die ich Mrs. Hirsh für ihren Mann verkauft hab … Also, Rabbi, selbst wenn die Sache nicht ganz *koscher* war, ich meine, mit seinem Tod und so – ich bin der Letzte, der ein Gewein macht, obwohl, prinzipiell bin ich nur für korrekte Geschäfte. Aber – Mort Schwarz kommt und sagt, es war nicht ganz *koscher*, und es kann die Gemeinde einen Haufen Geld kosten – wegen der neuen Synagoge, ja? Ich zerbrech mir also den Kopf; ich find eine Lösung; und … Schön – Sie sind dagegen, Rabbi; okay. Ihr gutes Recht. Aber seien Sie mir nicht bös, das ist jetzt einfach unfair!»

«Könnten Sie mir erst mal sagen, wovon Sie eigentlich sprechen, Mr. Brown?»

«Ich bitte Sie, Rabbi – die ganze Stadt weiß, dass Sie mit dem Polizeichef auf Du und Du sind!»

«Und?»

«Ich finde, ein Außenstehender sollte seine Nase nicht in eine interne Synagogenangelegenheit stecken.»

«Wollen Sie mir erzählen, dass Lanigan zu Ihnen gekommen ist und gesagt hat, Sie sollen Ihren Standpunkt in der Hirsh-Affäre ändern?»

«Er ist nicht selber gekommen. Aber er hat einen Lieutenant Jennings geschickt und noch einen Beamten, beide in Zivil … Sie wollen mich sprechen, sagen sie. Meine Sekretärin sagt ihnen, ich bin beschäftigt und ob sie ihnen vielleicht helfen kann. Nein, sie müssen mich persönlich sprechen. Sagt sie, es geht aber wirklich nicht. Da zeigen sie ihre Dienstmarke und sagen, wetten, dass es doch geht? – Stellen

Sie sich doch mal vor, was das für einen Eindruck macht in einem Büro! Meine Angestellten waren dabei, und Kunden auch ...»

«Die Polizei hat das Recht, jeden zu verhören, Mr. Brown. Wollen Sie etwa andeuten, dass ich sie zu Ihnen geschickt habe?»

«Na, sie kamen wegen Hirsh. Sie wollten wissen, was ich für Beziehungen zu ihm hatte ... Beziehungen ist gut, ich hab ihn kaum gekannt. Als er hierher zog, hab ich ihm einen Werbebrief geschickt – das tun wir bei allen neuen Einwohnern, es gehört zum Geschäft. Später schickte ich ihm einen zweiten ... Na, und so weiter. Schließlich hat er unterschrieben, und das war das einzige Mal, dass ich ihn gesehen hab. Alles andere läuft bei mir übers Büro. Aber die beiden haben sich angestellt, als ob ich ein Verbrecher wäre. Und Fragen haben sie gestellt! Warum ich die Straße ausgerechnet so anlegen will? Ob ich nicht gemerkt hab, dass Hirshs Grab dadurch abgesondert wird? Was ich gegen Hirsh hätte? Ich konnte ihnen natürlich nichts von der Goralsky-Geschichte erzählen; das ist vorläufig alles noch intern. Soviel ich weiß, hat ja Ben Goralsky dem Projekt noch gar nicht zugestimmt. Da hab ich gesagt, unser Gesetz verbietet es, Selbstmörder rituell zu begraben. Komisch, sagen sie, nach Ansicht des Rabbi ist es nicht gesetzwidrig, und es muss wohl was anderes dahinter stecken ... Und dann haben sie mich gefragt, wo ich in der Nacht war, in der Hirsh gestorben ist.»

«Sie hatten doch ein Alibi. Es war *Kol-Nidre*-Abend.»

«Klar. Die wollten mich bloß ein bisschen durch den Wolf drehen ... Sagen Sie bloß nicht, es kann mir nichts passieren, wenn ich unschuldig bin! Ich rede gar nicht von der Zeit, die sie mir nehmen. Aber nur schon die Tatsache, dass sie mich vernommen haben, kann mir schaden. In der Versicherungsbranche muss man frei von jedem Verdacht sein.

Was passiert, wenn es sich rumspricht, dass die Polizei bei mir war und mich verhört hat? Glauben Sie, das nützt meinem Geschäft?»

Dem Rabbi blieb die Antwort erspart, weil das Telefon klingelte. Es war Lanigan.

«Erinnern Sie sich, Rabbi – ich sagte Ihnen, dass Hirsh auf Ben Goralskys Empfehlung bei Goddard eingestellt wurde?» Es klang triumphierend.

«Ja. Warum?»

«Wussten Sie auch, dass Hirsh und Goralsky ursprünglich Partner waren? Und dass die Goralskys mit einem Verfahren, das Hirsh ausgeknobelt hatte, ein Vermögen gemacht haben? Dass sie ihn rechtzeitig aus der Firma ausgekauft haben?»

«Ja, das wusste ich.»

Eine lange Pause. «Das haben Sie aber nie erwähnt», sagte Lanigan endlich. Er sagte es sehr kühl.

«Ich dachte, es sei unwichtig.»

«Ich habe das Gefühl, Rabbi, wir sollten uns noch einmal unterhalten. Passt's Ihnen heute Abend?»

«Gern … Übrigens, Mr. Brown ist gerade bei mir. Marvin Brown. Er sagt, Ihre Leute hätten ihn aufgesucht.»

«Ja, und er war alles andere als hilfsbereit.»

«Möglich. Aber mich stört vor allem, dass er glaubt, es sei auf meine Veranlassung geschehen. Haben Ihre Leute etwas in der Richtung erwähnt?»

«Ich bitte Sie, Rabbi!»

«Aber warum sind Sie denn ausgerechnet an ihm interessiert?»

«Weil … Ich hab da gerade etwas erfahren. Und wenn er schon bei Ihnen sitzt, tun Sie mir den Gefallen und fragen Sie ihn, warum er die Synagoge vor Ende des Gottesdienstes verlassen hat.»

«Vor … Sind Sie sicher?»

«Ganz sicher, Rabbi.» Damit legte Lanigan auf.

Der Rabbi wandte sich Marvin Brown zu. «Das war Lanigan.»

Browns Lächeln schien zu bedeuten – *Ich hab's ja gleich gesagt.*

«Sagen Sie, Mr. Brown, haben Sie am Freitagabend die Synagoge früher verlassen?»

Marvin Brown wurde rot.

«Ach – deshalb sind Sie nicht aufgestanden, als Sie zum Ehrendienst aufgerufen wurden? Ich dachte, die defekte Lautsprecheranlage … Warum sind Sie früher gegangen?»

«Das … Ich brauche das nicht zu beantworten. Ich bin hier nicht … Soll das ein Verhör sein? Das ist ganz allein meine Sache. Ich bin Ihnen keine Rechenschaft schuldig.»

28

«Ich bin vor allem anderen Polizist», sagte Lanigan, «und es missfällt mir, dass Sie mir Informationen vorenthalten.»

«Hätte ich aus der Tatsache, dass Goralsky Mr. Hirsh eine Empfehlung gegeben hat, schließen sollen, dass er ihn umbringen wollte?» Der Rabbi war ebenso kühl und höflich wie der Polizeichef.

Lanigan seufzte. «Ich hab Ihnen doch alles schon mal erklärt, Rabbi. Wir haben eine Waffe, die praktisch jedermann benutzen konnte, und praktisch keine Ahnung über das mögliche Motiv. Bleibt noch die Gelegenheit zur Tat – und auf die müssen wir uns konzentrieren. Wie gesagt, die Juden von Barnard's Crossing hatten mehr oder weniger ein gemeinsames Alibi. Sie waren zu jenem Zeitpunkt alle in der Synagoge, und wer nicht dort war, muss es irgendwie erklären können. Und Ihr Freund Marvin Brown war nicht dort. Soviel ich weiß, ist er irgendein hohes Tier in der Gemeinde ...»

«Er ist im Vorstand.»

«Na also? Wenn jemand dort zu sein hatte, dann er. Wir wissen aber, dass er die Synagoge früher verlassen hat – und er will nicht sagen, warum. Außerdem hat er mit Hirsh eine Versicherung abgeschlossen. Einverstanden, das heißt noch lange nichts, aber es beweist doch, dass da eine Verbindung bestanden hat. Brown wird also vernommen – was kann ich dafür, wenn er sich aufregt? Das kann jedem passieren.»

«Muss man den Leuten nicht sagen, weshalb man sie vernimmt? Und muss man bei einem Mordfall nicht darauf hinweisen, dass seine Aussagen gegen ihn verwendet werden könnten?»

«Wir haben ihn nicht beschuldigt. Wir wollten nur ein paar Auskünfte von ihm haben ... Einstweilen lass ich ihn im eigenen Saft schmoren. Vergessen Sie nicht, einstweilen soll niemand erfahren, dass Hirsh ermordet worden ist.»

«Wie lange wollen Sie das durchhalten?»

Der Polizeichef lachte zum ersten Mal seit Beginn des Gesprächs. «Es ist kein Geheimnis mehr. Nachdem ich dem District Attorney Bescheid gesagt hatte, musste es wohl oder übel die Runde machen; so was kann man nicht verheimlichen. Ihr Freund Brown kann zwei und zwei zusammenzählen; er weiß, dass wir ihm nicht zwei Beamte auf den Hals hetzen und sein Alibi nachprüfen, wenn es nicht um Mord oder so was Ähnliches geht ... Außerdem, in der Abendausgabe des *Examiner* steht bereits in Fred Stahls Klatschspalte etwas darüber. Andeutungen ... Haben Sie's nicht gelesen?»

«Ich lese keine Klatschspalten.»

«Schade; manchmal lohnt sich's. Der Artikel fragt: ‹Was verheimlicht die Polizei? Warum stellt die Staatsanwaltschaft Untersuchungen über den Tod eines bekannten Wissenschaftlers an? Warum diese Geheimniskrämerei über seinen Tod? Hat die Polizei einen Fehler gemacht, und versucht sie ihn jetzt zu vertuschen?› So in der Tonart.»

«So wird das also gemacht?», murmelte der Rabbi traurig. «Andeutungen in Klatschspalten, Gerüchte, Vermutungen … Und wenn nun Browns Sekretärin und seine Angestellten den Artikel sehen? Und wenn daraus seine Kunden schließen, dass er in einen Mordfall verwickelt ist? Gehört das auch zu den Dingen, die jedem passieren können? Und alles nur, weil das Opfer eine Versicherung bei ihm abgeschlossen hat?»

«Es war nicht nur diese Versicherung. Er hat auch der Witwe die Grabstelle verkauft und hinterher versucht, die Leiche praktisch … eh, auszuquartieren … Rabbi, in diesem verzwickten Fall, wo wir überhaupt keine Anhaltspunkte haben, müssen wir der kleinsten Spur nachgehen.»

«Und verdächtigen Sie vielleicht auch Ben Goralsky, weil er seinem früheren Partner Hirsh eine Stelle verschafft hat? Und weil er auch nicht in der Synagoge war … Die Goralskys sollen sehr orthodox sein, da ist es doch umso seltsamer, dass er nicht zum Gottesdienst ging,»

«Ich nehme an, Sie haben auch gehört, dass der Alte sehr schwer krank war.»

«Ja. Aber nicht von Ihnen, Rabbi.» Die anfängliche Spannung lag wieder in der Luft.

«Sie betonen, dass Sie vor allem anderen Polizist sind, Lanigan. Nein, ich bin vor allem anderen Rabbiner. Mr. Goralsky ist in meiner Gemeinde, und ich darf sein Vertrauen nicht missbrauchen, um die Polizei zu informieren.»

«Mit anderen Worten, Sie würden die Polizei nicht informieren, auch wenn Sie wüssten, dass jemand in Ihrer Gemeinde einen Mord begangen hat?»

«Für mich gelten genau dieselben Pflichten wie für jeden anderen Bürger», erklärte der Rabbi steif.

«Aber Sie unterstützen uns nicht.»

«Ich werde bestimmt keine unschuldigen Leute in Verdacht bringen, damit sie von der Polizei belästigt werden …»

«Belästigt? Glauben Sie, wir vernehmen sie, weil's uns Spaß macht?»

«Im Endergebnis kommt es auf dasselbe hinaus. Brown war aufgeregt und hatte Angst. Aber bestimmt nicht, weil er den Mord begangen hat; er hat Angst um sein Geschäft; er denkt an seine Freunde, an seine Familie.»

«Aber er hat die Synagoge früher verlassen und will nicht sagen, warum.»

«Na und? Viele Leute gehen zwischendurch mal hinaus. Es ist ein langer Gottesdienst, man will Luft schnappen oder die Beine strecken …»

«Und ist es eine Schande, das zuzugeben?»

«Natürlich nicht. Aber vielleicht ist Brown aus einem anderen Grund fortgegangen, den er nicht eingestehen will … Vielleicht ist er nach Hause gegangen, um etwas zu essen, und es ist ihm unangenehm, wenn es herauskommt, dass er nicht durchfastet.»

«Und vielleicht ist er auch zu Hirsh gegangen, um ihn umzubringen.»

«Warum? Weil er ihm eine Versicherungspolice verkauft hatte? Sie können ebenso gut alle anderen verdächtigen, die mit Hirsh in irgendeiner Geschäftsverbindung standen: den Bäcker, den Fleischer, den Tankwart … zig Leute. Und sicherlich überwiegend keine Juden mit Kollektiv-Alibi.»

«Ich sage ja nicht, Brown ist des Mordes verdächtig, weil er die Synagoge früher verlassen hat. Aber in einem Fall, wo die Waffe jedermann zugänglich und kein klares Motiv vorhanden ist …»

«Vielleicht versteifen Sie sich zu sehr darauf.»

«Wie meinen Sie das?»

«Nun, es muss nicht unbedingt so sein. Vielleicht hat der Mörder schon monatelang vorgehabt, Hirsh umzubringen, aber entweder brachte er den Mut dazu nicht auf, oder es bot sich nie die Gelegenheit. Mag sein, dass er die Absicht hatte, Hirsh auf irgendeine konventionelle Art zu töten, aber dann machte er sich die Situation zunutze.»

«Ja, vielleicht, aber ... Ich sehe nicht ein, wie uns das weiterhilft.»

«Wir müssen der Untersuchung eine andere Richtung geben.»

«Zum Beispiel?»

Der Rabbi zuckte die Achseln. «Wir wissen, dass Hirsh seinerzeit an der Entwicklung der Atombombe beteiligt war. Vielleicht lohnt es sich, da nachzuforschen ... Ich weiß, es klingt wie ein Hintertreppenroman, aber es ist doch vorstellbar, dass er Informationen besaß, die jemand haben wollte – oder umgekehrt: Er wusste etwas, das unter keinen Umständen weiterdringen durfte ...»

«Rabbi, Hirshs Mitarbeit an der Bombe liegt zwanzig Jahre zurück; es ist kaum anzunehmen, dass er etwas weiß, was heute noch nicht im Physikbuch für die Oberstufe steht ... Außerdem, warum hätte der Täter so lange gewartet?»

«Wahrscheinlich haben Sie Recht; aber können Sie die Möglichkeit einfach wegwerfen? Bisher lebte er in einem anderen Teil des Landes. Jetzt kommt er an die Ostküste zurück, wo es von Wissenschaftlern nur so wimmelt. Vielleicht hat er bei Goddard einen früheren Kollegen wiedergetroffen ...»

«Wir können ja in den Personalakten nachprüfen, ob sonst noch jemand bei Goddard an der Bombe mitgearbeitet hat», meinte der Polizeichief skeptisch.

«Tun Sie das. Aber weiter: Was ist mit der Tatsache, dass Mrs. Hirsh eine attraktive junge Frau ist?»

Lanigan schaute den Rabbi verwundert an. «Ich hätte nicht gedacht, dass ein Rabbi so etwas merkt.»

«Ich könnte mir vorstellen, dass sogar ein katholischer Priester in der Lage ist, da gewisse Unterschiede festzustellen.»

Lanigan grinste. «Ich glaube, wir können die Möglichkeit nicht ausschließen ...» Dann wieder ernst: «Wollen Sie andeuten, dass die Witwe einen Liebhaber ...»

Der Rabbi wiegte den Kopf hin und her. «So wie ich sie einschätze, glaube ich es kaum; ausgeschlossen ist es nicht. Ich könnte mir eher denken, dass es von dem Mann ausgeht – einem jüngeren Mann wahrscheinlich, der es auf sie abgesehen hat und dem Hirsh im Weg war.»

«Das klingt schon vernünftiger. Man müsste es nachprüfen.»

Plötzlich wurde er misstrauisch: «Oder versuchen Sie etwa, den Verdacht von Brown und Goralsky abzulenken, Rabbi?»

«Ich will nur zeigen, dass es nicht unbedingt ein Mitglied meiner Gemeinde gewesen sein muss, das aus dem einen oder anderen Grund nicht beim Gottesdienst war.»

«Na schön. Aber wir werden trotzdem versuchen, dahinter zu kommen, was Ihre Freunde an jenem Freitagabend getrieben haben.»

Er stand auf. «Na, dann gute Nacht, Rabbi. Ich bin ein bisschen enttäuscht, offen gesagt ... Ich nehme an, ich brauche Ihnen nicht zu sagen, dass Sie sich nach dem Gesetz dieses Landes unter Umständen der Mittäterschaft schuldig machen, wenn Sie Goralsky oder Brown einen Wink geben.»

29

In einer Kleinstadt gibt es keine Geheimnisse. Ein Geheimnis ist dort nicht etwas, das niemand weiß, sondern etwas, worüber man nicht offen spricht. Als sich die Staatsanwaltschaft schließlich am Donnerstag der Presse stellte, wusste alle Welt, dass es bei Hirshs Tod nicht mit rechten Dingen zugegangen war. Der District Attorney trug in seiner Pressekonferenz jedoch nicht viel zur Klärung der Lage bei. Den Reportern, die ihn mit ihren Fragen in die Enge trieben, bestätigte er lediglich, dass die Polizei von Barnard's Crossing gewissen Hinweisen nachginge, die es möglich erscheinen ließen, dass Isaac Hirsh nicht an den Folgen eines Unfalls gestorben sei.

«Gibt es Indizien, die auf einen Selbstmord hinweisen?»

«Wir schließen eine solche Möglichkeit nicht aus.»

«Deuten Anzeichen auf einen Mord hin?»

«Auch die Möglichkeit ist nicht auszuschließen.»

«Können Sie uns sagen, in welche Richtung die neuen Hinweise führen?»

«Ich glaube nicht, dass dies im gegenwärtigen Zeitpunkt von öffentlichem Interesse ist.»

«Isaac Hirsh hat an der Entwicklung der A-Bombe mitgearbeitet. Besteht zwischen dieser Tatsache und seinem Tod eine Verbindung?»

«Wir schließen die Möglichkeit nicht aus.»

«Welche Maßnahmen beabsichtigen Sie zu ergreifen, Sir?»

«Die Untersuchung wird hauptsächlich durch die Polizei von Barnard's Crossing durchgeführt, in Zusammenarbeit mit der Staatspolizei.»

«Ist es nicht ungewöhnlich, den Fall der Polizei einer Kleinstadt zu übergeben, obwohl möglicherweise Dinge im Spiel sind, die Washington betreffen?»

«Wir haben größtes Vertrauen in Polizeichef Lanigan. Er kennt seine Stadt, und wir sind der Überzeugung, dass er am besten geeignet ist, die Untersuchung zu leiten. Selbstverständlich kann Washington jederzeit durch meine Behörde eingeschaltet werden, falls es sich herausstellen sollte, dass die Regierung von der Angelegenheit betroffen ist.»

«Soll Isaac Hirshs Leichnam exhumiert werden?»

«Unter Umständen.»

Mehr war aus ihm nicht herauszubekommen. Auf alle anderen Fragen antwortete er stur: «Darauf möchte ich im Augenblick noch nicht eingehen.»

Lieutenant Eban Jennings war groß und mager, sein graues Haar schütter. Er betupfte sich in kürzeren Abständen die tränenden blauen Augen mit einem gefalteten Taschentuch. Wenn er sprach, hüpfte der Adamsapfel an seinem hageren Hals ständig auf und ab.

«Ich war gerade bei der Hirsh ... Mensch, Hugh, da ist aber wirklich alles dran!»

«Wie meinst du das?»

«Na, so ...» Er brauchte beide Hände zu einer Geste, die sich nur auf Mrs. Hirshs Oberweite beziehen konnte. «Und einen niedlichen Popo hatse auch.»

«Alter Lüstling!»

«Du hast gesagt, geh hin und schau sie dir an!», verteidigte sich Jennings. «Und wenn du mich fragst – da ist ein tolles Weib, höchstens fünfunddreißig, verheiratet mit einem dicken Gartenzwerg, der ihr Vater sein könnte – Glatze und Schmerbauch, und obendrein noch ein Jud. Wie kommt so eine dazu, einen wie den zu heiraten? Gut, vielleicht isses ihr dreckig gegangen, und sie wollte mal einen, der sie anständig behandelt ... Aber das kann doch auf die Dauer nicht gut gehn, verdammt noch mal!»

«Hast du etwas gehört? Gerüchte, Klatsch?»

«Nee. Ich hab ja auch nicht rumgefragt. Ich hab nur die Dame selber ein bisschen ausgenommen: Ob an dem Tag was Ungewöhnliches passiert ist – irgendwelche Briefe, Telefonanrufe, Besuche … Nein, sagt sie. Bloß dieser junge Pfarrer, dieser – na … Dodge, ja … der hätte Hirsh an dem Abend besuchen wollen.»

«Peter Dodge?» Lanigan fiel plötzlich etwas ein. «Moment mal … Der war doch mal hier, um sich zu beschweren, und … Ja, wir haben uns ein bisschen unterhalten, und dabei kam raus, dass er aus South Bend stammt. Genau wie sie.»

«Ach nee? Dann pass mal gut auf: Ich wollte diesen Dodge daraufhin fragen, ob er vielleicht noch bei Hirsh war; ich ging also zu Milly Oliphant – bei der wohnt er. Und was glaubst du – er ist verreist.»

«Verreist?»

«Verreist, ja. Nicht für ganz ausgezogen. Bloß nach Alabama geflogen, sagt Milly. Mit einer Gruppe von Geistlichen; sie wollen demonstrieren … Und jetzt hör gut zu: Die Gruppe zieht erst in ein paar Tagen los. Das hab ich von Dr. Sturgis erfahren, dem Boss von Dodge. Er sagt, Dodge ist früher gefahren, um einige organisatorische Einzelheiten zu regeln.»

«Peter Dodge? Ja aber … ein Geistlicher?»

«Mensch, Hugh, ein Geistlicher ist doch auch ’n Mann, oder? Glaubst du im Ernst, bloß weil einer im schwarzen Kittel rumläuft und den Kragen verkehrt rum anhat – ich red jetzt gar nicht von Katholiken, obwohl … Na, das ist Ansichtssache; wahrscheinlich gibt’s überall sone und solche. Der Dodge ist auf alle Fälle kein Katholik. Er ist auch noch nicht so sehr lange Pfarrer. Und früher hat er Football gespielt – ’n Kerl wie ein Kleiderschrank ist das. Er ist im gleichen Alter wie die Hirsh. Und unverheiratet. Und jetzt ist er weg.»

«Willst du mir einreden, dass er getürmt ist?»

«Na ja – ist doch komisch, nicht? Wo seine Gruppe erst in ein paar Tagen fährt … Er sollte mit den anderen fahren, und jetzt hat er die Reise vorverlegt.»

«Worauf willst du hinaus?»

«Er ist abgehauen, gleich nachdem im *Examiner* stand, dass im Zusammenhang mit dem Tod von Mr. Hirsh möglicherweise was nicht stimmt.»

30

An diesem Freitag fühlte sich Miriam ziemlich elend. Sie hatte während ihrer ganzen Schwangerschaft kaum Beschwerden gehabt, aber heute war sie todmüde und hatte geschwollene Füße von der zusätzlichen Hausarbeit für die Vorbereitung des Sabbat. Ihr Mann hätte sich bestimmt Sorgen gemacht, wenn sie gesagt hätte, sie wolle lieber nicht zur Synagoge gehen; so fragte sie ihn nur, ob sie heute nicht ausnahmsweise fahren könnte.

Darüber machte er sich natürlich auch Sorgen. «Fühlst du dich nicht gut? Oder … Ist es schon …»

«Nein, es ist noch nicht so weit.» Sie zwang sich ein Lächeln ab. «Es ist nur, weil ich den ganzen Tag auf den Beinen war, ich kann kaum noch laufen … Ich ruf die Margolis an, ob sie mich mitnehmen.»

«Kommt nicht infrage. Du fährst mit mir.»

«Aber David, du fährst doch nicht am Sabbat!»

«Heut fahr ich eben; basta.»

«Und wenn sie dich vorfahren sehen? Dann wird es heißen, jetzt, wo er zurücktritt …»

Er lachte. «Ach so – der große Heuchler, jetzt zeigt er sein wahres Gesicht, weil's nicht mehr drauf ankommt? Lass sie denken, was sie wollen. Komm jetzt.» Er nahm ihren Arm und führte sie zum Wagen.

Und dann sprang der Motor nicht an. Fünf Minuten später betätigte David immer noch den Anlasser … Nichts. Er murmelte allerlei Unfreundliches, und Miriam wollte gerade munter verkünden, sie sei gar nicht mehr müde und es mache ihr nichts aus, zu Fuß zu gehen – da sprang der Motor an.

Sie fuhren die Straße hinunter, und der Rabbi wollte nach rechts abbiegen.

«Nach links», dirigierte ihn Miriam.

«Aber die Synagoge ist rechts», protestierte er.

«Mit dem Wagen haben wir reichlich Zeit.»

Er zuckte die Achseln, als wolle er sagen, wer kann schon mit einer schwangeren Frau diskutieren, und tat, wie ihm geheißen.

Ein paar Blocks weiter sagte sie: «Halte mal an.» Er merkte, dass sie vor der Zentrale der Taxigesellschaft von Barnard's Crossing standen, und ihm ging ein Licht auf.

«In letzter Zeit hatten wir Scherereien mit unserem Wagen», erklärte Miriam dem Besitzer, der herausgekommen war. «Ich muss irgendwann in den nächsten Tagen ins Krankenhaus … Kann man Sie zu jeder Zeit rufen?»

«Vierundzwanzig Stunden am Tag, Mrs. Small.»

«Und was passiert, wenn alle Wagen unterwegs sind?», fragte der Rabbi.

«Keine Bange, Rabbi. Ich hab vier Taxis laufen, und es passiert so gut wie nie, dass alle vier gleichzeitig unterwegs sind … ja, neulich, an dem hohen Feiertag in Ihrer Synagoge, da ging's eine Weile wild zu – so bis kurz nach halb acht. Aber dann war Schluss. Aus. Gar nichts mehr … Der nächste Wagen wurde irgendwann nach Mitternacht gebraucht. Ich weiß nicht, wie Ihre Leute heimgekommen sind», schloss er etwas pikiert.

«Dann können wir uns also auf Sie verlassen, falls mein Mann Schwierigkeiten mit unserem Wagen hat?», überbrückte Miriam geschickt die peinliche Pause.

«Hundert Prozent, Mrs. Small. Ich bring Sie sogar mit Zwillingen garantiert rechtzeitig hin.» Er lachte schallend über seinen eigenen Witz.

Als sie losfahren wollten, streikte der Wagen wieder. Der Taxibesitzer legte ein fachmännisches Interesse an den Tag.

«Muss der Vergaser sein», erklärte er. «Das sollten Sie bald reparieren lassen.»

In dem Moment sprang der Wagen an. «Wird gemacht», rief der Rabbi dem Mann zu und fuhr los.

«Ich bin froh, dass du daran gedacht hast», meinte er. «Sicher ist sicher.»

«Ist es nicht eher, weil du Lanigan nicht gern um eine Gefälligkeit bitten möchtest? Ich meine, dass er einen Streifenwagen schickt, falls ...»

«Ach wo», murmelte er abweisend.

Der Parkplatz hinter der Synagoge schien heute voller als sonst beim Freitagabendgottesdienst.

«Sie haben sicher alle von deinem Rücktritt gehört», meinte Miriam, «und jetzt wollen sie dir zeigen, dass sie dir die Stange halten.»

«Ich glaube, es ist eher Neugier. Sie wundern sich, was mit mir los ist. Wahrscheinlich haben sie auch allerlei Gerüchte über Hirshs Tod gehört.»

«Das klingt aber ziemlich bitter, David.»

Er sah sie überrascht an. «Keine Spur. Im Grunde ist es ein Beweis, dass unser Bethaus seine eigentliche traditionelle Funktion als Gemeindezentrum erfüllt ... In den engen Ghettos im alten Europa pflegte sich jede Neuigkeit wie ein

Lauffeuer von Haus zu Haus zu verbreiten; hier in Barnard's Crossing haben wir kein ausgesprochen jüdisches Viertel, und wenn etwas passiert, das die Juden besonders interessiert, kommen sie eben zur Synagoge, um Näheres zu erfahren … Ich bin keineswegs verletzt. Im Gegenteil, ich freue mich darüber.»

Wer aber gehofft hatte, dass sich der Rabbi über die Gründe seines Rücktritts auslassen würde, der sah sich in seinen Erwartungen getäuscht. Es war ein Freitagabendgottesdienst wie jeder andere. Wie immer begab sich der Rabbi anschließend in den Gemeindesaal, wo der Frauenverein Tee und Kuchen zu servieren pflegte. Die Unterhaltung war angeregt; das Hauptthema war natürlich der Tod von Isaac Hirsh. Da und dort schnappte der Rabbi Gesprächsfetzen auf:

«Ich wette, der Rabbi weiß alles. Sein Rücktritt hat sicher was damit zu tun.»

«Wie meinst du das?»

«Keine Ahnung. Aber es ist bestimmt kein Zufall, dass beides zusammenfällt.»

Wenn ihn jemand rundheraus fragte, was er von der Hirsh-Affäre halte, sagte er nur immer: «Ich weiß es nicht. Ich habe den Mann nicht gekannt.»

Miriam, die sonst neben ihm stand, hatte einen der Klappsessel zur Wand gezogen und sich hingesetzt. Einige Frauen umstanden sie und gaben ihr gute Ratschläge.

Mrs. Wasserman rückte ihren Sessel neben den Miriams. Sie war eine mütterliche Frau in den Sechzigern und hatte sich vom ersten Tag an der Smalls angenommen.

«Man wird rascher müde, was?», meinte sie freundlich.

«Na ja – ein bisschen», gab Miriam zu.

Mrs. Wasserman tätschelte ihre Hand. «Bald haben Sie's hinter sich. Nur keine Angst. Ich wette, es wird ein Junge.»

«Hoffentlich. David würde gar nichts anderes akzeptieren – und seine Mutter erst!»

Mrs. Wasserman lachte. «Sie werden auch ein Mädchen nehmen! Und nach zwei Tagen würden Sie's nicht für zehn Jungen hergeben ... Ist der Rabbi aufgeregt?»

«Bei ihm weiß man das nie.»

«Bah! Sie tun nur alle so, als kümmerten sie sich nicht drum. Aber das ist nur Bluff. In Wirklichkeit ... Als mein Ältester auf die Welt kam, hat sich Jacob beinahe umgebracht – wenn er dachte, ich merke nichts davon. Und ich bin sicher, Ihr Mann ist genauso!»

Miriam lächelte schwach. «Sie kennen meinen David nicht.»

«Er hat eben sehr viel zu tun.»

«Wenigstens hab ich es durchgesetzt, dass wir vorhin bei der Taxizentrale vorbeigefahren sind und einen Wagen bestellt haben für den Fall, dass unserer nicht anspringen sollte. Aber sonst ...» Sie lächelte. «Er denkt, es ist genug, wenn er ständig sein Gewissen prüft und nichts Schlechtes tut.»

«Vielleicht ist es so am besten», murmelte Mrs. Wasserman.

Morris Goldman, der Garagenbesitzer, schlenderte durch die Menge und näherte sich der Stelle, wo der Rabbi stand; er redete und gestikulierte heftig: «... ein kleiner, glatzköpfiger Dickwanst war er, und jetzt stellt sich heraus, dass er mit einer tollen Rothaarigen verheiratet ist, noch dazu eine *Schickse,* und doppelt so groß und halb so jung wie er ... Oh, gut Schabbes, Rabbi. Ich sprach eben über diesen Hirsh.»

«Kannten Sie ihn?»

«Na ja, wie man seine Kunden eben kennt. Wie das so ist: Die Leute warten auf ihren Wagen, und man sagt ihnen guten Tag. Ihn kannte ich vielleicht ein bisschen besser, weil mit seiner alten Karre dauernd was los war ... Bremsen, Reifenpannen und so. Einmal hab ich einen neuen Auspuff montiert.»

«Wie kam er zu Ihnen?», fragte einer der Umstehenden. «Ihre Garage liegt doch außerhalb der Stadt.»

«Er hat doch bei Goddard gearbeitet – die kommen alle zu mir. Meine Garage liegt fünfhundert Meter vom Labor entfernt, an der Fernstraße 128, gleich bei der Kreuzung ... Sie bringen morgens den Wagen zum Abschmieren oder zur Inspektion, und dann gehen sie zu Fuß in die Firma.»

«Führen Sie alle Reparaturen aus?», fragte der Rabbi.

«Na klar. Warum? Ist Ihr Wagen nicht in Ordnung, Rabbi?»

«Er startet so schlecht. Und beim Bremsen bleibt der Motor oft stehen.»

«Na, das kann alles Mögliche sein ... Kommen Sie doch gelegentlich vorbei, dann seh ich mir das Ding an.»

«Mach ich», sagte der Rabbi und ging zu Miriam hinüber. «Bist du müde, Liebling? Möchtest du heim?»

«Ich glaube, es wäre vernünftiger», meinte sie. «Ich hol meinen Mantel.»

Während er auf sie wartete, steuerten Jacob Wasserman und Al Becker auf ihn zu. Sie strahlten.

«Na, Rabbi? Jetzt sieht die Sache anders aus, was?»

«Was meinen Sie?»

«Nun, diese Mitteilung der Polizei und ... Nee, das war ja der District Attorney», korrigierte sich Becker. «Hirsh ist ermordet worden! Und Sie sind raus aus der Sache, Rabbi.»

«Wenn Sie das Begräbnis meinen, Mr. Becker – ich habe den District Attorney nicht nötig, um ‹raus aus der Sache› zu kommen. Außerdem betrachte ich den gewaltsamen Tod eines Menschen nicht als das ideale Mittel zu meiner

Rehabilitierung – selbst wenn ich eine Rehabilitierung brauchte.»

«Nun ja – freilich, ein Mord … Ich bedaure das ja auch sehr. Aber merken Sie denn nichts? Es nimmt Mort Schwarz und seiner Bande den Wind aus den Segeln! Haben Sie schon gehört, dass er sogar die Vorstandssitzung am Sonntag abgeblasen hat?»

«Nein … Das wusste ich nicht.»

«Sie bekommen sicher morgen die Nachricht mit der Post.»

«Hm, ja; wahrscheinlich … Was halten Sie davon?»

Wasserman rieb sich vergnügt die Hände. «Wahrscheinlich wollen sie unter den gegebenen Umständen abwarten, wie sich die Hirsh-Affäre entwickelt, bevor sie Ihr Rücktrittsgesuch bekannt geben. Marvin Brown soll sich geweigert haben, mit dem Bau des Friedhofsweges zu beginnen – ich weiß es aus zuverlässiger Quelle.»

«Geweigert? Warum denn?»

«Weil die Staatsanwaltschaft die Leiche exhumieren lassen will.»

Der Rabbi lächelte wehmütig. «Dann haben sie ja im Grunde erreicht, was sie erreichen wollten …»

«Na, aber das ist doch ganz was anderes, Rabbi», entgegnete Wasserman. «Jetzt handelt es sich um die Behörden, die ein Verbrechen aufklären müssen.»

«Ja, allerdings.»

«Überlegen wir uns lieber, wie wir vorgehen sollen. Für den armen Hirsh …» Er zuckte die Achseln: «Für ihn spielt es keine Rolle mehr, wie er zu Tode gekommen ist; wir müssen uns jetzt um die Lebenden kümmern … Also wie steht's mit Ihrem Rücktritt? Das ist doch nicht Ihr Ernst?»

«Wenn diese Sache nicht passiert wäre, hätte ich bestimmt nicht daran gedacht.»

«Gut. Dann müssen wir uns also was einfallen lassen, was Schwarz daran hindert, den Brief dem Vorstand vorzulesen. Becker und ich haben lange hin und her diskutiert; wir finden, Sie sollten Schwarz einen Brief schreiben, in dem Sie Ihr Rücktrittsgesuch widerrufen ... Nein, nein!», winkte Wasserman ab, als der Rabbi protestieren wollte. «Sie können sagen, dass angesichts der letzten Ereignisse keine Meinungsverschiedenheiten zwischen dem Vorstand und Ihnen mehr bestehen und dass Sie aus diesem Grund Ihr Gesuch zurückziehen.»

«Nein.»

«Ja, aber ... Begreifen Sie doch, Rabbi – dann ist es ein ganz normales Rücktrittsgesuch; Schwarz muss es nur vorlesen und darüber abstimmen lassen ... Streng genommen ist die Abstimmung nicht einmal nötig; eine einfache Mitteilung genügt. Aber wenn zwei Briefe vorliegen, muss er erklären, worum es bei der ganzen Auseinandersetzung ging. Dann haben wir wenigstens Oberwasser.»

Der Rabbi schüttelte den Kopf. «Es tut mir Leid, meine Herren, aber ...»

«Nehmen Sie doch Vernunft an, Rabbi», drängte Becker. «Jake und ich haben uns Ihretwegen große Mühe gegeben; wir wollen Ihnen doch nur helfen – aber Sie müssen auch was tun! Sie können nicht erwarten, dass wir uns verrückt machen, überall herumtelefonieren, die Leute besuchen und ihnen die Sache erklären, wenn Sie selbst nicht mithelfen.»

«Ich erwarte gar nichts.» Er bemerkte Miriam, die aus der Garderobe kam. «Entschuldigen Sie mich bitte. Meine Frau ist sehr müde.»

Becker sah ihm nach und schüttelte den Kopf. «Das hat man davon, wenn man den Leuten helfen will.»

Wasserman schüttelte den Kopf. «Er ist verletzt. Er ist noch sehr jung, und er ist zutiefst verletzt ...»

Während sie über den Parkplatz zu ihrem Wagen gingen, fragte Miriam: «Was ist denn mit Becker und Wasserman los? Sie kamen mir ziemlich kühl vor. Du hast sie doch nicht vor den Kopf gestoßen, David?»

Er erzählte ihr von dem Gespräch, und sie lächelte traurig. «Jetzt hast du's also glücklich mit allen verdorben – mit Wasserman, Lanigan und Schwarz ... Musst du dich denn mit allen Leuten streiten, David?»

«Ich habe mich nicht mit ihnen gestritten. Ich habe mich nur geweigert, Schwarz zu bitten, meinen Brief als nicht geschrieben zu betrachten. Das käme auf dasselbe heraus, als wenn ich um die Stelle bettelte.»

«Aber du würdest doch gern hier bleiben, oder nicht?»

«Sicher. Aber ich kann nicht darum bitten – begreifst du das denn nicht? Wenn ich zum Vorstand betteln gehen muss, damit sie mich behalten trotz einer Auseinandersetzung, in der ich Recht hatte – wie kann ich da jemals einen Einfluss auf die Gemeinde ausüben? Wie kann ich sie lenken? Sie würden mich einfach als ein Aushängeschild betrachten und tun, was ihnen gefällt.»

«Du hast wahrscheinlich Recht», gab sie zu. «Aber ...» Sie zögerte.

«Aber was?»

«Aber ich bin schließlich eine junge Frau; ich lebe Hunderte von Meilen von meinen Eltern entfernt, und ich erwarte in den nächsten Tagen ein Kind.»

«Na und?»

«Und da wäre ich froh, wenn mein Mann eine feste Stelle hätte.»

31

«Ich misch mich nie ein, Hugh, das weißt du genau. Ich bin kein Polizist und der Letzte, der dir sagen wollte, was du zu tun hast. Aber die Polizeiabteilung untersteht dem Stadtparlament, und unsere Aufgabe ist es, die große Linie …» Eine ausladende Handbewegung: «… festzulegen.»

Alford Braddock war kein typischer Stadtverordneter von Barnard's Crossing. Selbstverständlich stammte er aus der Stadt – es war undenkbar, dass jemand, der nicht aus Barnard's Crossing gebürtig war, ins Stadtparlament gewählt wurde. Während jedoch die anderen Mitglieder meist kleine Kaufleute mit einem Hang zur Lokalpolitik waren, besaß er ein ansehnliches Vermögen und eine Maklerfirma in Boston. Während die anderen persönlich um Stimmen werben und bei Logenzusammenkünften und vor der Frauenliga Reden halten mussten, konnte er sich Wahlplakate und Hausbesuche von bezahlten Wahlhelfern leisten. So gewann er regelmäßig die meisten Stimmen und wurde infolgedessen zum Vorsitzenden des Stadtparlaments gewählt. Er war groß und sah mit seinem schlohweißen Haar und den hellblauen Augen sehr distinguiert aus.

«Also – was hast du auf dem Herzen, Alford?», erkundigte sich Lanigan freundlich.

«Es ist … Also Dr. Sturgis sagt, ihr hättet Erkundigungen über Peter Dodge eingezogen; und jetzt hat er sich in den Kopf gesetzt, dass es mit dieser Hirsh-Geschichte zusammenhängt. Ich habe ihm natürlich versichert, dass mir das höchst unwahrscheinlich vorkommt. Was kann Dodge schon mit diesem Isaac Hirsh zu tun gehabt haben? Welche Verbindung …»

«Vielleicht wollte er ihn bekehren?», meinte Lanigan mit einem Lächeln.

«Bekehren? Ach so, ja … möglich. Er ist sehr eifrig, der junge Dodge. Stammt aus dem Mittelwesten.» Er sagte es, als ob dies alles erkläre.

«Außerdem wissen wir, dass er Hirsh in der Mordnacht besuchen wollte», bemerkte Lanigan. «Vermutlich wegen dieser Bürgerrechtsgeschichte.»

«Ja, das muss es wohl gewesen sein. Die Verbindung zwischen Dodge und Hirsh, meine ich.» Er schien erleichtert.

«Sie hatten noch einen anderen gemeinsamen … eh, Berührungspunkt, Alford. Dodge kennt Mrs. Hirsh. Sie kommen beide aus derselben Stadt – aus South Bend.»

«Was sagst du da – er kannte Mrs. Hirsh? Worauf willst du hinaus, Hugh?»

«Auf gar nichts. Wir möchten lediglich Mr. Dodge ein paar Fragen stellen … Wir haben nach Alabama telegraphiert, er soll sich mit uns in Verbindung setzen – keine Antwort. Wir haben sein Hotel in Birmingham angerufen – er war nicht dort; seit seiner Ankunft vor ein paar Tagen hatten sie ihn nicht mehr gesehen … Bitte, ich schildere nur den Tatbestand; ich ziehe einstweilen keinerlei Schlüsse daraus. Es kommt bei diesen Leuten von der Bürgerrechtsbewegung öfters vor, dass sie ein Hotelzimmer nehmen, damit sie eine Adresse angeben können, und dann nie mehr dort auftauchen; erst ehe sie abreisen, geben sie das Zimmer wieder auf … Na ja. Wir haben die Behörden von Alabama um Amtshilfe gebeten. Bisher haben wir aber nichts gehört.»

«Amtshilfe, so … Hugh, da steckt doch was dahinter! Verdammt noch mal, rück endlich raus damit … Du willst mir einreden, dass Dodge was mit der Hirsh hatte und infolgedessen in den Mord verwickelt ist. Und dass er jetzt getürmt ist …»

«Es könnte so sein.»

«Aber verdammt noch mal, er ist doch ein Geistlicher und dazu noch von meiner Kirche!»

«Aber er ist jung, unverheiratet und … wie hast du's ausgedrückt – sehr eifrig.»

«Ja, bist du dir eigentlich klar, was das bedeuten kann?»

«Ja. Aber offen gestanden, ich glaub nicht dran. Wir haben auch nichts gegen ihn in der Hand. Wir wollen ihn nur fragen, ob er Hirsh an dem Abend getroffen hat. Und wenn ja, wann er wieder weggegangen ist.»

«Ach so.» Braddock atmete auf. «Du wirst sehen, seine Abwesenheit vom Hotel hat bestimmt eine ganz harmlose Ursache. Steht doch jeden Tag in der Zeitung: Diese Bürgerrechtler quartieren sich oft demonstrativ bei Nig… bei Negern ein, und dann sind sie praktisch unerreichbar.» Braddock lächelte breit: «Mensch, Hugh – einen Moment lang hätt ich dir's beinah abgekauft …»

Lanigan grinste.

«Und jetzt leg mal die Karten auf den Tisch, Hugh: Ihr habt doch schon jemand in Verdacht, ja? Diesen Versicherungsfritzen vielleicht?»

«Marvin Brown? Wir interessieren uns für ihn, ja. Zumindest wüssten wir gern, wo er zu jenem Zeitpunkt war.»

«Kein Alibi, hm?»

«Wir haben ihn noch nicht gefragt.»

«Warum nicht?»

«Immer mit der Ruhe! Es liegt nichts gegen ihn vor; er hat nur bei einer Gelegenheit mal mit Hirsh zu tun gehabt … Der läuft uns nicht davon. Ich lass ihn einstweilen schmoren; diese impulsiven, nervösen Typen drehen ganz von allein durch, wenn man sie in Ruhe lässt; und dann machen sie oft einen Fehler.»

«Ich verstehe.» Braddock rieb sich die Hände; er fand das Ganze außerordentlich spannend, und er freute sich, dass sein Amt ihm einen Logenplatz sicherte, wenn es um die Arbeit der Polizei ging. «Ich verstehe», murmelte er noch einmal.

«Eigentlich finden wir Benjamin Goralsky viel interessanter.»

«Goralsky?» Braddock fuhr auf. «Ben Goralsky von Goraltronics? Moment mal, Hugh, jetzt bist du aber auf dem falschen Dampfer! Den Mann kenne ich nämlich. Gut sogar. Geschäftlich zuerst, und dann auch so. Er beschäftigt über tausend Leute hier aus der Gegend … Also, der hat bestimmt nichts damit zu tun!»

«Mag sein. Aber wir wollen ihn uns mal vorknöpfen und ihn Verschiedenes fragen.»

«Völlig ausgeschlossen, Hugh. Kommt nicht infrage. Ich lass das nicht zu … Ihr könnt ihm nichts nachweisen; ihr wollt ihn einfach aufs Geratewohl ausquetschen, und … Also das erlaube ich nicht! Da ist einiges in Vorbereitung, wovon ihr nichts wisst; wenn ihr dem Mann jetzt Ärger macht, kann es unabsehbare Folgen für Barnard's Crossing haben.»

«Du meinst die Fusion?»

«Wer sagt etwas von einer Fusion? Was weißt du von einer Fusion?»

«Komm schon, Alf … jedes Kind weiß, dass Goraltronics vor einer Fusion stehen.»

«Na ja, es ist nicht ausgeschlossen. Es könnte sein, dass in gewisser Hinsicht … Ach, Quatsch: Ja, es stimmt. Aber behalt's um Gottes willen für dich! Es kann für die ganze Gegend eine großartige Sache werden. Ich gebe auch zu, dass meine Firma am Rande auch daran interessiert ist … Aber im Augenblick ist die Situation äußerst heikel, verstehst du? Darum müsst ihr mir die Finger von Ben Goralsky lassen.»

«Damit dann womöglich ein Mörder frei rumläuft?»

«Verdammt noch mal, er hat den Mord nicht begangen! Beweis mir das Gegenteil, und ihr könnt ihn haben. Aber solange du keine handfesten Beweise hast, lass den Mann gefälligst in Ruhe – und das ist ein Befehl, Hugh! Wenn ihr ihm auf die Nerven geht, und es war dann für die Katz – Hugh, das kann dich deine Stellung kosten.»

32

Sergeant Whitaker war jung und ehrgeizig. Drei Abende in der Woche hörte er an der Bostoner Universität Rechtsvorlesungen. Wenn alles glatt ging, würde er in vier Jahren sein Anwaltsexamen machen. Eine fürchterliche Paukerei, aber zum Glück hatte Polizeichef Lanigan Verständnis und sorgte dafür, dass er an jenen drei Abenden dienstfrei hatte. Heute war Freitag, und der Freitag war vorlesungsfrei; Whitaker musste heute länger Dienst tun. Es machte ihm nichts aus. Er hatte zwar noch nicht zu Abend gegessen, und Aggie regte sich jedes Mal auf, wenn er nicht mit ihr und den Kindern essen konnte; Lieutenant Jennings bestand jedoch darauf, dass alle Dienstaufträge erledigt sein mussten, bevor seine Leute Feierabend machten, ganz gleich, wie spät es wurde. Whitaker war noch nicht lange Sergeant und wollte den Lieutenant nicht enttäuschen.

Er saß in der Küche der Goralsky-Villa; ihm gegenüber Mrs. Chambers, die Haushälterin. Das Notizbuch lag aufgeschlagen vor ihm; er gab sich alle Mühe, respekteinflößend zu wirken, ganz unpersönlicher Polizeibeamter. Aber das war gar nicht so einfach, denn Mrs. Chambers kam aus der Old Town und hatte ihn noch als kleinen Gassenjungen gekannt.

«Was willst du eigentlich? Wenn du Mr. Goralsky Schwierigkeiten machst, kriegst du's mit mir zu tun. Ich mach da nicht mit. Mr. Ben ist ein feiner, hochanständiger Herr, und sein Vater ist ein lieber, alter Mann, auch wenn er ein Ausländer ist und manchmal 'n bisschen komisch redet.»

«Ich hab's Ihnen doch schon erklärt, Mrs. Chambers. Eine reine Routineuntersuchung.»

«Das klingt so hübsch – Routineuntersuchung … Und was untersuchst du, mit Verlaub?»

«Wir befragen jeden, der irgendwann einmal mit dem verstorbenen Isaac Hirsh Verbindung hatte – mit dem Mann, dessen Bild ich Ihnen gezeigt habe. Reine Routinesache», wiederholte er und blätterte in seinem Notizbuch. «Ich hab den ganzen Tag damit zugebracht. An die zwanzig Leute hab ich heute schon …»

Sie ließ ihn nicht ausreden. «Ich hab den Mann nie gesehen.»

«Ist er nie hier im Haus gewesen? Denken Sie scharf nach.»

«Wie redest du eigentlich mit mir, Henry Whitaker? Ich sag dir doch, ich hab ihn nie gesehen.»

«Und Mr. Goralsky? Hat Mr. Ben Goralsky nie den Namen Hirsh erwähnt?»

Achselzucken. «Mir gegenüber jedenfalls nicht.»

«Und der Alte?»

«Nicht dass ich wüsste.»

«Gut. Und jetzt versuchen Sie mal, sich an den Abend des 18. September zu erinnern. Es war ein Freitag. Und ein hoher jüdischer Feiertag …»

«An dem Abend wurde der alte Herr krank.»

«Und der Junge kam vermutlich früh nach Hause. Alle anderen … Also, alle anderen Juden hörten früher als sonst mit der Arbeit auf. Er sicher auch.»

«Ja. Und das ganze Personal bekam frei.»

«Aber Sie …»

«Ich bin hier geblieben. Klar. Wer hätte sonst den alten Herrn pflegen sollen? Wo er doch so hohes Fieber hatte?»

«Wann kam Mr. Ben nach Hause. Um drei? Um vier?»

«Es muss so gegen vier Uhr gewesen sein.»

«Ich nehme an, er war die ganze Zeit zu Hause, bis er in die Synagoge ging.»

«Er ist nicht in die Synagoge gegangen. Jedenfalls nicht zum Beten. Er hat nur den Rabbi mit seiner Frau hingefahren und kam gleich wieder zurück.»

«Und in der Zeit waren Sie allein mit dem alten Herrn?»

«Ja. Ich saß an seinem Bett.»

«Und nachdem Mr. Ben den Rabbi bei der Synagoge abgesetzt hatte, kam er nach oben, um zu sehen, wie es seinem Vater geht?»

«Nein.» Sie schüttelte energisch den Kopf. «Er kam nicht nach oben, weil er nicht wollte, dass sein Vater merkt, dass er nicht in der Synagoge ist. Der alte Herr hätte sich sonst schrecklich aufgeregt. Darum hat sich Mr. Ben versteckt.»

«Hm … so … Und woher wissen Sie, dass er gleich wieder zurückkam?»

«Weil er mir's gesagt hat. Woher denn sonst?»

«Hat er's Ihnen am nächsten Morgen gesagt?»

«Nein. Später am Abend. Der alte Herr war eingeschlafen, und ich machte mir was zu essen in der Küche. Da sah ich Mr. Ben im Wohnzimmer.»

«Wann war das?»

«Neun, halb zehn.»

«Sie haben ihn also zwischen sieben, als er den Rabbi zum Tempel brachte, und neun Uhr nicht gesehen.» Whitaker studierte mit finsterer Miene sein Notizbuch. «Aber Sie haben ihn doch sicher gehört, als er heimkam?»

«Nein, hab ich nicht», gab sie bissig zurück. «Ich hab Mr.

Goralskys Schlafzimmertür zugemacht, weil es sonst zieht. Und das Wohnzimmer ist auf der anderen Seite des Hauses.»

«Haben Sie wenigstens gehört, wie der Wagen vorfuhr?», bohrte er weiter.

«Nein.»

«Nein? Das ist aber komisch.»

«Da ist überhaupt nichts komisch dran, Henry Whitaker: Glaubst du vielleicht, Mr. Goralsky fährt mit so 'ner alten Kiste rum, dass man's durch die Mauern von so einem Haus hören kann? Bei der Brandung?»

«Ach so, ja – die Brandung ...», murmelte er kleinlaut.

«So, und wenn du jetzt mit deiner Fragerei fertig bist, geh ich wieder an meine Arbeit. Mr. Ben wird gleich von der Synagoge zurück sein und noch 'ne Kleinigkeit essen wollen.»

33

«Sie haben Ihren Fall also gelöst, ja?», knurrte Lanigan. «Sie wissen haargenau, wie sie's getan hat? Warum bleiben Sie nicht noch in der Stadt, bis sie ein Geständnis ablegt? Ich geb Ihnen gern eine Kopie; die können Sie sich dann einrahmen lassen und über den Schreibtisch hängen.»

Aber Beam ließ sich nicht provozieren. «Hören Sie, Chef – ich mach meine Arbeit, und Sie machen Ihre. Es ist nicht meine Aufgabe, Verbrechen aufzuspüren; ich führ meine Untersuchung durch, und dann mach ich meinen Bericht ... Gestern hab ich mit der Direktion gesprochen. Sie finden, dass der Tatbestand ausreicht, um der Witwe die Zahlung zu verweigern. Wenn es sich herausstellt, dass sie schuldig ist, bekommt sie ohnehin nichts. Falls keine anderen Begünstigten da sind, fällt der ganze Betrag an den Staat ... Natürlich, wenn Sie einen anderen Täter finden, zahlen wir anstandslos aus.»

«Und wenn wir keinen anderen Täter auftreiben, sitzt ihr weiter auf dem Geld und sagt der Witwe, na los, verklag uns doch … Aber wehe, sie tut's – dann tretet ihr den ganzen Stadtklatsch breit; und selbst wenn sie den Prozess gewinnt, nimmt kein Hund in Barnard's Crossing mehr ein Stück Brot von ihr.»

«Nein, Hugh», warf Jennings ein, «sie drohen ihr bloß damit. Und dann bieten sie ihr zehn Cent pro Dollar als Abfindung an.»

«Das ist normales Geschäftsverfahren», erklärte Beam.

«Als Nächstes werden Sie wohl nach South Bend fahren und dort auch rumschnüffeln, was?»

«Ach, ihr Polizisten habt ganz einfach was gegen Privatdetektive», philosophierte Beam. «Und Versicherungsgesellschaften hat sowieso jeder auf der Latte … Aber ich bin nicht zum Streiten hergekommen. Ich wollte nur auf Wiedersehen sagen. Sie haben mich zurückgerufen.»

«Wiedersehn.» Lanigan blickte Beam mürrisch nach, als er das Zimmer verließ.

«Was hältst du von ihm?», fragte Jennings.

«Der würde seine eigene Großmutter verkaufen, wenn seine Gesellschaft was davon hätte.»

«Jetzt stehen wir schön da. Die Witwe muss praktisch beweisen, dass sie unschuldig ist.»

«Hm, hm. Und das kann sie nur, wenn wir den Schuldigen finden. Und vorläufig haben wir nichts in der Hand.»

«Also, ich tippe immer noch auf Dodge … Ist doch schon sehr seltsam, dass er unmittelbar nach Fred Stahls Artikel verduftet ist. Seine Wirtin sagt, er wollte erst am Wochenende abreisen.»

«Das kann ein Zufall sein. Außerdem, Dodge liest bestimmt nicht Stahls Klatschspalte.»

«Und warum ist er seither verschollen?»

«Wahrscheinlich rennt er von einer Versammlung zur anderen, damit sie ihn nicht einlochen. Als Demonstranten, meine ich. Und die Polizei – Gott, wahrscheinlich würden sie uns in diesem Fall liebend gern den Gefallen tun, bloß um ihn abschieben zu können. Aber wenn gerade Demonstrationen sind, haben sie sicher größere Sorgen.»

«Ein Kerl wie Dodge …», grübelte Jennings. «Ein großer, gut aussehender Bursche … So einer muss doch leicht zu finden sein.»

«Na und? Ich meine, und wenn sie ihn finden – was willst du dann mit ihm anfangen? Wir können ihm nichts nachweisen.»

«Abwarten! Immerhin, Gelegenheit zur Tat hat er gehabt. Er spaziert jeden Abend um diese Zeit dort vorbei. Außerdem kennt er Mrs. Hirsh von früher; sie ist eine hübsche Frau, er ist ledig und in ihrem Alter, im Gegensatz zu Hirsh …»

«Ja, ja – ich weiß. Alles zugegeben. Ich hab ja nicht gesagt, er ist nicht tatverdächtig. Aber einstweilen haben wir nichts gegen ihn in der Hand. Wir müssen warten, bis ihn die Kollegen in Alabama finden. Wenn wir ihn erst beim Wickel haben, können wir ihn durch den Wolf drehen. Aber ich kann doch nicht einfach die Beine auf den Tisch legen und hoffen, dass er eines Tages wieder auftaucht!»

«Jaaa … Und dieser Marvin Brown?»

«Gegen den haben wir auch nichts in der Hand.»

«Außer, dass er sich bei seiner Vernehmung angestellt hat wie eine Jungfrau in der Hochzeitsnacht. Nichts war aus ihm rauszukriegen. Alibi hat er auch keins, und obendrein weigert er sich, dem Rabbi zu sagen, warum er die Synagoge früher verließ.»

«Stimmt alles. Und was glaubst du, was mir der District Attorney erzählt, wenn ich ihm damit komme?»

«Also gut – weiter: Wie wär's mit Goralsky?»

«Goralsky, ja ... Der interessiert mich schon eher.»

«Wieso eigentlich? Dem kannst du auch nicht viel mehr nachweisen.»

«Nein? Und was sagst du dazu?» Er zählte an den Fingern auf: «Erstens war er nicht in der Synagoge. Zweitens wollte er Hirsh unbedingt aus dem Friedhof draußen haben. Drittens kannte er Hirsh noch von früher – als Einziger in Barnard's Crossing. Viertens waren sie Geschäftspartner, und Goralsky ist durch Hirsh ein reicher Mann geworden, ohne dass Hirsh was davon gehabt hätte. Und schließlich verschafft ihm Goralsky die Stelle bei Goddard.»

«Ja, aber sie sind sich nie mehr begegnet.»

«Sagt Goralsky.»

«Das sagt auch Mrs. Hirsh.»

«Vielleicht haben sie miteinander telefoniert – was weiß ich?»

«Ja, eben – was weißt du? Das sind doch alles nur Vermutungen!»

«Schön – halten wir uns an die Tatsachen: Die beiden waren Partner. Goralsky drängt Hirsh aus der Firma und baut sie mit einer Erfindung seines Expartners zum milliardenschweren Konzern aus ... Das wäre zumindest ein Tatmotiv.»

«Moment mal – du bist im Begriff, nachzuweisen, warum Hirsh den Goralsky umgebracht hat!»

«So? Was weißt du denn, wie die beiden tatsächlich miteinander gestanden haben? Sieh mal: Sie hatten seinerzeit Krach, als sie noch Partner waren – stimmt's?»

«Stimmt.»

«Und zwanzig Jahre später will Hirsh eine Empfehlung von Goralsky, um einen Posten bei Goddard zu kriegen. Goralsky gibt ihm nicht nur die besten Referenzen; er rammt ihn den Leuten bei Goddard geradezu in den Hals ...»

«Stimmt auch.»

«Und nachdem er ihm so die Stelle verschafft hat, weigert er sich, Hirsh zu sehen – Mensch, da stimmt doch was nicht! Wenn der Krach damals so wuchtig war, dass Goralsky dem Hirsh nach zwanzig Jahren nicht begegnen will, warum empfiehlt er ihn dann? Oder andersrum: Wenn er sich so viel Mühe gibt wegen Hirsh, warum weigert er sich dann, ihn zu sehen? Das kann doch nur eines bedeuten …»

Jennings stieß einen Pfiff aus. «Du meinst …»

«Ja: Erpressung! Und wenn du's unter diesem Gesichtspunkt betrachtest – ist es nicht recht sonderbar, dass ausgerechnet Hirsh bei dieser Fusion Sand ins Getriebe gebracht hat?»

«Klar!» Jennings schlug auf den Tisch. «Das wäre allerdings für Goralsky ein Grund, ihn um die Ecke zu bringen!»

«Nein, wart mal …» Lanigan überlegte. «Nein, das ist nicht überzeugend. Es reicht eigentlich nicht für einen Mord, finde ich. Außerdem ist die Fusion ja noch gar nicht endgültig geplatzt. Und nachdem Hirsh ohnehin rausgeschmissen werden sollte … Ich meine, er hätte dann ja keinen Schaden mehr anrichten können.»

«Das ist es ja gerade, Hugh!» Jennings war ganz aufgeregt. «Was du selber die ganze Zeit sagst: Es ist die Art von Mord, zu dem man kein ausgeprägtes Motiv braucht.»

«Jaaa …» Lanigan nickte. Dann sagte er: «Er ist auch mein Lieblingskandidat.»

«Goralsky? Wieso – kennst du ihn denn?»

«Nein.»

«Ja, aber …»

«Ich bin auch nur ein Mensch. Alle reden sie auf mich ein, ich soll die Finger von Goralsky lassen. Erst der Rabbi, dann Alf Braddock – das war schon eine handfeste Drohung, was Braddock gesagt hat. Und jetzt will ich's denen mal zeigen … Wenn wir Recht haben mit unserer Theorie – denen würde ich's mit Wonne unter die Nase reiben.»

«Na, dann nehmen wir ihn doch fest.»

Lanigan schüttelte den Kopf. «Er hat ein Alibi. Sein Vater und die Haushälterin würden Stein und Bein schwören, dass er den ganzen Abend zu Hause war.»

«Wir haben schon ganz andere Alibis kleingekriegt. Los, wir holen ihn!»

«Du hast gut reden. Wenn's schief geht, bin ich dran.»

Der Diensthabende steckte den Kopf durch die Tür: «Ein gewisser Marvin Brown will Sie sprechen, Chef. Will eine Aussage machen, sagt er.»

Lanigan ordnete die frisch getippten Seiten. «Wer ist Ihr Anwalt, Mr. Brown?»

«Oscar Kahn – von Kahn, Kahn, Channing und Spirofsky. Warum?»

«Das ist eine ernste Angelegenheit. Es handelt sich um einen Mordfall, und ich möchte, dass alles korrekt vor sich geht. Sie werden das unterschreiben müssen – das hab ich Ihnen vorher gesagt. Vielleicht sollte es Ihr Anwalt durchsehen, bevor Sie unterschreiben.»

«Das kapier ich nicht», sagte Marvin Brown; er gab sich Mühe, selbstsicher und ruhig zu erscheinen. «Erst fallen Ihre Leute im Büro über mich her und quetschen mich aus wie eine Zitrone; sie machen kein Hehl daraus, dass sie von der Polizei sind, und ich denke mir, die kommen noch öfters, womöglich auch in meine Wohnung, um meine Frau auszufragen … Na, sag ich mir, spar ihnen die Mühe; geh hin und mach deine Aussage … Und jetzt erzählen Sie mir, ich brauch einen Anwalt?»

«Ich will nicht, dass Sie hinterher sagen, wir hätten Sie überfahren, Mr. Brown. Ich gebe Ihnen nur einen Rat …»

Es klopfte.

«Herein!», brüllte Lanigan.

Sergeant Whitaker öffnete die Tür. «Kann ich Sie einen Moment sprechen, Chef?»

34

Der Rabbi sah den Wagen über den Parkplatz fahren und vor der Synagogentür anhalten. Ein livrierter Chauffeur riss den Schlag auf und half dem alten Goralsky heraus. Für Anfang Oktober war der Morgen ungewöhnlich mild, aber der alte Herr trug Mantel und Schal. Er stützte sich auf den Arm des Chauffeurs.

Der Rabbi eilte ihm entgegen. «Wie schön, dass Sie wieder gesund sind, Mr. Goralsky, und zum Gottesdienst kommen … Hat es der Arzt auch erlaubt?»

«Ich frag nicht den Arzt, wenn mir mein Gewissen sagt, was ich tun muss. Und heute muss ich beten. Sie haben in der Früh meinen Benjamin geholt.» Seine Stimme zitterte, die Augen füllten sich mit Tränen.

«Wer hat ihn geholt? Was soll das heißen? Was ist passiert?»

«Wir saßen noch am Frühstückstisch. Ich war noch nicht mal richtig angezogen … Seit ich krank war, geh ich den ganzen Tag im Morgenrock herum, wissen Sie, weil ich mich immer wieder hinlegen muss … Da kam die Polizei. Sie waren sehr nett und höflich und auch nicht in Uniform; sie waren angezogen wie Sie und ich. Der eine holt sein Abzeichen aus der Tasche. Der andere zeigt eine Karte – ’ne Visitenkarte, wie ein Vertreter. Er ist der Polizeichef. Was wünschen Sie, meine Herren?, fragt mein Benjamin. Ich denk, vielleicht ist in der Fabrik was passiert oder mein Gärtner hat sich wieder mal besoffen. Aber nein, sie wollen meinen Benjamin. Sie wollen ihn ausfragen. Wegen Isaac Hirsh, von dem es heißt, er hat sich umgebracht, und jetzt ist es offenbar doch kein Selbstmord.

Wenn Sie Fragen stellen wollen, sagt mein Benjamin, bitte schön – fragen Sie. Nehmen Sie Platz, machen Sie sich's bequem und stellen Sie Ihre Fragen. Vielleicht möchten Sie auch eine Tasse Kaffee? Nein, sie möchten keinen Kaffee, und in meinem Haus können sie meinem Sohn keine Fragen stellen ... Ist es vielleicht nicht groß genug, das Haus? Doch, es ist groß genug, das Haus, aber mein Benjamin muss mit ihnen aufs Revier, und dort werden sie ihn ausfragen ... Rabbi, was sind das für Fragen, die sie ihm dort stellen können und zu Hause nicht? Und dazu haben sie's eilig ... Mein Benjamin sitzt gern gemütlich mit mir am Tisch, und wir reden – über das Geschäft, über diesen oder jenen Kunden. Aber nein, sie können's kaum abwarten, bis mein Benjamin die Krawatte angezogen hat und die Jacke, so eilig haben sie's ...»

«Wollen Sie sagen, dass er verhaftet worden ist? Was werfen sie ihm denn vor?»

«Das hab ich sie auch gefragt, und mein Benjamin hat es gefragt... Es ist keine Verhaftung, sagen sie; sie wollen ihm bloß Fragen stellen ... Warum nahmen sie ihn denn mit, wenn er nicht verhaftet ist? Ich seh keinen Unterschied ... Nein, keinen Unterschied. Ja, und da hab ich mich angezogen und bin hergekommen.»

Der Rabbi nahm den Arm des alten Mannes und wandte sich an den Chauffeur: «Ich führe ihn schon ...» Und dann, zu dem Alten: «Fühlen Sie sich kräftig genug, um vorzubeten, Mr. Goralsky?»

«Sicher. Wenn Sie mich als Vorbeter wollen ...»

«Gut. Dann kommen Sie ... Hinterher können wir uns unterhalten.»

Das Dutzend Männer, das zum Gottesdienst gekommen

war, wollte schon beginnen. Als sie aber Goralsky am Arm des Rabbi eintreten sahen, gingen sie auf ihn zu, schüttelten ihm die Hand und beglückwünschten ihn zu seiner Genesung. Der Rabbi half ihm aus dem Mantel und legte ihm den Gebetsschal um die mageren Schultern; dann führte er ihn zum Vorlesepult vor dem Thoraschrank.

Der Alte betete mit hoher, zittriger Stimme, die sich zuerst gelegentlich überschlug, dann aber fester wurde; und als er das *Olenu* anstimmte, das Schlussgebet, klang es klar und laut durch den Raum, und das magere, kleine Männchen stand plötzlich ganz aufrecht und wirkte viel größer.

«Mir ist nicht wohl bei der Sache, Rabbi», gestand Goralsky, als sie nach dem Gottesdienst in der leeren Synagoge saßen. «Ich fahr heute zum ersten Mal in meinem Leben am Sabbat, und trotzdem lassen Sie mich vorbeten …»

«Machen Sie sich deswegen keine Sorgen, Mr. Goralsky. Sagen Sie – haben Sie Ihren Anwalt benachrichtigt?»

Der Alte schüttelte den Kopf. «Das hat noch Zeit. Mein Benjamin, der hat ja auch gemeint, ich soll den Anwalt anrufen, aber … Was kann er tun? Wie soll er helfen? Nein, nein. Die Polizei glaubt, mein Benjamin hat was zu tun mit dem Tod von diesem Hirsh. Deshalb haben sie ihn mitgenommen. Weil sie einen Verdacht haben …» Er sah den Rabbi fragend an, als erwarte er Widerspruch.

Doch der Rabbi entgegnete nur: «Ja, das ist schon möglich.»

«Aber es ist ausgeschlossen, Rabbi! Ich kenne meinen Sohn. Er ist brav, er hat ein Herz aus Gold … Früher, da hat er mir Sorgen gemacht, weil er schlecht war in der Schule – Sie wissen doch, jeder Vater will, dass sein Sohn studiert und eine gute Bildung hat. Aber mein Benjamin … Na ja, es war eine schwere Zeit, und ich hab ihn gebraucht im Geschäft.

Aber wenn er einen Kopf zum Studieren gehabt hätte, dann … Also, es wär gegangen. Aber er wollte nicht lernen. Und der Hirsh von nebenan, der hatte einen Sohn, das war ein regelrechtes Genie, und dauernd hat er Stipendien gekriegt. Aber später hab ich mir oft gedacht, vielleicht war's gut so, denn der Isaac Hirsh hat nie mehr den Fuß in eine Synagoge gesetzt, seit er erwachsen war. Und dann hat er getrunken und auch noch eine Christin geheiratet, ja … Und jetzt heißt es, er hat sich umgebracht.»

Der Rabbi schüttelte den Kopf. «Nein, Mr. Gor…»

«Ich weiß, es stimmt nicht. Ich sag ja nur, was mir so durch den Kopf gegangen ist … Aus meinem Sohn, der nicht einmal alle Klassen gemacht hat, ist trotzdem ein feiner, *koscherer* Junge geworden, und das Geschäft versteht er wie kein Zweiter – sogar im *Time Magazine* haben sie von ihm geschrieben, was er für ein großartiger Geschäftsmann ist … Glauben Sie mir, Rabbi, es ist ein Irrtum von der Polizei. Was soll mein Benjamin nach all den Jahren von diesem Isaac Hirsh wollen?»

«Sie müssen die Situation verstehen», wandte der Rabbi ein. «Hirsh wohnte erst seit kurzem hier und hatte kaum Bekannte. Dann fand man heraus, dass er mit Ihrem Sohn aufgewachsen ist und dass sie später Geschäftspartner waren. Und als er sich dagegen wehrte, dass Hirsh im Friedhof begraben worden ist …»

Der Alte faltete die knochigen Hände, dass die Knöchel weiß wurden. «Gott verzeih mir's … Daran bin ich schuld, Rabbi. Ich hab ihm das eingeredet.»

«Ich weiß. Aber da war auch noch die Sache mit diesem Empfehlungsschreiben für die Stelle bei Goddard …»

«Na sehn Sie? Das zeigt, was er für ein gutes Herz hat. Er war nie mit ihm befreundet, mit dem Isaac Hirsh, auch nicht, als sie Kinder waren …»

«Ich verstehe Sie ja. Aber gerade deshalb muss die Polizei nachprüfen, ob Ihr Sohn nicht doch in letzter Zeit mit Hirsh in Verbindung gestanden hat … Sie sollten unbedingt mit Ihrem Anwalt sprechen, Mr. Goralsky!»

«Nein.» Der Alte schüttelte den Kopf. «Mit einem Anwalt wird es so offiziell: Er geht zum Richter, er stellt Anträge, er schreibt in die Akten, was weiß ich – und schon steht's in der Zeitung. Und mein Benjamin ist nicht irgendwer; er ist ein wichtiger Mann, und wenn die Zeitung erfährt, dass ihn die Polizei mitgenommen hat – Rabbi, es wird ein Riesenskandal!»

«Aber was wollen Sie tun?»

«Deswegen bin ich zu Ihnen gekommen, Rabbi. Sie sind doch mit dem Polizeichef befreundet.»

«In letzter Zeit nicht mehr», sagte der Rabbi bedauernd. «Aber auch sonst hätte ich kaum etwas unternehmen können.»

«Sie müssen mit ihm sprechen. Sie müssen herausfinden, was er will von meinem Sohn. Sie müssen ihm alles erklären … Bitte, Rabbi! Versuchen Sie's doch …»

«Also gut.» Rabbi Small brachte es nicht übers Herz, die Bitte abzuschlagen. «Ich werde mit Lanigan sprechen. Aber machen Sie sich keine Illusionen. Hören Sie auf mich und nehmen Sie einen Anwalt.»

«Den Anwalt kann ich immer noch nehmen. Aber zuerst reden Sie mit dem Polizeichef … Es muss nicht gleich sein, Rabbi – ich will nicht, dass Sie, Gott behüte, am Sabbat arbeiten … Aber vielleicht heute Abend?»

«Der gute Ruf eines Mannes steht auf dem Spiel. Wenn Sie am Sabbat fahren, kann ich auch am Sabbat arbeiten.» Er lächelte. «Abgesehen davon, für einen Rabbi ist der Sabbat ohnehin ein Arbeitstag.»

35

Lanigan war im Aufbruch, als der Rabbi anrief. «Ich muss Sie unbedingt sprechen – es ist wegen Goralsky.»

«Tut mit Leid, Rabbi», sagte Lanigan. «Ich bin gerade am Gehen.»

«Es ist aber sehr wichtig.»

«Im Augenblick geht's unmöglich ... Ich bin in zwanzig Minuten draußen bei Goddard verabredet; Amos Quint und Dr. Sykes erwarten mich. Wenn wir Glück haben, kriegen wir jetzt endlich was Handfestes zu fassen.»

«Sie machen einen großen Fehler, Lanigan. Sie versteifen sich auf Goralsky ... Sie tun ihm unrecht.»

«Rabbi, es tut mir schrecklich Leid, aber ich muss jetzt weg ... Ich komm später bei Ihnen vorbei, ja?»

«Später ist es vielleicht schon zu spät.»

«Es wird uns schon nichts davonlaufen.»

«Doch, Lanigan: Gerüchte und Tratsch laufen einem immer davon. Ihr habt Goralsky festgenommen; bald wird's die ganze Stadt wissen.»

«Also gut – treffen wir uns bei Goddard ... okay? Wenn Sie wollen, können Sie zuhören bei der Besprechung – das heißt, wenn es Ihnen nichts ausmacht, am Sabbat zu fahren.»

«Das ist kein Problem, ich werde eine Ausnahme machen. Aber ich möchte Miriam in ihrem Zustand nicht allein zu Hause lassen.»

«Dann bringen Sie Ihre Frau eben auch mit, in Gottes Namen.»

«Gut, dann kommen wir beide ... Bis gleich.»

Er legte auf und rief Miriam, sie solle sich bereitmachen. «Wir treffen Lanigan draußen bei Goddard.»

«Glaubst du, dass er tatsächlich was gegen Goralsky in der Hand hat?», fragte Miriam, während sie über die Fernstraße 128 fuhren.

«Keine Ahnung. Ich hab seit einer Woche nichts mehr von ihm gehört; vielleicht haben sie inzwischen etwas entdeckt. Aber dann hätten sie ihn vermutlich sofort verhaftet und nicht bloß zum Verhör ins Revier mitgenommen ... Sie werden sich schon irgendein plausibles Motiv einfallen lassen – wie Lanigan den Fall sieht, können sie jedem ein plausibles Motiv anhängen.»

«Wie sieht er ihn denn?»

«Er ist davon überzeugt, dass der Mord nicht vorausgeplant war. Der Mörder brauchte so gut wie nichts zu tun – bloß wegzugehen. Und das tut man – immer nach Lanigan – auch ohne starkes Motiv. Die ‹Waffe› war allgemein zugänglich: das Garagentor. Und was die Gelegenheit zur Tat angeht – Goralsky war nicht in der Synagoge, und er kann Auto fahren – folglich kommt er infrage. Das trifft zwar auf zig andere Leute auch zu, aber Lanigan hat sicher noch irgendeine Karte im Ärmel, und ... Nein, das war unfair; ich meine, er kann eine Festnahme sicher rechtfertigen.»

«Aber am Ende müssen sie ihn doch wieder laufen lassen, oder?»

Er zuckte die Achseln. «Na und? Wäre damit alles aus und vorbei? Selbst wenn es nicht einmal zum Prozess kommt, wenn sie ihn einfach freilassen – ganz Barnard's Crossing weiß, dass er in Haft war. Natürlich kann die Polizei der Presse eine Erklärung übergeben, aber ... Ich bitte dich! Das ist schlimmer als ein Freispruch mangels Beweises. Daraus schließt kein Mensch, dass Goralsky unschuldig ist; alle Welt wird glauben, dass er einfach zu gerissen war, dass sie ihn nicht überführen konnten und darum auf Anklageerhebung verzichtet haben. Nein, er wird erst dann wieder sauber dastehen, wenn sie den wirklichen Mörder fassen. Und wie oft kommt es vor, dass man ihn nie findet ...»

Der Wagen verlangsamte plötzlich die Fahrt.

«Warum hältst du hier an?»

«Ich? Ich halte ja gar nicht. Der Wagen hält ...» Er trat mit aller Kraft aufs Gas, doch es geschah nichts. Der Motor stand und wollte nicht mehr anspringen. Rabbi Small rollte mit dem letzten Schwung am Straßenrand aus. Der Anlasser surrte brav, aber erfolglos.

«Was ist los, David?»

«Keine Ahnung.» Er lächelte hilflos.

«Na fein ... Was tun wir jetzt?»

«Ich hebe am besten die Motorhaube hoch, dann sieht man gleich, dass wir eine Panne haben. Hier kommen doch viele Streifenwagen vorbei, und ... Miriam! Was hast du denn?»

Sie hatte die Fäuste geballt und biss sich auf die Lippen; auf ihrer Stirn stand plötzlich Schweiß. Nach einer Weile lächelte sie schwach. «Schau auf die Uhr, David, wann die nächste Wehe kommt... Ich glaube, du wirst Vater.»

«Bist du sicher? Das hat uns noch gefehlt! Ausgerechnet jetzt ... Reg dich nur nicht auf. Bleib du schön ruhig hier sitzen, und ich halte einen Wagen an.»

«Sei vorsichtig, David!», rief sie ihm nach.

Noch vor ein paar Minuten hatte auf der Straße dichter Verkehr geherrscht, doch jetzt lag sie wie ausgestorben. Er zog sein Taschentuch heraus und baute sich mitten auf der Fahrbahn auf. In der Ferne tauchte ein Wagen auf; der Rabbi begann zu winken. Zu seiner Erleichterung verlangsamte der Wagen die Fahrt, lenkte an den Rand der Fahrbahn und hielt. Der Fahrer stieg aus; es war Dr. Sykes.

«Rabbi Small! Haben Sie eine Panne?»

«Nein ... Oder doch, ja. Aber ...»

«Kein Benzin mehr?»

«Nein, es muss was anderes sein. Es ist nicht so wichtig. Ich muss aber gleich …»

«Wissen Sie was? Ich ruf vom Labor aus eine Werkstatt an; ich bin dort mit Lanigan verabredet, und …»

«Meine Frau ist in den Wehen!», schrie der Rabbi verzweifelt.

«In was? In … Ach so.» Sykes sah erschrocken zum Wagen der Smalls hinüber. «Ja, dann … Halt mal! Nehmen Sie doch meinen Wagen; die paar Schritte zum Labor geh ich zu Fuß.»

«Vielen Dank, Dr. Sykes.» Der Rabbi kletterte in den kleinen Sportwagen und griff zaghaft nach dem Lenkrad. Verwirrt betrachtete er die vielen Instrumente und Bedienungsknöpfe auf dem Armaturenbrett. Sykes lehnte neben der offenen Tür und schaute ihm amüsiert zu.

«Knüppelschaltung mir vier Gängen, Rabbi. Macht mühelos über hundert Meilen … Kommen Sie, wir helfen Ihrer Frau.»

«Nein.»

«Ja, aber … Warum? Was ist los?»

Der Rabbi war wieder ausgestiegen. «Nein, es geht nicht. Ich habe Angst, damit zu fahren. Ich trau mich nicht. Wir würden im Graben landen … Bitte, Dr. Sykes, fahren Sie zum Labor und sagen Sie Lanigan Bescheid. Er wird schon irgendwas unternehmen … Und jemand soll den Arzt anrufen – Dr. Morton Seligman. Sagen Sie ihm, dass wir auf dem Weg in die Klinik sind.»

«Mach ich, Rabbi. Wenn Ihnen das lieber ist …» Sykes kletterte in den Wagen; der Motor heulte auf. «Viel Glück und alles Gute für Ihre Frau!», rief er im Anfahren.

«Immer mit der Ruhe», tröstete Lanigan über die Schulter hinweg das Paar im Rücksitz des Wagens. «Ich hab meine

Laufbahn als Ambulanzfahrer begonnen und Dutzende von Frauen in die Klinik gebracht ... Ich bin zwar kein Arzt, aber meistens dauert's lang beim ersten Kind.»

«Die Wehen kommen jetzt alle zehn Minuten.»

«Da haben wir noch reichlich Zeit. Wenn's ernst wird, kommen sie rascher hintereinander ... Außerdem, ich hab auch schon Kinder auf die Welt gebracht – zweimal, als wir's nicht rechtzeitig schafften. Sie sind also in besten Händen.»

Er wollte Miriam offensichtlich ablenken; der Rabbi merkte es und war ihm dankbar dafür. Er hatte den einen Arm um seine Frau gelegt und hielt ihre Hand fest. Sie erreichten die Außenbezirke der Stadt.

«Wenn Sie wollen, kann ich eine Motorradeskorte anfordern, dann kommen wir schneller durch», schlug Lanigan vor.

«Nicht nötig», warf Miriam rasch ein, ehe der Rabbi etwas sagen konnte. Sie errötete. «Die Wehen haben aufgehört, glaub ich.»

«Das hat gar nichts zu sagen», versetzte Lanigan. Aber er drosselte das Tempo und fuhr mit normaler Geschwindigkeit zum Krankenhaus. «Ich warte, bis Sie wissen, was los ist, Rabbi.»

Der Rabbi dankte ihm und half Miriam aus dem Wagen. Behutsam führte er sie die Treppe hinauf.

Leicht verlegen erklärten sie bei der Anmeldung, dass die Wehen aufgehört hätten. Das sei nichts Außergewöhnliches, sagte ihnen die Schwester und ließ Mrs. Small auf ein Zimmer führen. Der Rabbi setzte sich ins Wartezimmer. Zehn Minuten später trat Dr. Seligman ein. Ein netter junger Arzt, der Sicherheit und Ruhe ausstrahlte.

«Die Wehen haben vorläufig aufgehört. Das ist oft so; wir behalten Ihre Frau die Nacht über hier. Auch wenn die Wehen wieder einsetzen, wird es Stunden dauern. Es hat keinen Sinn, dass Sie da warten.»

«Aber … Geht's ihr gut?»

«Natürlich geht's ihr gut! Machen Sie sich keine Sorgen. Wissen Sie, Rabbi, in meiner ganzen Praxis …»

«Ich weiß … Sie haben noch nie einen Vater verloren.»

«Das war mein Text, Rabbi», sagte der Arzt vorwurfsvoll.

36

Der Rabbi setzte sich zu Lanigan in den Wagen. «Der Arzt meint, es kann noch lange dauern.»

«Das hab ich mir gedacht. Ich bring Sie noch heim, Rabbi.»

«Ich rechne es Ihnen hoch an, dass Sie uns abgeholt haben, Lanigan», sagte der Rabbi. «Ich war ziemlich verzweifelt.»

«Er sagt, er hat Ihnen seinen Wagen angeboten, aber Sie wollten nicht damit fahren … Diese kleinen ausländischen Sportwagen sind im Prinzip nicht anders als unsere großen Schlitten. Man muss öfter schalten, ja – und die Lenkung ist direkter. Aber sonst … Das hätten Sie schon geschafft.»

«Daran zweifle ich nicht. Nur wollte ich einem Mörder nichts schuldig sein, besonders nicht bei der Geburt meines Kindes.»

«Einem … Wie war das – Mörder? Sykes?»

Der Rabbi nickte.

Lanigan trat auf die Bremse und parkte den Wagen am Straßenrand. «Packen Sie aus.»

Der Rabbi lehnte sich zurück. «Der Mann, der Hirsh nach Hause gefahren hat, muss zu Fuß gewesen sein – wäre er selbst mit dem Wagen unterwegs gewesen, hätte er ihn stehen lassen müssen. Aber die Fahndung lief ja schon sehr bald, und die Strecke wurde von Streifenwagen kontrolliert; ein leerer Wagen hätte der Streife auffallen müssen. Ein Anhalter scheidet auch aus – auf Fernstraße 128 ist die Anhalterei verboten, und das wird ziemlich scharf überwacht.»

«Stimmt; Anhalter werden fast immer aufgelesen, ehe sie einen gefunden haben, der sie mitnimmt. Und?»

«Die Angestellten von Goddard bringen ihre Wagen zur Inspektion, zum Abschmieren und so weiter in die Garage von Morris Goldman, weil sie nur ein paar hundert Meter vom Labor entfernt liegt; sie lassen den Wagen morgens dort, gehen zu Fuß zur Arbeit und holen ihn abends auf dem Heimweg wieder ab. Auch wenn's mal spät wird – Goldman hat lange auf.»

«Das ist nichts Neues.»

«Auf dem Weg vom Labor zur Garage kommt man an dem Rastplatz vorbei, auf dem Hirsh seinen Wagen geparkt hatte – es ist ungefähr auf halber Strecke. Und nun weiß ich zufällig, dass Sykes seinen Wagen an jenem Freitag bei Morris Goldman in der Werkstatt hatte. Als ich mich nämlich ans Steuer setzte, sah ich den Zettel an der Lenksäule – Ölwechsel und Abschmieren, sorgfältig ausgefüllt, mit Datum: 18. September. Das war der Tag, an dem Hirsh gestorben ist.»

«Moment mal! Das heißt noch nicht, dass Sykes zu Fuß gegangen ist; er kann seinen Wagen auch nach der Arbeit abgeholt haben – bevor Hirsh nach dem Abendbrot zum Labor zurückfuhr.»

«Nein.» Der Rabbi schüttelte den Kopf.

«Warum nicht? Sie sagten selbst, dass Goldman lange offen hat.»

«Aber nicht am *Kol-Nidre*-Abend. Er musste lange vor sechs geschlossen haben. Und wir wissen, dass Sykes zu dieser Zeit noch im Labor war, weil er Mrs. Hirsh anrief und ihrem Mann bestellen ließ, er solle ihn zurückrufen.»

«Na, und wenn er mit einem Taxi heimgefahren … Was ist denn jetzt schon wieder?», unterbrach sich Lanigan unwillig, als der Rabbi abermals energisch den Kopf schüttelte.

«Die einzige Taxigesellschaft, die praktisch infrage kommt, ist die von Barnard's Crossing; ich habe von dem Inhaber selbst erfahren, dass er an diesem Freitagabend ausschließlich damit beschäftigt war, Leute zur Synagoge zu bringen – keine anderen Fuhren. Es dürfte leicht nachzuprüfen sein; der Mann hat nur vier Wagen laufen.»

«Schön und gut, aber … Mann, das sind doch alles nur Vermutungen!», protestierte Lanigan. Er wurde langsam ungeduldig.

«Auf alle Fälle hatte Sykes am Wochenende keinen Wagen.»

«Woher wissen Sie das?»

«Am Freitag hat er ihn nicht mehr abholen können; am Samstag war *Jom Kippur*, und Goldman hatte geschlossen. Am Sonntag besuchte mich Sykes, um Hirshs Begräbnis zu besprechen; er kam per Taxi und fuhr mit einem Taxi wieder weg; das tut man im Allgemeinen nicht, wenn man einen Wagen hat … Erst am Montag hatte er ihn wieder – er kam damit zur Beerdigung.»

Lanigan schwieg eine Weile. «Nach Ihrer Theorie», begann er schließlich, «und, wohlgemerkt, mehr als eine Theorie ist es einstweilen nicht … Nach Ihrer Theorie hat also Sykes im Labor gesessen und auf Hirshs Anruf gewartet. Als er nicht kam, marschierte er los, um seinen Wagen zu holen, und entdeckte dabei Hirsh auf dem Rastplatz. Er bot Hirsh an – oder Hirsh bat darum –, ihn nach Hause zu fahren, und …»

«Und Hirsh verlor unterwegs das Bewusstsein, ja.»

«Aber aus welchem Grund sollte er ihn umbringen wollen? Sykes war wahrscheinlich sein bester Freund in Barnard's Crossing; er hat Hirsh mehrfach gedeckt – Amos Quint sagt, er hätte ihn längst rausgeschmissen, wenn sich Sykes nicht für ihn eingesetzt hätte.»

«Und warum hat sich Sykes wohl so sehr für ihn eingesetzt?», fragte der Rabbi.

«Warum sich Sykes … Wieso? Wie meinen Sie das?»

«Quint hat Hirsh ein einziges Mal gesprochen – am Tag, an dem er ihn einstellte. Die Verbindung zwischen Hirsh und Quint ging über den Abteilungsleiter Sykes. Wenn also Sykes wirklich verhindern wollte, dass Hirsh flog – warum hat er dessen Fehler überhaupt gemeldet? Warum ließ er es so weit kommen, dass er ihn ‹decken› musste? Quint ist kein Wissenschaftler – er ist ein Verwaltungsmann; wenn Sykes etwas für Hirsh tun wollte, brauchte er nur den Mund zu halten, und Quint hätte nie etwas gemerkt … Nehmen wir doch mal an, nicht Hirsh, sondern Sykes war an diesen Fehlern schuld: Da wäre es doch sehr bequem, Hirsh als Sündenbock hinzustellen, nicht wahr?»

«Umso mehr Grund, ihn leben zu lassen. Warum etwas Nützliches aufgeben? Quint wollte Hirsh ohnehin rausschmeißen; Sykes wäre aus allem draußen gewesen.»

«Na bitte – da haben Sie die Lösung!» Der Rabbi strahlte. «Es muss diesmal ein großer Fehler gewesen sein – einer, den auch Quint nicht übersehen konnte. Nun wissen wir von Quint – Sie haben's mir selber erzählt –, dass er seine Angestellten zweimal empfing: Bei der Einstellung und bei der Kündigung … Sykes musste also damit rechnen, dass Hirsh von Quint als Kündigungsgrund Fehler vorgehalten bekommen würde, die er selber gemacht hatte, dass Hirsh daraufhin sagt: O nein, Sir, das war ich nicht; das war Dr. Sykes – bitte, hier sind meine Berechnungen, ich habe den Fehler ja selbst entdeckt …» Der Rabbi sah Lanigan erwartungsvoll an. «Na?»

Der Polizeichef faltete die Hände im Nacken und lehnte sich nachdenklich zurück. Dann schüttelte er den Kopf. «Die Sache scheint zwar Hand und Fuß zu haben, Rabbi, aber es sind doch nur Vermutungen. Wir haben nicht den geringsten Beweis.»

«Sie brauchen nur Sykes zu fragen, wie er am Freitagabend vom Labor nach Hause gekommen ist … Fragen Sie ihn das mal.»

«Okay, wird gemacht.» Lanigan lächelte. «Irgendwie schaffen Sie es immer, Ihre Leute aus der Klemme zu holen.»

«Meinen Sie Goralsky und Brown?»

«Brown konnten wir ohnehin nichts nachweisen. Wir haben nur so herumgetastet; wir mussten irgendeinen Ansatzpunkt finden … Wissen Sie, warum er früher aus der Synagoge gegangen ist? Er schämte sich, es Ihnen zu gestehen, aber bei uns hat er's dann zu Protokoll gegeben: Er hatte einen großen Versicherungsabschluss in der Schwebe, und der Kunde bestand darauf, die Police an jenem Abend zu unterschreiben.»

«Aha … Ja, ich habe mir gedacht, dass es so was war. Es passt zu ihm.»

«Von Ihrem Standpunkt aus muss das sicher etwas Schlimmes sein.»

Der Rabbi überlegte. «Nein, ich glaube nicht. Im Grunde freue ich mich sogar darüber.»

«Dass er aus dem Gottesdienst gelaufen ist, um ein Geschäft abzuschließen?»

«Nein – ich freue mich, dass er sich geschämt hat.»

37

Am Sonntagmorgen stand Schwarz mit seinen Anhängern mürrisch im Korridor vor dem Sitzungszimmer herum.

«Glaubst du, der Rabbi kommt heute?», fragte Marvin Brown.

«Kaum», sagte Schwarz. «Als zukünftiger Vater ist er sicher im Krankenhaus.»

Herman Fine trat zu ihnen. «Ich hab gehört, die Frau vom Rabbi ist gestern in die Klinik gekommen ... Vielleicht sollten wir das Rücktrittsgesuch nicht ausgerechnet heute vorlesen. Ich finde, es wäre ... eh, irgendwie unpassend.»

«Bist du verrückt?», fuhr Schwarz dazwischen. «Das mit dem Rücktritt, das ist vorbei. Aus. Erledigt ... Ich hab's den anderen gerade gesagt. Ich bin heute früh nach dem *Minjan* Ben Goralsky in die Arme gelaufen – eine geschlagene Viertelstunde lang hat er von nichts anderem geredet als von unserem großartigen Rabbi ... Man könnte meinen, Small hätte ihm das Leben gerettet!»

«Vielleicht hat er es auch», sagte Marvin Brown. «Es heißt immer, wenn einer unschuldig ist, passiert ihm auch nichts; aber wie oft kommt es vor, dass plötzlich jemand ein Verbrechen gesteht, für das ein anderer seit zwanzig Jahren sitzt ...» Er fuhr sich mit der Hand unter den Hemdkragen. «Ich bin auch ganz schön ins Schwitzen gekommen, kann ich dir sagen.»

«Also schön – der Rücktritt findet nicht statt», sagte Fine. «Mir recht. Aber was tun wir jetzt? Ich finde, wir sollten geradheraus sagen, wie's war. Mort müsste den Brief vorlesen, erklären, dass das Ganze auf einem Missverständnis beruht, und dann den Vorstand auffordern, gegen das Gesuch zu stimmen.»

«Den Teufel werd ich tun!», knurrte Schwarz.

«Was soll das heißen, Mort?»

«Ich bin heilfroh, dass Ben Goralsky aus der Sache raus ist, und ich will es dem Rabbi gern zugute halten; vergessen wir also das Rücktrittsgesuch, sonst haben wir die Goralskys gesehen. Aber wenn ihr glaubt, ich *bitte* den Rabbi, dass er bleibt – na, hört mal! Dann hätte er uns alle in der Hand! Es braucht nur wieder eine Meinungsverschiedenheit zu geben und … Achtung – Wasserman und Becker!»

«Morgen allerseits», sagte Wasserman. «Eine gute Nachricht: Die *Rebezen* hat einen Jungen – ich hab gerade im Krankenhaus angerufen.»

«Fein.»

«Das ist wirklich mal 'ne gute Nachricht.»

«Wie geht's ihr?»

Sie umringten ihn und stellten ihm Fragen.

«Hört mal, Leute», sagte Schwarz, «wollen wir den ganzen Tag hier draußen stehen und quatschen? Fangen wir endlich mit der Sitzung an.»

Allgemeine Zustimmung.

«Was gedenken Sie mit dem Brief des Rabbi zu tun?», fragte Wasserman, während sie zur Tür gingen.

Schwarz schaute ihn überrascht an. «Welcher Brief, Wasserman? Von was für einem Brief reden Sie?»

Alle waren stehen geblieben; einige tauschten lächelnde Blicke.

Beckers Gesicht lief rot an. «Was wird hier gespielt, Mort? Du weißt ganz genau, von welchem Brief Jacob spricht! Ihr habt was vor! Ihr wollt …»

Wasserman legte ihm beschwichtigend die Hand auf den Arm. «Becker, wenn Mort nichts von einem Brief weiß, dann kann das nur bedeuten, dass er keinen Brief bekommen hat, nicht wahr?»

«Ja, aber …» Becker schnappte nach Luft.

«Warum, war's denn was Wichtiges?», erkundigte sich Schwarz.

«Wohl kaum.» Wasserman zuckte die Achseln. «Wahrscheinlich irgendeine Routineangelegenheit ...»

38

«Ist die Dame des Hauses schon zurück?», fragte Lanigan.

«Morgen», antwortete der Rabbi strahlend. «Morgen hol ich die beiden heim.»

«Ich dachte, ich könnte den Kleinen sehen.»

«Er sieht aus wie ein alter Mann. Ganz runzlig.»

«Die ersten paar Tage sehen sie alle so aus; aber das gibt sich bald.»

«Kommen Sie doch morgen mit Gladys vorbei und begutachten Sie ihn.»

«Das hatten wir ohnehin vor. Ich bin nur zufällig vorbeigekommen und war neugierig ... Ich war beim District Attorney, Rabbi. Er hat mit Sykes' Anwalt gesprochen. Er wird Anklage wegen fahrlässiger Tötung erheben.»

«Wieso – nicht Mord?»

«Nein.»

«Aber Sykes hat doch ein Geständnis ...»

«Ja, er hat ein Geständnis abgelegt. Schriftlich sogar. Aber er hat keinen vorsätzlichen Mord gestanden ... Bei der Vernehmung haben wir wohlweislich nichts von den abgewischten Fingerabdrücken gesagt. Wir sagten ihm auf den Kopf zu, dass er am Wochenende keinen Wagen hatte und was wir über die Arbeit in seiner Abteilung bei Goddard wussten; wir deuteten beiläufig an, dass Hirsh mit großer Wahrscheinlichkeit einem Unfall zum Opfer gefallen sei; für ihn sei es sicherlich von Vorteil, mit uns zusammenzuarbeiten.» Verlegen wich er dem forschenden Blick des Rabbi aus.

«Mein Gott, Rabbi – das macht man eben so! Hauptsache, man kriegt sein Geständnis!»

«Ich habe ja gar nicht widersprochen.»

«Er gab zu, dass er Hirsh unterwegs traf, so wie Sie vermutet hatten, und ihn nach Hause fuhr. Hirsh sei sinnlos betrunken gewesen, praktisch bewusstlos. Er behauptet, er habe ihn in der Garage wachzurütteln versucht, aber erfolglos. Da habe er beschlossen, ihn liegen zu lassen, bis er seinen Rausch ausgeschlafen hatte. Zu Hause sei ihm plötzlich eingefallen, dass er möglicherweise den Motor abzustellen vergessen hatte; er habe sich aber nicht mehr getraut, zurückzugehen und nachzusehen.»

«Und dass er Hirsh seine eigenen Fehler in die Schuhe schob – was sagt er dazu?»

«Das hat er zugegeben. Er schilderte uns sehr genau, wie es dazu kam … Vermutlich war er raffiniert genug, um zu merken, dass wir es schließlich auch herausfinden würden, dass es für ihn am besten war, bei der Wahrheit zu bleiben … Die Idee für das neue Herstellungsverfahren stammte von Hirsh; Sykes schrieb einen Vorbericht, den er mit Hirsh gemeinsam unterzeichnete. Dann teilte er Hirsh aber für eine andere Aufgabe ein und arbeitete allein an dem Projekt weiter. Er behauptet, er hätte nicht die Absicht gehabt, Hirsh auszuspielen; Hirsh habe sich nicht so sehr für die Sache interessiert, seinen eigenen Einfall wohl auch unterschätzt – jedenfalls habe er ihn auf dem Laufenden gehalten und mehrfach mit ihm besprochen; ihm auch Berechnungen zum Überprüfen gegeben …

Dann entdeckte Hirsh einen Fehler. Sykes bat ihn, den Mund zu halten – er wolle selbst Farbe bekennen, aber zugleich in einer Reihe von Zwischenberichten unerwartete Schwierigkeiten auftauchen lassen –, na ja, er wollte die Sache so frisieren, dass es nicht so sehr auffiel. Hirsh wäre wahrscheinlich einverstanden gewesen, wenn sein Name nicht auf dem ersten Bericht gestanden hätte – und wenn nicht ausgerechnet Goraltronics die Auftraggeber gewesen wären.»

«Hm … interessant. Ist das Ihre Vermutung, oder hat Sykes erwähnt, dass Hirsh Skrupel wegen Goraltronics hatte?»

«Das hat Sykes gesagt … Offenbar fühlte Hirsh sich Goralsky gegenüber verpflichtet, weil er ihm die Stelle verschafft hatte. Er drohte Sykes sogar, er werde Goralsky persönlich reinen Wein einschenken, falls Sykes es nicht täte – ob das nun ein Bluff war oder nicht, Sykes nahm die Drohung ernst. Er ging also am Freitagnachmittag zu Quint und beichtete; er sagt, er habe auch zugeben wollen, dass es seine Schuld war. Aber Quint hätte getobt, hätte ihn nicht ausreden lassen – was weiß ich. Als dann Quint fälschlicherweise annahm, Hirsh sei der Schuldige, korrigierte ihn Sykes nicht … Quints Erregung ist verständlich; er wusste von der geplanten Fusion, vom plötzlichen Steigen der Aktien! Er wollte Hirsh rufen lassen und ihn auf der Stelle hinauswerfen, aber Sykes log ihn an und sagte, Hirsh sei wegen des Feiertags früher nach Hause gegangen … Ist das nicht Ironie des Schicksals?»

«Es ist noch ironischer, als Sie denken», sagte der Rabbi langsam. «Als mich Sykes an jenem Sonntag besuchte, ließ er eine Bemerkung fallen – Hirsh würde noch leben, wenn er wie die anderen Juden zum Gottesdienst gegangen wäre.»

«Ja, weiß Gott … Na, er hat sein Geständnis dann unterschrieben», fuhr Lanigan fort. «Und dann erst rückten wir mit den abgewischten Fingerabdrücken heraus … Wir dachten, es gibt ihm den Rest; wenn wir schon am Anfang damit gekommen wären, hätte er wahrscheinlich gemerkt, dass es auf Mord hinausläuft, und die Aussage verweigert. So haben wir wenigstens ein recht umfassendes Geständnis;

wenn er zusammengebrochen wäre, wie wir es erwartet hatten, wäre alles herausgekommen. Aber so …» Er hob hilflos die Schultern. «Er kriegte die Zähne nicht mehr auseinander. Nur noch, um nach einem Anwalt zu schreien.»

«Aber Sie hatten immerhin schlüssiges Material für eine Mordanklage.»

Lanigan schüttelte düster den Kopf. «Nachdem sein Anwalt mit dem District Attorney gesprochen hatte, sah es mies aus. Die Sache mit den abgewischten Fingerabdrücken würde die Verteidigung im Prozess in der Luft zerreißen, weil unsere Leute stundenlang in dem Wagen rumhantiert haben und die Abdrücke selber abwischen konnten – zufällig oder absichtlich. Und das Geständnis – na, so was zieht man einfach zurück und sagt, es sei unter Druck zustande gekommen.»

«Und wie wollte er vom Labor nach Hause kommen? Ich meine, er konnte ja nicht wissen, dass er Hirsh auf dem Parkplatz traf.»

«Ja, eben: Das konnte er nicht wissen; das ist es ja gerade! Das macht unsere Position eher schwächer … Er sagt, er habe nicht daran gedacht, dass er seinen Wagen nicht kriegen würde – und dann sei er ja in Hirshs Wagen gefahren. Und von Hirshs Wohnung sei er zu Fuß heimgegangen … Das stimmt ja wohl auch. Gesehen hat ihn dort niemand, aber selbst wenn: Er gibt ja zu, dass er dort war.»

«Doch, es hat ihn jemand gesehen: Peter Dodge.»

«Dodge? Der Pfarrer? Wann hat er Ihnen das gesagt?»

«Er war heute Vormittag hier. Er ist gestern aus Alabama zurückgekommen.»

«Und er hat Sykes gesehen?»

Der Rabbi nickte. «Er machte seinen täglichen Abendspaziergang über die Bradford Lane. Er wollte Hirsh besuchen. Als er sah, dass im Haus kein Licht brannte, ging er weiter.

Aber er bemerkte Sykes, der in die andere Richtung die Bradford Lane hinunterging. Damals kannte er ihn noch nicht; er nahm an, er sei ein Spaziergänger wie er.»

«Warum hat er uns das nicht gemeldet?»

«Warum sollte er? Er konnte ja nicht wissen, dass es um einen Mord ging.»

Lanigan begann zu lachen. «Das passt zu der ganzen Geschichte … Wir haben von Anfang an falsch gemacht, was nur irgend falsch zu machen war. Und obendrein hatten wir Pech. Als wir Dodge in Alabama nicht erreichen konnten, haben wir die Kollegen eingeschaltet. Aber so was spricht sich schnell rum, und die Neger haben ihn versteckt, als sie merkten, dass die Polizei hinter ihm her war … Wahrscheinlich hat er selbst nicht gemerkt, warum wir ihn von einem Ort zum anderen hetzten … Na ja, das ist jetzt auch egal; es zeigt nur, wie sehr man oft davon abhängt, dass man Glück hat … Das mit Ihrer Lösung war schließlich auch reine Glückssache: Dass ausgerechnet Sykes dort anhielt und ihnen seinen Wagen anbot, sodass Sie das Ölwechsel-Kärtchen bemerkten – das war wirklich ein glücklicher Zufall.»

«Ich bin nicht so sicher, dass es nur Glück war. Aus meiner Sicht … Schauen Sie, Lanigan – für mich hatte dieser Fall eine unübersehbare Beziehung zu unserem höchsten Feiertag; das Verhältnis von Hirsh zu Sykes und umgekehrt hat mich stark beschäftigt. Ich konnte mir nicht erklären, warum Sykes für ihn eingetreten ist, warum er ihn verteidigt hat – und als ich dann das Datum auf dem Kärtchen sah, kam mir blitzartig die Lösung: Die ganze Struktur, der ganze Grundriss des Verbrechens war in unserem *Jom-Kippur*-Gottesdienst enthalten.»

«Wie meinen Sie das?»

«Nun, wir lesen an diesem Tag von der Opferung des Sündenbocks durch den Hohepriester im alten Israel. Und in meiner Predigt sprach ich von Abrahams Opfer. Dieser Thoraabschnitt wird am jüdischen Neujahrstag gelesen – zu Beginn der zehn Bußtage, die mit dem Versöhnungstag ihren Höhepunkt erreichen … Nun, und die Situation bei Goddard hatte etwas damit gemeinsam. Obwohl sich Hirsh von der jüdischen Gemeinschaft abgewandt hatte, spielte er dennoch die Rolle, in die Juden so oft hineingedrängt worden sind.»

«Welche Rolle?»

«Er war der Sündenbock.» Der Rabbi lächelte. «Sein Name sagt es ja schon.»

«Wieso – Hirsh?»

«Nein: Isaac.»

39

Rabbi Small schritt im Wohnzimmer auf und ab. Er feilte an seiner Predigt für *Chanukka,* das Fest der Lichter. Von Zeit zu Zeit warf er einen Blick auf sein Publikum – seinen Sohn, der in eine Couchecke gebettet lag.

«… wir dürfen daher das Lichterwunder nicht nur als ein Beispiel für das Eingreifen einer höheren Macht auffassen, sondern …»

Der Säugling begann zu wimmern.

«Gefällt's dir nicht? Du hast Recht, ich finde es auch nicht besonders gut … Wie wär's mit dem: ‹Das wahre *Chanukka*-Wunder ist nicht so sehr die Öllampe, die acht Tage lang brannte statt nur einen, sondern die Tatsache, dass ein kleines Volk dem mächtigen Griechenland trotzen konnte …›»

Der Kleine holte Luft, verzog das Gesicht und fing an zu brüllen.

«Schlecht, was? Ja, dann …»

Miriam erschien in der Tür. «Er ist hungrig. Ich werd ihn gleich füttern.»

«Ist recht. Bring ihn nachher wieder rein; vielleicht ist er mit vollem Magen weniger kritisch.»

«Kommt nicht infrage! Dann muss er doch schlafen ... Nicht wahr, Jonathan?» Sie tätschelte ihn, bis das Schreien zum leisen Wimmern wurde und schließlich verstummte. «Außerdem ...» Sie trat ans Fenster und schaute hinaus: «Du bekommst Besuch, David.»

Draußen half der Chauffeur dem alten Moses Goralsky aus dem Wagen. Der Rabbi lief an die Haustür, um den Gast zu empfangen.

«Treten Sie ein, Mr. Goralsky ... Schön, dass Sie uns mal besuchen.»

«Ich hab eine Frage», begann Goralsky, als sie im Zimmer saßen. «Zu wem soll ich damit schon kommen, wenn nicht zum Rabbi?»

«Hoffentlich kann ich Ihnen helfen, Mr. Goralsky.»

«Wissen Sie noch, wie mein Ben damals in der Klemme gesessen hat und ich in die Synagoge kam, um zu beten?»

«Ich erinnere mich.»

«Ich sag die Gebete auf Hebräisch; ich kann sie auswendig. Aber ich weiß nicht, was sie bedeuten ... Wann hätt ich's lernen sollen, Rabbi? Wir waren arme Leute. Mein Vater hat schwer gearbeitet, um uns durchzubringen, und ich hab ihm früh helfen müssen – das war damals bei den meisten von unseren Leuten so, drüben in Europa.»

«Ich weiß.»

«Heißt das nun, dass ich nicht bete, weil ich die Wörter nicht verstehe? Ich mach mir wohl meine Gedanken, während ich sie sag, und für mich ist das Beten ... Ist das richtig oder falsch, Rabbi?»

«Es hängt davon ab, was Ihre Gedanken sind.»

«Woran konnte ich schon denken an dem Samstag damals? An meinen Ben. An nichts anderes. Ich hab Gott gebeten, er soll ihm helfen, er soll machen, dass die Polizei den Schuldigen findet. Dass sie meinen Ben heimlassen.»

«Ich denke, das heißt Beten, Mr. Goralsky.»

«Jaaa … Und beim Beten hab ich was versprochen. Dass ich was tu, wenn sie ihn freilassen. Eine Spende.»

«Gott braucht man nicht zu bestechen. Mit ihm brauchen Sie auch nicht zu handeln.»

«Es war kein Handel. Ich hab's mir einfach vorgenommen. Es war ein … So wie ein Gelübde war das.»

«Gut.»

«Und das ist die Frage: Muss ich es halten, Rabbi?»

Der Rabbi lächelte nicht. Die Hände tief in den Taschen, durchmaß er mit nachdenklich gerunzelter Stirn das Zimmer. Schließlich blieb er stehen und sah dem Greis ins Gesicht.

«Es hängt davon ab, was Sie versprochen haben. Wenn es etwas Unmögliches oder Ungesetzliches war, sind Sie natürlich nicht gebunden. Nachdem Sie das Versprechen sich selbst auferlegt haben, können nur Sie allein entscheiden, ob Sie sich verpflichtet fühlen.»

«Ich erzähl Ihnen, wie's war, Rabbi: Vor ein paar Monaten sprach ich mit Mortimer Schwarz, dem Gemeindevorsteher. Ich sag, ich will was stiften zum Andenken an meine Hannah – sie war kurz davor gestorben … schließlich, wir sind jetzt reich, und meine Hannah hat sich immer plagen müssen, und als wir dann Geld hatten, war sie schon krank und hatte nichts mehr davon … Also, fragt mich der Schwarz, an was denken Sie, Mr. Goralsky, und sie brauchen eine Klimaanlage für die Synagoge …» Der Alte zuckte die Achseln: «Soll ich zum Andenken an die Hannah eine Klimaanlage spenden? Wo machen sie da ihren Namen drauf – auf die

Rohre? Nein, sag ich, das ist nicht das Richtige. Wenn schon, will ich ein Gebäude … Und der Schwarz, der war ganz Feuer und Flamme. Er will ein Bethaus an die Synagoge anbauen, hat er gesagt, wo dann wirklich nur Gottesdient ist und keine Veranstaltungen sonst, wie es jetzt ist in dem Saal. Gut, sag ich, das gefällt mir.»

«Und hat er Ihnen auch gesagt, wie viel es kosten würde?»

«Ahhh – Geld? Was ist Geld? Kann ich's mitnehmen, wenn ich … Und mein Ben, der hat genug … Ja, er hat's mir gesagt, der Schwarz. Über hunderttausend, hat er gesagt. Sag ich zum Schwarz, zweihunderttausend, wenn's sein muss.»

«Nun …»

«Aber später hat er mir eine Zeichnung gezeigt, und es waren lauter Säulen vorne dran, mit einem Dach, dass man herumstehen und plaudern kann nach dem Gottesdienst.»

«Hat er Ihnen auch das Modell gezeigt?»

«Ja.»

«Und? Wie fanden Sie es?»

Der Alte verzog das Gesicht. «Ich war nicht begeistert. Es ist schön, ja … So für sich, meine ich. Aber als Anbau zur Synagoge … Irgendwie passt es nicht. Die Synagoge ist einfach und gerade, und das neue Gebäude ist so … pompös ist es. Aber schließlich, ich bin kein Architekt. Was versteh ich schon davon? Und so hab ich mir damals beim Beten vorgenommen, du stiftest das Gebäude, wenn sie deinen Sohn freilassen.»

«Und jetzt möchten Sie wissen, ob Sie das Versprechen halten müssen?»

«Ja, Rabbi.»

«Und Ihr Einwand ist, dass die beiden Gebäude – das alte und das neue – nicht zusammenpassen?»

«Ja, das auch. Aber außerdem … Rabbi, mein ganzes Leben lang bin ich ein Geschäftsmann gewesen. Wissen Sie, was das heißt? Wenn ein Geschäftsmann einen Dollar ausgibt, will er Ware für einen Dollar. Oder meinetwegen Wohltätigkeit für einen Dollar. Einen Gegenwert. Etwas, womit man was anfangen kann. Verstehen Sie das?»

«Ich denke schon. Ja, das verstehe ich.»

«Na, und der Anbau ... Brauchen wir ihn, Rabbi? Ist er nötig? Oder geb ich Geld für einen Bau, der nur gebaut wird, damit er gebaut wird?»

«Ich verstehe ...», sagte der Rabbi wieder. «Sagen Sie, Mr. Goralsky: Wenn das Gebäude für sich allein stünde, nicht an der Synagoge – würde Ihnen das besser gefallen? Eine Schule vielleicht? Ein Gemeindezentrum, mit Sportplätzen und so weiter?»

«Wozu, Rabbi? Rentiert sich die Synagoge noch, wenn ihr die Schule nicht mehr dort abhaltet? Und ein Gemeindezentrum mit Sportplätzen ... Ja, in der Stadt, wo keiner einen Garten hat und es gefährlich ist, auf der Straße zu spielen, da braucht man das. Aber hier?»

«Sie haben vielleicht Recht ...»

«Verstehen Sie, Rabbi, ein Haus aufstellen, nur damit eins dort steht, das ist Unsinn. Dann ist's besser, wenn an dem Platz Blumen wachsen und Gras.»

Plötzlich kam dem Rabbi ein Gedanke. «Sie haben Recht, Mr. Goralsky. Aber es gibt ein Gebäude, das wir tatsächlich brauchen: eine Friedhofshalle ... Sie könnte weitgehend nach dem Entwurf von Schwarz gebaut werden – etwas kleiner vielleicht, und ... Es wäre doch auch sehr passend, weil Ihre Frau als eine der Ersten dort begraben worden ist.»

Goralskys Gesicht leuchtete auf. «Rabbi, Rabbi ... Sie haben's getroffen! Das gleiche Gebäude, vielleicht etwas kleiner ... Es würde dorthin passen ... Und einen Zaun lass ich auch machen, und Blumen und Bäume sollen dorthin – wie in einem Park. Der Hannah-Goralsky-Park-Friedhof ...» Er hielt plötzlich inne, und sein Blick verfinsterte sich. «Aber mein Gelübde, Rabbi? Ich hab versprochen, einen Anbau an die Synagoge zu stiften!»

Der Rabbi nickte langsam. Je mehr er über den Plan nachdachte, desto besser gefiel er ihm. Der Friedhof war für die Gemeinde wichtig – das wusste er genauso gut wie Marvin Brown; Mortimer Schwarz könnte sein Projekt verwirklichen, beinahe so, wie er es geplant hatte ... Und der Alte hätte ein bleibendes Andenken an seine Frau – jeder würde das haben, was er wollte. Es ging nur noch darum, dem störrischen Goralsky einen Ausweg zu zeigen.

Rabbi Small blieb vor dem Bücherregal stehen und ließ den Blick über die dicken Lederbände des Talmud wandern. Schließlich zog er einen Band hervor, setzte sich damit an seinen Arbeitstisch und blätterte, bis er die gesuchte Stelle fand. Dann wandte er sich Goralsky zu:

«Ich sagte Ihnen schon, dass Sie nicht an Ihr Versprechen gebunden sind, wenn es etwas Unmögliches oder etwas Verbotenes ist – erinnern Sie sich?»

«Natürlich ... Es ist nicht unmöglich, den Anbau zu machen. Ist es verboten?»

Der Rabbi lächelte. «Ich meine, dass auf diesen besonderen Fall das *Schatnes*-Verbot zutrifft.»

«*Schatnes?* Hat das nicht mit Kleidung zu tun? Dass man Leinen und Wolle nicht mischen darf?»

«Das ist die übliche Anwendung, ja. Aber in der Bibel taucht die Vorschrift auch in anderem Zusammenhang auf, an zwei Stellen sogar – im Dritten Buch Mose im Zusammenhang mit dem Verbot, verschiedene Vieharten zusammen weiden zu lassen und gemischte Samen zu säen. Und im Fünften Buch Mose steht, dass Ochs und Esel nicht zusammen vor dem Pflug gehen dürfen ...» Er verfiel in einen Singsang: «Wenn die Bibel das Gleiche zweimal sagt, kann es entweder bedeuten, dass es ein sehr wichtiges Gebot ist oder dass verschiedene Auslegungsmöglichkeiten gegeben sind. Aber hier ist an den beiden Stellen eben nicht genau das Gleiche gesagt; wir können es also so auslegen, dass es generell verboten ist, zwei verschiedenartige Sachen zu mischen …»

Er lehnte in seinem Stuhl zurück und sprach mit seiner gewöhnlichen Stimme weiter: «Sie werden fragen, wo liegt da die Grenze? Wir haben es täglich mit allen möglichen Mischungen zu tun – Lederschuhe mit Gummisohlen, Häuser aus Holz und Stein. Derlei ist nicht zu vermeiden. Wir brauchen also einen Maßstab, mit dem wir bestimmen können, wo die alte Regel sinnvoll und anwendbar ist und wo nicht. Und was wäre ein besserer Maßstab als der gesunde Menschenverstand – wozu hätte Gott ihn uns sonst gegeben? Nein, Ihr erster Einwand gegen Schwarz' Projekt war, dass die beiden Gebäude verschieden im Stil sein und nicht zusammenpassen würden; Sie empfanden es von Anfang an als störend: Somit erkläre ich es als ein Beispiel von *Schatnes* und deshalb für verboten.»

Der Alte kratzte sich am Kopf; langsam breitete sich ein Lächeln auf seinem runzligen Gesicht aus. «Und im Friedhof steht das Gebäude allein … Rabbi, es ist zwar ein *Pilpul*, aber … Wissen Sie, jetzt ist mir auf einmal viel wohler.»

Tony Hillerman

Tony Hillerman wurde 1925 als Farmerssohn in Oklahoma geboren und besuchte ein Internat für Indianer. Ende der sechziger Jahre begann er Romane zu schreiben. Seine Ethnothriller mit den Navajo-Cops Chee und Leaphorn wurden mehrfach ausgezeichnet und in siebzehn Sprachen übersetzt. Jeder neue Roman erobert die amerikanischen Bestsellerlisten.

«Hillermans Romane gehören zu den besten Krimis der letzten Jahrzehnte.»
New York Times

Dachsjagd *Roman*
Deutsch von Fried Eickhoff.
256 Seiten. Gebunden.

Der Kojote wartet *Roman*
(rororo 23079)

Der Wind des Bösen *Roman*
(rororo 22864)
Eine Leiche verwest neben einer heiligen Quelle. Eine Cessna stürzt ab. Jim Chee hat das Gefühl, dass bei diesen Vorfällen böse Geister ihre Finger im Spiel haben müssen.

Die Spur des Adlers *Roman*
(rororo 23078)

Das Tabu der Totengeister
Roman
(rororo 23080)
Margaret Billy Sosi ist verschwunden. Jim Chee ist nicht der Einzige, der nach der jungen Navajo-Frau sucht – aber der Einzige mit guten Absichten.

rororo Unterhaltung

Wer die Vergangenheit stiehlt
Roman
(rororo 23048)

Wolf ohne Fährte *Roman*
(rororo 23041)

Tod am heiligen Berg *Roman*
(rororo 23111 / Nov. 2001)

Die sprechende Maske *Roman*
(rororo 22869)

Tod der Maulwürfe *Roman*
(rororo 23049)

«Tony Hillerman begegnet den Traditionen ebenso wie den heutigen Problemen der Indianer mit unsentimentalem Respekt.»
Publishers Weekly

«Mörderisch wird es da, wo die Welt des weißen Gewinnstrebens mit den Auflösungserscheinungen indianischer Traditionen zusammentrifft. Perfekt konstruiert und spannend zu lesen.»
Frankfurter Allgemeine Zeitung

Laurie R. King

«Wenn jemand die Nachfolge von P. D. James antritt, dann **Laurie R. King.**»
Boston Globe

Die Gehilfin des Bienenzüchters
Kriminalroman
(13885)
Der erste Roman einer Serie, in der Laurie R. King das männliche Detektivpaar Sherlock Holmes und Dr. Watson durch eine neue Konstellation ersetzt: dem berühmten Detektiv wird eine Assistentin – Mary Russell – zur Seite gestellt. «Laurie King hat eine wundervoll originelle und unterhaltsame Geschichte geschrieben.» *Booklist*

Die Apostelin *Kriminalroman*
(22182)
Mary Russell und Sherlock Holmes, der wohl eingeschworenste Junggeselle der Weltliteratur, haben geheiratet. Aber statt das Familienidyll zu pflegen, ist das Paar auch in dem dritten Band über den berühmten Detektiv und seine Assistentin wieder mit einem Mordfall beschäftigt. «*Die Apostelin* ist ein wundervolles Buch. Ich habe diesen Roman geliebt.»
Elisabeth George

Die Feuerprobe *Roman*
Deutsch von Eva Malsch und Angela Schumitz
544 Seiten. Gebunden.
Wunderlich

rororo Unterhaltung

Die Farbe des Todes *Thriller*
(22204)
Drei kleine Mädchen sind ermordet worden. Kein leichter Fall für Kate Martinelli, die gerade erst in die Mordkommission versetzt wurde und noch mit der Skepsis ihres Kollegen Hawkin zu kämpfen hat.

Die Maske des Narren
Kriminalroman
(22205)
Kate Martinelli und Al Hawkin übernehmen ihren zweiten gemeinsamen Fall.

Geh mit keinem Fremden
Kriminalroman
(22206)

Wer Rache schwört
Roman
(22922)

Weitere Informationen in der **Rowohlt Revue,** kostenlos im Buchhandel, und im **Internet: www.rororo.de**

Petra Hammesfahr

Petra Hammesfahr, 1951 geboren, lebt als Schriftstellerin und Drehbuchautorin in Kerpen bei Köln. Mit ihren Romanen «Die Sünderin», «Der Puppengräber» und «Die Mutter» eroberte sie auf Anhieb die Bestsellerlisten.

Die Sünderin *Roman*
416 Seiten. Gebunden
Wunderlich und als
rororo 22755
Ein Sommernachmittag am See: Cora Bender, Mitte Zwanzig, macht mit ihrem Mann und dem kleinen Sohn einen Ausflug. Auf den ersten Blick eine ganz normale Familie, die einen sonnigen Tag genießt. Doch dann geschieht etwas Unvorstellbares ...
«Spannung bis zum bitteren Ende.» *Stern*
«Meisterlich genau zeichnet Hammesfahr in ihrem beklemmenden, intelligenten Roman die Gedankenblitze und wirren Assoziationen einer am Rande des Wahnsinns dahinbalancierenden Frau nach.»
Der Spiegel

Der Puppengräber *Roman*
(rororo 22528)

Lukkas Erbe *Roman*
(rororo 22742)
Der geistig behinderte Ben, der «Puppengräber», wurde im Sommer '95 verdächtigt, vier Mädchen aus seinem Dorf getötet zu haben. Nach einem halben Jahr Klinikaufenthalt kehrt Ben verstört zu seiner Familie zurück. Sofort breitet sich Misstrauen unter den Dorfbewohnern aus.

Das Geheimnis der Puppe
Roman
(rororo 22884)

3723/5

rororo / Wunderlich

Meineid *Roman*
(rororo 22941)
«Zwei Frauen, die Männer und der Tod... Überraschende Spannung, die man nicht mehr aus der Hand legen will.» *Für Sie*

Die Mutter *Roman*
400 Seiten. Gebunden
Wunderlich und als
rororo 22992
Vera Zardiss führt ein glückliches Leben: Mit ihrem Mann Jürgen ist sie vor Jahren in eine ländliche Gegend gezogen. Mit den Töchtern Anne und Rena wohnen die beiden auf einem ehemaligen Bauernhof. Die heile Welt gerät ins Wanken, als Rena kurz nach ihrem 16. Geburtstag plötzlich verschwindet ...

Der stille Herr Genardy *Roman*
(rororo 23030)

Der gläserne Himmel *Roman*
(rororo 22878)

«Eine deutsche Autorin, die dem Abgründigen ihrer angloamerikanischen Thriller-Kolleginnen ebenbürtig ist.»
Welt am Sonntag